탄생 100주년 문학인 기념문학제
논문집

2024

새로운 시선,
사랑과 존재의 발견

탄생 100주년 문학인 기념문학제
논문집

2024 새로운 시선,
사랑과 존재의 발견

고봉준 · 이상우 외

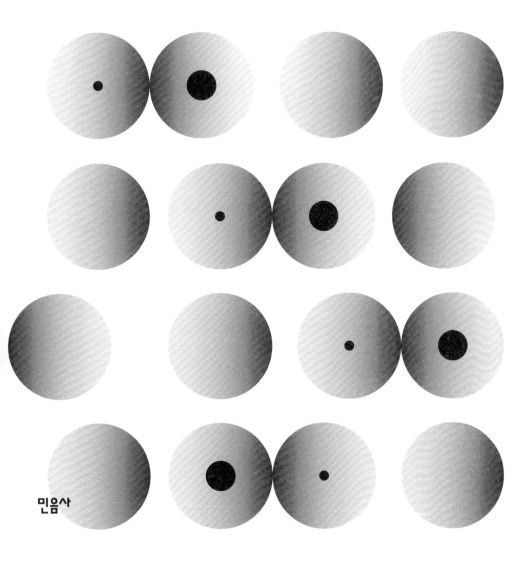

민음사

분화와 확산, 전후문학과 새로운 현실의 발견

고봉준 l 경희대 교수

1 1924년생 작가들

한국문학사에서 1950년대 중반 이후의 문학은 '전후문학'이라고 불린다. 이때의 '전후문학'은 한국전쟁 이후부터 1950년대 말까지 생산된 문학작품을 일컫는 개념이다. 하지만 '전후 세대'라는 표현에서 '전후'는 한국전쟁과 직접적인 관계가 없다.[1] 우리는 '전후'라는 말을 들으면 자연스럽게 한국전쟁을 떠올린다. 하지만 여기에서의 '전후'는 한국전쟁이 아니라 1920~1930년대에 태어나 식민지 교육과 문화의 영향을 받으며 성장한 세대를 가리킨다. 여기에서 '전후'는 '전후문학'의 특징을 1차 세계대전 이후에 등장한 허무주의적이고 비이성적인 문학 경향이라고 설명할 때의 그것

---

[1]   이러한 시각은 다음의 저서에서 영향을 받았다. 한수영, 『전후문학을 다시 읽는다』(소명출판, 2015).

7

에서 기원한 것이다. 1960년대에 『세계 전후문학 전집』[2]과 『세계 전후문제 시집』[3] 등이 출간되어 유행시킨 '전후'라는 단어는 사실 한국전쟁과는 직접적인 관련이 없다. 이어령이 편집한 『전후문학의 새 물결』(1962)에서의 '전후문학'도 여기에 가깝다. 하지만 불과 얼마 전 끔찍한 동족 간의 전쟁을 경험한 사람들에게 '전후'라는 단어가 두 차례의 세계대전을 의미하는 것으로만 받아들여졌을 리는 없다. 요컨대 한국문학사에서 자주 쓰이는 '전후'라는 개념은 "한국 '전후(문학)' 개념은 '전후=한국전쟁 이후'라는 단일한 개념이 아니라, 한국적 상황과는 무관한 타자의 개념에서 출발하여 자신의 기의를 채워 나가는 생성 중인 개념"[4]이라는 지적처럼 1960년을 전후한 시기에 복합적인 맥락이 뒤엉켜 만들어진 혼종적 개념이다.

올해로 탄생 100주년을 맞는 1924년생 작가들은 대표적인 전후 작가, 특히 '전후 1세대'에 속하는 작가들이라고 말할 수 있다. 한국문학사에서 '전후' 세대는 대략 두 그룹으로 나뉜다. 1920년대에 태어나 한국전쟁 전후에 등단한 '전후 1세대'와 1930년대 초반에 태어나 1955년 전후에 등단한 '전후 2세대'가 그것이다. 출생 연도와 등단 시기가 늘 일치하는 것은 아니지만, 같은 해에 태어났다는 것은 사회·문화적 경험의 동질성이 그만큼 높다는 의미이기도 하다. 하지만 앞서 설명한 '전후'라는 개념의 복합성으로 인해 그동안 전후문학(또는 전후 세대의 문학)은 대개 전쟁에서 기원한 절망감과 그것을 극복하려는 실존주의, 혹은 휴머니즘의 문제로 환원되는 경향이 있었다. 오늘날까지도 장용학(1921년생)과 손창섭(1922년생)이 전후문학을 대표하는 작가로 언급되는 이유가 여기 있다. 하지만 한국전쟁 이후의 한국문학, 특히 1924년에 태어난 작가들의 문학은 우리가 익

---

2)   이에 대해서는 이종호, 「1960년대 『세계 전후문학 전집』의 발간과 전위적 독서 주체의 기획」, 《한국학연구》 41집, 인하대학교 한국학연구소, 2016 참고.
3)   이에 대해서는 김양희, 「전후 신진 시인들의 '세계' 인식과 '시'의 이념 ─ 『세계 전후문제 시집』(신구문화사, 1962)을 중심으로」, 《어문론총》 68집, 한국문학언어학회, 2016 참고.
4)   박현수, 「한국문학의 '전후' 개념의 형성과 그 성격」, 《한국현대문학연구》 49집, 한국현대문학회, 2016, 330쪽.

숙하게 알고 있는 전후문학의 특징, 즉 허무주의와 실존주의로 귀결되지 않는다. 이들은 각자의 방식으로 전후 세대의 감각을 형상화했고, 전후의 '현실'과의 긴장 관계 속에서 개성적인 작품 세계를 구축했다.

알다시피 전후 세대는 일본어로 교육받은 세대이다. 그래서 전후 세대 문학 연구에서는 '언어', 특히 이중언어 문제가 주로 공통의 사회·문화적 경험으로 주목받아 왔다. 1920년대에 출생한 작가들 대부분이 청소년기에 일본어로 교육을 받았고, 한국어를 습득하지 못했거나 불완전한 상태에서 해방을 맞이했다. "국민학교에서 조선어 시간이 폐지된 것은 3학년 때이니까 우리말을 체계적으로 공부하고 익힐 만한 겨를이 없었던 것도 사실이었다. (중략) 광복이 되자 비로소 나의 문학 수업은 본격적으로 시작되었다. 당시 나의 생각으로는 하루빨리 우리말을 익히는 문제가 급선무라 생각됐다."[5]라는 신동집의 회고는 정도는 차이는 있을지언정 그만의 문제가 아니었다. 전후 세대의 대표적 시인인 김수영(1921년)에게 일본어가 갖는 의미에 대해서는 이미 상당한 연구가 축적되어 있다. 1960년 《조선일보》 신춘문예에 단편 「케이스워카」가 가작 입선되어 등단한 소설가 박순녀(1928)의 회고("저는 인제 한글을 초등학교 3학년 때까지 배웠어요. 그땐 조선어였는데…… 그러니까 성적표가 갑, 을, 병인데 다 갑을 달아도 조선어만 병을 다는 거예요. 이게 외국어예요."[6]) 역시 전후 세대에게 한글(한국어)이 어떤 의미였는지 잘 보여 준다.

하지만 이러한 문화적 공통 경험은 '전후'라는 새로운 환경 속에서 다양한 방식으로 분화되어 나타났다. 식민지라는 제한적인 조건에서 근대의 빛과 그늘을 동시에 목격하면서 성장했고, 20대에 해방의 기쁨과 해방기의 이념 대립, 그리고 한국전쟁을 모두 겪은 그들이었으나 문학적 지향만은 사뭇 달랐다. 우리는 같은 시대를 살아도 모두 각자의 방식으로 그

---

5) 신동집, 『나의 시론 나의 팡세 — 신동집 회고록』(청학사, 1992), 25~26쪽.
6) 한수영, 「전후 세대 '미적 체험'과 '자기 번역' 과정으로서의 시 쓰기에 관한 일고찰」, 《현대문학의 연구》 60집, 한국문학연구학회, 2016, 321쪽에서 재인용.

시간을 다르게 경험하면서 살아간다. 역사라는 거대한 시간의 지평 위에서 바라보면 모두가 비슷한 조건에서 유사한 경험을 하며 사는 것처럼 보이지만 시간과 현실이 개인의 내면에 새겨지는 방식은 저마다 다르기 마련이다. 현실에 대한 문학의 응전은 이 차이에서 비롯된다. 1924년생 작가들은 전후라는 척박한 현실에서 본격적인 작품 활동을 시작했으나 그 시대를 짓누르고 있던 '분단'이나 '이념' 같은 거대한 현실을 무비판적으로 수용하지 않고 대신 적극적으로 헤쳐 나가려는 모습을 보여 주었다. 이들은 전후 한국의 현실을 새로운 시선으로 바라보려고 노력했고, 그것은 현실 원칙에 충실한 삶의 형태부터 인간 존재의 본질을 사유함으로써 현실을 초극하려는 태도에 이르기까지 다양한 양상으로 분화되는 모습을 보였다. 이것은 1924년생 작가들이 현실에 순응하기보다는 '문학'을 매개로 그 시대의 고정관념에 적극적으로 응전하려고 했음을 의미한다.

가령 강신재와 차범석은 전후의 현실을 사실적으로 그렸다는 평가를 받고 있지만 그들에게 '현실'의 질감은 전혀 다르게 느껴지고 있다. 강신재 소설에서 '현실'이 전후 여성의 시선에 비친 세계, 특히 도덕적 판단이 개입되기 어려운 생활 세계와 청춘의 사랑과 욕망 같은 감정의 영역에 해당한다면, 차범석의 희곡이 초점을 맞추고 있는 '현실'은 이념 대립과 전쟁의 상흔이 공동체와 개인에게 남긴 흔적을 의미하는 것이었다. 전자의 '현실'이 개인의 생존과 욕망을 억압하는 사회적 요소라면, 후자의 '현실'은 이념의 대립과 전쟁처럼 개인과 공동체에 직접적인 영향을 끼치는 역사적·정치적 요소라고 말할 수 있다.

강신재와 차범석이 전후 현실을 비판적으로 형상화하는 데 집중했다면 박양균과 신동집은 그런 황폐한 현실에서 벗어나려는 시적 방식을 고민한 시인이었다고 평가할 수 있다. 박양균의 시는 사물에서 초월 지향적인 이미지를 포착하고 '현재'라는 시간을 실존적 층위에서 사유함으로써 인간 존재의 의미를 탐구는 존재론의 방향으로 나아갔다. 반면 세계의 몰락과 상실이라는 조건에서 출발하는 신동집의 시는 '너'에 대한 그리움을 반복함으로써 현실을 초극하려는 태도를 취했다. 이들은 부정적 현실에서 벗어나려는 동일한 욕망에서 시작했으나 박양균은 실존적인 물음에서, 신동집은 미지의 대상에 대한 그리움에서 각각 출구를 찾고자 했다.

폐허로 변한 전후의 부정적 '현실'에서 벗어나기 위한 시적 모색을 도모한 박양균과 신동집의 문학은 전후의 '현실'에 대한 문학적 응전이었으나 그들이 주목한 '현실'은 물론이고 그것에 대응하는 방식과 방향 또한 사뭇 달랐다. 이러한 점은 최일수, 박화목, 손동인의 문학에서도 동일하게 목격된다. 최일수는 1950년대 중반 리얼리즘에 근거한 민족문학론을 주장하며 평단에 등장했다. 그에게 '현실'이란 분단 상황을 뜻하는 것이었고, 1950~1960년대 그의 비평은 냉전의 논리에서 벗어나 자주적 시각에서 민족의 현실을 직시하려는 노력이었다. 최일수가 비평적 글쓰기를 통해 분단이라는 '현실'을 돌파하고자 했다면 박화목은 아동문학을 통해 산업화가 초래하는 정서적 빈곤과 가치관의 혼란을 치유하고자 했다. 최일수 비평이 '현실'을 돌파 또는 해결의 대상으로 간주한다면, 박화목의 아동문학은 현실에 결핍된 요소라고 말할 수 있는 "서정적인 선율과 리듬"을 이용하여 '현실'을 벗어나려는, 혹은 치유하려는 노력이었다고 말할 수 있다. 박화목이 서정성을 통해 산업화가 초래한 정서적 빈곤을 치유하는 아동문학을 지향했다면, 손동인은 전래동화 채집과 창작동화 집필 등의 산문적 형식을 통해 서민성·민중성에 기초한 아동문학을 지향했다는 점에서 그 성격이 확연히 구분되었다.

2 '분단'과 '욕망', 전후 현실의 두 충위: 강신재와 차범석

전후 세대 작가의 대다수는 한국전쟁을 전후한 시기에 본격적인 문학 활동을 시작했다. 20대 중반에 한국전쟁을 경험했으므로 전쟁의 상처를 벗어나 이들의 문학에 대해 말하기는 어렵겠지만 역사적·정치적 사건으로서의 전쟁과 전쟁 이후, 즉 전후의 현실에 대한 이들의 문학적 반응은 단일한 경향으로 귀결되지 않았다. 이 차이는 강신재와 차범석이 전쟁, 그리고 전후의 현실을 형상화하는 방식에서 단적으로 확인된다.

강신재는 1949년 《문예》에 단편 「얼굴」이 추천되어 등단했다. 한국전쟁 이후에 등단한 대다수의 1924년생 작가와 달리 그녀는 해방기의 좌우 대립이 일단락되고 사실상 분단이 고착화 단계에 접어들던 시기에 문단에 나왔다. 하지만 강신재의 초기 작품에 대한 동시대의 평가는 결코 호의적이지 않았다. 오늘날에는 강신재, 한말숙, 박경리 등의 전후문학에 등장하는 여성상에 적극적인 의미를 부여하려는 연구가 잇따르고 있지만 남성 작가와 평론가가 문단을 주도하던 1950~1960년대에 그녀의 문학에 대한 평가는 무척 냉혹했다. 강신재의 소설이 설정하는 현실의 크기가 "타이트 스커트 안에서만 두 다리를 자유롭게 움직일 수 있는"[7] 크기에 불과하다는 고은의 평가가 대표적이다. 1959년에 강신재와 백철이 《조선일보》의 지면을 통해 짧으면서도 강렬한 논쟁적 대화를 주고받은 일은 전후문학에서 하나의 사건이었다고 말할 수 있다.

강신재는 등단 초기부터 전후문학의 큰 흐름에서 벗어나 창작 활동을 전개했다. 전쟁이 불러온 참상이나 이념의 대립, 그것으로 인한 정신적인 상처와 실존적 고뇌 등에 주목한 전후문학의 주류적 경향과 달리 강신재는 초기작부터 애정/사랑 관계를 중심으로 개인의 욕망에 천착했다. 그동안 강신재의 소설이 주목받지 못한 데에는 전쟁과 이념 같은 역사적 맥락보다는 남녀의 삼각관계나 불륜 같은 개인의 욕망에 초점을 맞추었다는 사실이 크게 작용했다. 강신재는 대표적인 전후 작가이다. 하지만 그녀의 소설에서 전쟁은 배경일 뿐이고 실제 소설의 초점은 다양한 감정에 지배되면서 살아가는 개인들이다. 가령 그녀의 대표작으로 평가되는 「젊은 느티나무」(1960)에서 한국전쟁은 "사변과 함께 우리가 시골 할아버지 댁으로 내려가던 때"라는 진술처럼 흐릿한 배경으로만 제시된다.

---

7) 고은, 「실내작가론 8 — 강신재」, 《월간 문학》 1969년 11월호, 163쪽.

1950년대 강신재 문학의 특징은 전후 여성의 현실을 증언한 「해방촌 가는 길」(1957)과 "그에게서는 언제나 비누 냄새가 난다."라는 소설의 첫 문장이 당대의 유행어가 된 「젊은 느티나무」에서 선명하게 드러난다. 「해방촌 가는 길」의 여주인공 기애의 처지는 전후 여성이 처한 현실의 축소판이라고 말할 수 있다. 그녀는 어머니와 어린 동생의 생계를 책임지기 위해 미군과의 관계에서 임신과 낙태를 경험한다. 하지만 그녀에게 '초라한 판잣집'과 '시커먼 쥐들'로 표상되는 '해방촌'의 삶은 현실이자 생활 그 자체일 뿐 도덕적 판단의 대상이 아니다. 반면 딸의 '송금'과 그녀가 가져온 "라이카니 필름이니 녹음기의 테이프니 하는 것들"을 팔아서 생활비를 마련하면서도 정작 전통적인 윤리의식에서 벗어나지 못하는 엄마 장 씨의 시선, 그리고 "색다른 생활을 하는 누나가 주는 돈"으로 학교를 다녀야 하는 동생의 처지는 전후 여성들에게 강요되던 이중적 잣대를 고스란히 보여 준다.

한편 「젊은 느티나무」는 서구적 감각으로 청춘 남녀의 사랑을 감각적으로 표현한 작품이다. 이 소설은 부모의 재혼으로 인해 남매가 된 남녀의 사랑을 다룸으로써 이념적 갈등과 가난한 일상이 주를 이루던 전후문학에 충격적인 문제를 제기했다. 이 소설의 여주인공 숙희는 고교생이다. 어머니와 함께 시골의 외할아버지 집에서 생활하던 그녀는 어머니가 서울의 모 대학 교수인 무슈 리와 재혼하게 되어 상경한다. 어머니가 재혼함으로써 '나'에게는 무슈 리의 아들이자 물리학 전공자인 오빠가 생긴다. 하지만 '나'는 어느새 오빠를 사랑하게 되고, 그것으로 인해 부조리한 감정에 사로잡히게 된다. 법적인 남매 관계에 '사랑'이라는 문제를 겹쳐 놓은 이러한 구도는 통속적이라고 말할 수 있으나 사회적 금기에 도전하는 여성의 욕망을 세련된 필체로 그려 냄으로써 전후 세대 청춘의 사랑이라는 새로운 현실을 부각시킨 것이야말로 강신재 소설의 문학사적 의미라고 말할 수 있다. "서울의 중심에서 떨어진 S촌의 숲속"에 위치한 무슈 리의 저택에서 등장인물들이 테니스를 치면서 "공기의 감미함"을 느끼고, 해외여행을 다니며 "기막히게 비싼 팔목시계"를 구입하는 사내, "미스 E여고"에 당선되어 "학교의 퀸"이 되는가 하면 "뽀오얗게 얼음을 내뿜은 코카콜라와 크래커, 치즈 따위"를 즐기는 여주인공의 일상은 전후의 현실과 동떨어진 것은 물론이고 차라리 이국적이라고 말해야 할 듯하다. 이러한 설정은 작가의 시선에 전후의 '현실'이 어떻게 각인되고 있는가를 보여 주는바, 그것은 개인, 특히 여성의 욕망과 그것을 가로막는 전통적인 윤리의식의 충돌이라고 요약할 수 있다.

차범석은 1955년《조선일보》 신춘문예에 희곡 「밀주」가 가작 입선되고, 1956년 같은 신문에 「귀향」이 당선되어 등단했다. 1950년대 중반에 신춘문예를 통해 등단했으나 차범석은 해방 직후부터 연극 활동을 시작했으므로 엄밀히 말하면 한국전쟁 이전에 문학 활동을 시작했다고 말할 수 있다. 알려진 바에 따르면 1946년 연희전문학교에 입학한 후 '연희극예술연구회'를 조직하여 활동한 것이 최초의 활동이다. 차범석은 1949년에 각 대학의 연극 학도들과 함께 '대학극회'를 조직하기도 했고, 1951년에는 첫 희곡 「별은 밤마다」를 집필하여 목포문화협회가 주최한 예술제에서 공연하기도 했다. 이때 차범석은 작가, 연출, 주연을 모두 맡았다고 한다. 한국전쟁을 배경으로 한 이 작품은 주인공 송춘식이 빨치산 활동을 하던 중 북한이 내세운 이데올로기의 허구성을 깨닫고 한 여성 동지와 함께 탈출하여 귀향하는 이야기이다. 전체 2막으로 구성된 이 작품은 1962년《현대문학》에 발표된 대표적인 장막 희곡 「산불」을 연상시킨다.

1960년대 당시 한국전쟁을 다룬 대부분의 문학작품은 반공주의의 영향을 벗어나지 못했다. 하지만 차범석의 이 작품은 한국전쟁의 비극적인 면모에 주목하면서도 비교적 객관적인 시각을 유지했고, 전쟁의 비극성과 인간의 원초적 욕망을 겹쳐 놓음으로써 인간의 본질과 존엄성에 대한 문제의식을 잃어버리지 않았다. 「산불」은 한국전쟁 시기 소백산맥 근처의 한 마을을 공간적 배경으로 하고 있다. 마을 남자들 대부분이 국군과 빨치산에게 희생되어 몇몇 노인과 아이들을 제외하면 마을 주민들 대부분은 남편을 잃은 여성이다. 전쟁은 한반도 전체에 극단적인 이념의 대립을 초래했는데, 이 마을 또한 예외가 아니다. 이 작품에서 마을의 이장을 맡고 있는 과부 양 씨와 이웃에 살고 있는 과부 최 씨의 갈등은 이러한 이념적 대립의 축소판이라고 말할 수 있다. 양 씨의 아들은 우익에 속하는 인물이었는데 반동으로 몰려 죽임을 당했고, 최 씨의 사위는 좌익에 속하는 인물이었는데 빨갱이로 몰려 죽임을 당했기 때문이다. 따라서 양 씨와 최 씨가 공출해야 하는 곡식의 양을 놓고 벌이는 갈등은 단순한 곡식 이상의 문제를 함축하고 있다. 한편 양 씨의 며느리 점례와 최 씨의 딸 사월은 과부라는 같은 처지에 있는 친구 사이이다. 어느 날 이 마을에 공비의 소굴에서 탈출한 전직 교사 규복이 나타난다. 점례는 규복을 자기 집안 소유의 대밭에 숨겨 주고 시간이 흐름에 따라 이들 사이에선 사랑이 싹튼다. 하지만 친구 사월이 그 사실을 알게 되면서 이들은 규복을 자신들의 성적 욕구를 만족시키는 수단으로 삼게 된다. 이러한 갈등은 결국 토벌 작전으로 인해 규복이 대밭에서 죽음을 맞이하고, 규복의 아이를 임신한 사월이 그 사실을 알고 충격을 받아 자살함으로써 종결된다. 이러한 결말은 한국전쟁이라는 역사적 상황이 개인과 공동체에게 어떤 영향을 끼치는가를 단적으로 보여 준다고 말할 수 있다. 특히 규복을 중간에 두고 점례와 사월이 펼쳐 보이는 욕망의 삼각관계는 전후의 현실이 욕망과 인간성 사이에서 위태롭게 흔들리고 있는 모습을 보여 준다. 이러한 대립 구조는 성(性)이라는 인간적인 욕망 앞에서 이데올로기는 허위에 불과하다는 메시지로 해석될 수 있다.

3 황폐한 현실을 건너는 두 가지 시적 방식: 박양균과 신동집

전후 한국 시단의 특징은 새로운 시인과 경향의 등장으로 요약된다. 어느 시대에나 새로운 문학의 탄생은 새로운 감각을 지닌 시인들의 등장으로 시작되기 마련이다. 하지만 전후 한국 시단에서 발생한 변화는 한층 급

진적이었다. '전쟁'의 상흔은 재래의 서정에 돌이킬 수 없는 균열을 가져
왔으며, 그것은 해방 전에 활동하던 시인들과는 사뭇 다른 경향의 시인들
이 대거 등장했다는 것으로 확인된다. 박양균은 「서정 처리의 모색」에서
이 변화를 "유치환 서정주 그리고 청록 삼가 시인들의 토속적인 서정시(도
시적 표현을 빌린다면)를 한 주류로 이끌어 온 데 대한 반발"[8]이라고 요약하
고 있다. 박양균은 "인생 파격인 혹은 서정을 벗어나려는 움직임"이라고
말할 수 있는 시단의 주류 변화를 "근원적인 존재 의식의 추구와 전쟁이
가지는 극한상황과의 인간주의, 현대와 서정의 융화 등을 모색하려는 김
춘수, 김수영, 김윤성, 전봉건, 조병화 등의 유능한 시인군의 한국 시의 새
로운 시도와, 이와는 좀 더 적극적이며 극단적인 기계문명 추구의 모더니
즘을 지향하는 후반기 동인들의 모더니즘 운동"으로 분류한다.

　　박양균은 1952년《문예》에 「창」 등이 추천되어 등단했다. 하지만 그는
해방 직후부터 줄곧 문학 활동을 했다. 해방 직후인 1946년에는 조병화,
김창석 등과 함께 시 동인지《형상》을 출간했고, 1948년에는 이윤수, 박목
월, 유치환, 이호우, 이영도, 이효상, 김요섭, 신동집 등과 함께 시 동인지
《죽순》의 동인으로 참여하기도 했다. 박양균은 신동집, 김춘수와 더불어
1960~1970년대 대구 문단의 주역이었다. 알려진 바에 따르면 박양균은 여
러 면에서 신동집과 대조적인 모습을 지녔던 듯하다. "박양균이 이지적이
며 유리알같이 투명한 심상(心象)을 동원하는 데 능한 시인이었다면, 신동
집은 언어의 의미에 비중을 두고 내면성 탐구에 주력해 온 왕성한 의욕의
시인이었다."라는 평가가 대표적이다. 동갑내기이자 대구 문단의 핵심이었
던 두 사람은 작품에 대한 기준에서도 분명한 차이를 보였다고 알려져 있
다. 신동집은 "다작하는 가운데 명작이 나온다."라고 생각하는 다작 지지
자였으나, 박양균은 "다작은 사기다."라는 과작 지지자였다.

---

8)　　김원중·채종한 엮음, 『박양균 전집』(새벽, 1996), 227쪽.

그 신은 너에게 침묵으로 답하리라 ── 릴케 ──

사람이 사람과 더불어 망한 이 황무(荒蕪)한 전장에서 이름도
모를 꽃 한 송이 뉘의 위촉(委囑)으로 피어났기에 상냥함을
발돋움하여 하늘과 맞섬이뇨.

그 무지한 포성과 폭음과 고성과 마지막 살육의 피에 젖어
그렇게 육중한 지축이 흔들리었거늘 너는 오히려 정밀(淨謐) 속
끝없는 부드러움으로 자랐기에 가늘은 모가지를 하고
푸르른 천심(天心)에의 길 위에서 한 점 웃음으로 지우려는가 ──
── 박양균, 「꽃」 전문

  1952년에 출간된 박양균의 첫 시집 『두고 온 지표』는 전후(戰後)의 황량
한 폐허 위에 선 개인의 실존적인 내면을 선명하게 보여 준다. 이 시집의
첫 페이지에 수록된 인용 시는 "포성과 폭음과 고성과 마지막 살육의 피"
에 젖은 "황량한 전장"에 핀 한 송이 이름 모를 꽃의 존재에서 '하늘'을 향
해 발돋움하는 초월 지향적인 이미지를 읽어 낸다. 시집의 「후기」에서 시
인은 자신의 시적 지향을 이렇게 설명하고 있다. "언어 가운데서도 가장
뜨거운 언어의 건축으로서 존재를 건설하는 것이 시라고 나는 믿어 왔고
현재도 그렇게 믿고 있다." '언어'의 건축과 '존재'의 건설을 연결하는 이러
한 사유는 하이데거의 "언어는 존재의 집이다."라는 주장을 연상시킨다.
하이데거의 이 문장은 흔히 어떤 언어를 사용하는가가 그 언어를 사용하
는 사람의 존재를 나타내 준다는 의미로 오인된다. 하이데거의 후기 철학
의 문제성을 함축하고 있는 이 문장은 언어가 존재의 고향을 내맡길 수
있는 곳을 마련해 준다는 의미이며, 이때의 '언어'는 일상적 언어나 과학
적 언어가 아닌 '시적 언어'를 가리킨다. 이 주장을 할 당시 하이데거의 관
심은 '고향 상실'이라는 문제에 집중되어 있었다. 물질문명이 지배하는 근

대사회에서 인간은 자신의 본래성을 내맡길 수 있는 고향(집)을 상실한 채 정신적으로 떠도는 존재로서 살아가고 있다는 것이 바로 '고향 상실'의 핵심이다. 하이데거는 객관성을 신봉하는 과학의 언어가 아닌 '시적 언어'를 통해 고향 상실이라는 근대문명의 질병을 치유하고자 한 것이다.

명시적으로 밝히지는 않았으나 전후의 현실을 "이십 세기의 그 메커니즘의 마수로 말미암아 인간 본래의 구원을 잃고 절망을 선포한 서구 사조를 곁에 두고" 있는 상황으로 설명하는 박양균의 문제의식도 하이데거의 시각에 맞닿아 있는 것처럼 보인다. "시의 소재를 생활 주위"에 두면서 "있는 그대로가 아니라 무엇에나 지양해 보려고 노력"한다는 시작(詩作)에 대한 설명이나 시를 "나 자신의 구원"이나 "인간성에 대한 양식(糧食)"으로서 인식하는 태도에서도 마찬가지로 하이데거적인 문제의식이 드러난다. 다만 하이데거와 달리 박양균에게 인간성의 상실은 근대문명의 문제인 동시에 동족상잔의 비극과 분리될 수 없는 것이었다. 요컨대 박양균의 초기 시는 전후 시인들과 마찬가지로 재래의 향토적 서정에서 벗어나는 한편 부조리한 현실에 대한 표면적인 저항보다는 개인과 인간의 구원이라는 문제를 중심으로 전개된다. 박양균의 초기 대표작인 연작 「다리 위에서」는 이러한 실존의 문제를 '다리 위'라는 공간의 문제로 표현한 작품이다. "저자를 한 바퀴 휘돌고는 또한 여기를 벗어나야 할 의무에 사로잡힌다."9)라는 진술처럼 시인에게 시는 '지금-이곳'을 벗어나려는 노력의 일환이다. 시인은 이 탈출의 과정을 "자아를 잊은 내가 인간을 되찾으려함은 슬픈 나의 도정"이라고 표현하는데, 그것은 이 기획이 한순간에 성취될 수 없기 때문이다. 요컨대 시인에게 '다리'는 '지금-이곳'을 벗어나 미지의 세계로 건너가는 벗어남의 형상인 것이다. 다만 그는 자신의 현존이 "이쪽도 아니며 저쪽도 아닌" 상태, 그러니까 '다리 위'에 멈추어 있다고 생각하고 있는 것이다.

---

9) 같은 책, 204쪽.

어디에서나 나의 그늘을 따르며 나의 안주(安住)를 지켜 준 모나리자의 미소, 너의 영원한 비원(悲願)은 어쩌면 끝나 버린 음악과도 같은 것이다.

만나 보지도 못한 혹시는 어디에서 만나 본지도 모르는 한 사람의 정(情)이 고운 초상이 내 마음의 방 안 흰 벽에 걸리어 있었으나 지금은 그이의 맑은 육체와 육체 안에 고운 백골이 빛날 것을 빌 따름이다.

나는 일어서 결별의 인사를 올린다. 그러나 누구를 향한 희망은 아니었다. 이미 끝난 나의 방의 마지막 시간을 축복하여, 나는 경건(敬虔)한 마음으로 잔을 올린다.

나의 마음에 도영(倒影)하는 수많은 나의 데스·마스크. 모두 한 번씩은 날뛰며 무대 위에 올라섰으나 가면이 드덜하게 벗겨지는 순간엔 이미 한 사람의 관객도 없었다. 누구를 향하여 나의 배우는 독백을 하는 것이냐.

나의 방은 전쟁에 무너졌다. 폐허 구석진 모롱이 깨어진 유리 조각엔 어느 날의 나의 방과 초상과 모나리자의 미소가 비취이고 있었다.
— 신동집, 「방」 전문

신동집은 1948년 자비(自費)로 시집 『대낮』(교문사)을 출판하면서 문학 활동을 시작했다. 하지만 훗날 신동집은 이 책을 모두 파쇄하는 한편 1954년에 출간된 『서정의 유형』을 자신의 첫 시집이라고 소개했다. 1984년 시 전집을 출간하면서 쓴 「자서」에서는 『대낮』을 '습작 시집'이라고 평가하고 있다. 신동집의 첫 시집 『서정의 유형』은 동족상잔의 비극적 전쟁을 경험한 세대의 내면을 고스란히 투영하고 있다. 전후 세대의 폐허 의식은 외부 세계의 파괴라는 참상이 남긴 흔적이라고 말할 수 있는데, 그것은 개인과 세계의 관계만이 아니라 인간다움의 상실, 즉 타인과의 관계 자체를 불가능하게 만드는 충격적 경험이었다. 신동집의 초기작인 「방」에 등장하는 "나의 방은 전쟁에 무너졌다."라는 진술은 폐허로 변해 버린 전후 세대의 참담한 내면을 보여 준다. 이 시에서 '방'은 자아의 상태를 드러내는 객관적 상관물이다. 그곳은 "나의 안주를 지켜 준 모나리자의 미소"와 정체를 알 수 없는 "한 사람의 정이 고운 초상"이 존재하는 세계이다. 서정의 세계가 보여 주는 안정감은 바로 이러한 내면세계의 존재에서 비롯된다. 하지만 전쟁은 시인에게서 '방'을 빼앗아 갔고, 시인은 지금 그 세계를 향해 "결별의 인사"를 올린다. 이제 그가 할 수 있는 것은 "한 사람의 관객"도 존재하지 않는 무대 위에서의 "독백"뿐이다. 시집의 제목인 '서정의 유형(流刑)'은 이처럼 서정이 본래의 세계에서 추방되어 떠도는 상태, 즉 하이데거가 이야기한 '고향 상실'이라고 말할 수 있다. 훗날 한 회고에서 신동집은 '서정의 유형(流刑)'이라는 제목의 의미가 "유형당한 서정을 노래한다는 것이 이 시집의 본 뜻"[10]이라고 밝혔다.

신동집의 초기 시에서 이러한 감각, 즉 인간다움을 상실하고 목숨만 유지하고 있다는 느낌은 "살은 자는 죽은 자를 증언하라/ 죽은 자는 살은 자를 고발하라/ 목숨의 조건은 고독하다."(「목숨」)라는 진술에서 한층 분명하게 확인된다. 신동집의 초기 시를 지배하는 불안감과 고독감은 이처럼 역사적인 맥락을 지니고 있으며, 첫 시집에서 자주 목격되는 '너'를 향한 그리움의 정서는 이러한 부정적 현실을 초극하고 나아가려는 생명의 몸짓이라고 이해할 수 있다. 이 지점이 바로 전후 시의 특징적 면모, 특히 '존재'의 근원을 사유하려는 경향이 놓이는 곳이다. 신동집은 시가 '감정의 표현'이라는 상식적인 이해에서 벗어나 현대의 시는 "인간 존재의 근원을 더듬는 인식의 시"[11]임을 강조한다. 이것은 비단 신동집만이 아니라 전후 시인으로 평가되는 상당수의 시인들이 공유하고 있던 문제의식이다. 요컨대 그들에게 시는 "단순한 정서의 표현이라기보다는 인간을 그 근저

---

10) 신동집, 『나의 시론 나의 팡세』, 44쪽.
11) 같은 책, 225쪽.

에서 받치고 있는 존재에 대한 탐구의 행위"로 이해되었고, 이러한 문제의식은 하이데거의 사상을 경유하면서 "시는 존재에 대한 향수"라는 인식으로 정식화되었다. 여기에서 존재에 대한 향수란 "사물이 지니고 있는 본래의 참모습을 찾아보려는 무단한 지향"과 "인간 존재에 대한 탐구"라고 요약할 수 있다. 이러한 인식의 저변에는 문명이 지배하는 근대사회에서 인간이 무언가를 상실하고 살아가고 있다는 판단이 존재하며, 전후 세대에게 그것은 전쟁이 남긴 심리적 상흔 가운데 하나였다. 박양균과 신동집은 각자의 방식으로 폐허가 되어 버린 전후의 현실에서 벗어나고자 했고, 이러한 흐름은 부정적 현실을 초극하고 존재의 근원에 다가가려는 존재의 시학으로 가시화되었다.

4 전후의 부정적 현실에 맞서는 다양한 방식들: 최일수, 박화목, 손동인의 경우

문학에서 장르나 형식은 단순한 스타일의 차이가 아니다. 군이 형식주의적으로 사고하지 않아도 시인과 소설, 운문과 산문이 동일한 현실에 대해 다른 방식으로 반응해 왔다는 사실은 쉽게 확인할 수 있다. 전후 세대의 문학에서도 이러한 차이는 비교적 분명하게 드러난다. 전후 현실에 대한 최일수(비평), 박화목(동시), 손동인(동화)의 글쓰기가 보여 주는 차이 또한 개인적 차원과 장르적 차원이 복합적으로 작용하여 발생한 것이라고 말할 수 있다.

최일수는 1955년 《조선일보》 신춘문예 평론 부문에 「현대문학과 민족의식」이 당선되면서 본격적인 평론 활동을 시작했다. 최일수가 1930년대 후반부터 목포 용당동에 거주하고 있던 박화성의 집을 드나들면서 독서에 탐닉했다는 사실은 알려져 있으나, 신춘문예 이전의 문학 활동에 대해서는 그동안 알려진 바가 거의 없었다. 1950년 1월 광주에서 창간된 월간 《호남공론》 창간호에 「주검」이라는 제목의 수필을 발표한 것이 지금까

지 알려진 전부이다. 최근의 연구에 따르면 최일수는 목포상고를 다니다
가 가정 형편으로 중퇴했고, 검정고시(1943)를 거쳐 1950년에 조선대에 입
학했으나 그마저도 전쟁으로 인해 학업을 중단해야 했다. 그리고 그가 해
방 전후에 사회주의에 경도되었고, 1948년 여순 사건 직후에는 검거를 피
해 잠적했다가 체포되기도 했다는 사실이 추가로 확인되었다. 1955년《조
선일보》신춘문예로 등단할 무렵 최일수는《서울신문》출판국에서《신
천지》라는 잡지의 편집 실무를 담당하고 있었다. 평론집『현실의 문학』
(1976)에서 최일수는 자신의 등단작을《신천지》에 게재할 예정이었다고 밝
히고 있다.[12]

후반기에 처한 현대문학의 성격은 이미 역사적으로 기능을 상실해 버린
개인주의적 자아의식을 지양하는 민족적인 자주정신의 새로운 발현이며 동
시에 그 선진성을 역사적으로 약속받고 새로이 성장하고 있는 현실적이며
진취적인 현대문학으로 이양한 것과 마찬가지로 2차 대전 후에 있어서 민
주주의가 개인의 평등에서 민족 간의 평등으로 상향하고 또한 내면적인 신
심리주의와 감각파 문학의 경향으로부터 민족적 '리얼리즘'으로서의 현대적
문학과 더불어 지향하고 있음을 말해 주고 있다.[13]

이 글은 현대문학의 근본적인 성격과 방향을 고찰한 것이다. 이 글에
서 최일수는 20세기 문학(현대문학)을 두 시기, 즉 1차 세계대전 이후의 문
학과 2차 세계대전 이후의 문학으로 구분한다. 그는 전자의 기본 성격을
"정적인 관조의 세계로부터 행동하는 인간 사회로 이향"한 것이라고 규정
하고 "자연 묘사에서 사회 묘사로, 인간성의 생리적 분석으로부터 사회

---

12) "1954년 말에《신천지》잡지가 휴간이 되는 바람에 한거울 생각했던 것을 정리하여 보낸
   것이 이듬해 1월 1일 조선일보 신춘문예(문학평론)에 당선이 되었다.「현대문학과 민족의
   식」이라는 제목이었다."(최일수,『현실의 문학』(형설출판사, 1976), 477쪽)
13) 최일수,「현대문학과 민족의식」, 위의 책, 11쪽.

적 가치판단과 심상의 세계로" 문학의 원천이 이동한 것이 특징이라고 분석한다. 반면 그는 후자의 기본 성격이 "시민사회적인 자유주의 문학이 집단적인 민족문학과 더불어 '파시즘'의 위협으로부터 민주주의를 발전시키려는 역사적 시대정신"을 배경으로 형성되었다는 점을 강조하면서 그것이 "약소민족들의 자주정신이 고도로 성숙하면서 있는 그러한 현실 속에서" 발전했다고 진단한다. 요약하자면 1차 세계대전 이후의 문학은 내면성에서 외면성으로의 변화가 핵심이었고, 2차 세계대전 이후의 문학은 개인에서 사회로, 자아에서 민족으로, 감각에서 지성으로의 변화가 핵심이라는 것이다. 현대문학의 기본 성격에 대한 이러한 이해는 1950~1960년대 최일수 비평에서 리얼리즘과 민족문학론으로 구체화되었다. "현대문학의 특질이란 인간 전체의 문제 또는 민족 전체의 문제가 작품의 주제에 그대로 밀착하여 직재 단명한 행동성이 일관되는 데 있는 것이지 결코 개인의 감각이 의식 있는 체계를 회피하면서 그저 순수 심리에만 집착되는 데 있는 것은 아니라는 점이다."라는 그의 주장은 이런 맥락에서 이해되어야 한다.

세계문학의 흐름을 배경으로 현대문학, 특히 2차 세계대전 이후 문학의 일반적 성격과 지향점을 도출하려는 최일수의 이러한 시도는 당시 이어령의 혹독한 비판에 직면했다. 이어령은 1956년 《한국일보》에 발표한 「우상의 파괴」에서 신예 비평가인 최일수를 가리켜 "아직 문단에 채 데뷔도 하지 못한 신진이 벌써부터 대가 의식이 들어 우상의 영아(嬰兒)가 되려"한다고 신랄하게 비판했다.[14] 이 비판의 핵심은 최일수가 해외 문학에 대해 제대로 이해하지도 못한 상태에서 글을 씀으로써 독자는 물론이고 자신을 속이고 있다는 것이다. 이 비판의 정당성에 대해서는 별도의 지면이 필요할 것이다. 최일수가 등단할 무렵 한국의 비평계는 보수적인 민족주의의 전통론과 외래 사조의 영향을 받은 실존주의·모더니즘으로 양분되어 있었다. 전자가 서구의 예술 사조에 맞서 민족문학의 이념을 내세운 전통

---

14) 이어령, 「우상의 파괴」, 『누가 그 조종을 울리는가』(동화출판공사, 1968), 23쪽.

론자였다면, 후자는 모더니즘에 근거하여 한국문학의 세계화를 주장한 현대파였다고 말할 수 있다.

이런 상황에서 최일수는 리얼리즘에 근거한 민족문학론을 내세웠고, 분단 상황의 극복이라는 구체적인 현실을 강조했다. 전후문학의 기본 성격이 시민사회적인 자유주의 문학을 뛰어넘어 "집단적인 민족문학과 더불어 '파시즘'의 위협으로부터 민주주의를 발전시키려는 역사적 시대정신"을 배경으로 하고 있다는 최일수의 인식에서 민족 문제, 특히 분단 문제는 결코 외면할 수 없는 것이었다. 하지만 1950~1960년대에 '분단' 문제는 금기 가운데 하나였다. 1950년대 한국의 공식적인 통일 정책이 북진통일론이었다는 점, 1961년에 이병주가 '중립'에 대한 정치적 상상력을 담은 『중립의 이론』을 편집했다는 이유로 구속된 점 등을 고려하면 한국전쟁의 여진이 채 가라앉지도 않은 1950년대 중반에 '분단' 극복을 주장한 것은 실로 엄청난 도박이었다고 평가할 수 있다. 알다시피 한국전쟁은 극단적인 이념의 갈등이 초래한 역사적 비극이었고, 그것은 우리 사회에서 이른바 진보적인 담론이 말살되는 계기가 되었다. 1950년대의 반공주의 논리 속에서 북한은 말살되어야 할 대상일 뿐 결코 동질적인 민족으로 간주되지 않았다. 이런 엄중한 냉전 체제 속에서도 최일수는 현실에 대한 문학의 참여, 특히 분단 상황의 극복이라는 화두를 중심으로 자신의 비평 세계를 구축해 나갔다. 분단이라는 민족적 현실을 극복하고 통일을 지향한 그의 민족문학론은 1960년대 중반 이후에 등장한 진보적 문학 담론의 선구자였다.

박화목은 "동구 밖 과수원 길 아카시아 꽃이 활짝 폈네"라는 구절로 시작되는 동요 「과수원 길」의 작사가이자 전후 세대의 대표적인 아동문학가이다. 황해도 황주에서 태어난 그는 평양신학교를 거쳐 하얼빈 영어학원과 봉천신학교를 졸업했고, 해방 직후에 월남하여 실향민으로 살았다. 박화목은 1941년 교회지인 《아이생활》에 「피라미드」, 「겨울밤」 등이 추천되어 등단했다. 초기에는 주로 기독교 사상을 바탕으로 한 동시를 썼으나 1948년 이후에는 동화도 창작했다. 해방 이후에는 서울중앙방송(1947~1950)에서 프로듀서로 근무했고, 동인지 《죽순》의 동인으로 활동하기도 했다. 박화목은 "노래란 한마디로 서정적인 선율과 리듬이 형상화된 것이라고 할 수 있습니다. 또한 그런 노래의 노랫말은 정서적인 감각과 분위기가 흠뻑 밴 것이어야 합니다."라고 주장했다. 또한 그는 아동문학의 중요성에 대해 "어린이에게 있어서 정서적 빈곤은 가치관을 흐리게 하고 범행의 요인을 주게 됩니다. 이는 우리나라뿐만이 아니라 전 세계적으로 산업화에 따르는 당연한 결과입니다."라고 주장하기도 했다. 요컨대 그에게 아동문학은 산업화로 인한 정서적 빈곤이라는 부정적 현실에 대응하는 장르이며, 그 가운데 동요는 서정적 선율과 리듬을 통해 아이들에게 감정과 정서적 자극을 제공하여 그들이 가치관의 혼란이라는 현대적 질병에 시달리지 않도록 만드는 해결책의 하나이다.

손동인은 경남 합천 출생으로 1950년 《문예》에 「누나의 무덤가에서」 등이 추천되어 문단에 나왔다. 하지만 시인으로 등단한 얼마 후 소설과 동화로 방향을 전환했다. 이에 대해 그는 이렇게 회고했다. "그러던 중 나는 소설과 동화 쪽으로 관심을 갖게 되었다. 왜냐하면 내 인생의 과정이 다분히 산문(散文)의 세계였기 때문이다. 이리하여 나는 마침내 소설과 동화로 전향하여 오늘에 이르렀다."[15] 즉 그는 자신의 일상이 서정성과 어울리지 않는다고 판단해 '산문'의 형식을 통해 문학 활동을 이어 나가기로 결심했고, 그것이 바로 동화를 창작하게 된 직접적인 계기였던 것이다. 아동문학 분야에서 손동인이 남긴 업적 가운데 하나는 1968년 인천교육대학 재직 당시부터 시작한 전래동화 채집 작업이다. 그는 동화를 창작하는 일만이 아니라 전래동화를 채집·분류하는 것에도 상당한 노력을 쏟았다. 손동인은 박화목과 더불어 전후 아동문학을 대표하는 작가이지만 문학에 대한 그들의 지향점은 사뭇 달랐던 것으로 보인다. 가령 박화목

---

15) 손동인, 『이 외나무다리 우알꼬』(명문당, 1986), 271쪽.

은 동시와 동요 분야에서 활동한 반면 손동인은 전래동화 채집과 창작동화 분야에서 활발하게 활동했다. 또한 박화목이 한국아동문학회에서 중요한 역할을 맡은 반면 손동인은 한국아동문학가협회에서 중요한 역할을 맡았다. 이들 두 단체가 "한국문인협회와 자유실천문인협의회의 대립에 상응하는 '순수파' 대 '사회파'의 논리를 아동문학에 새겨"[16] 넣은 것으로 평가된다는 사실을 생각하면 이들이 아동문학에서 보여 준 표면적 차이가 '동시'와 '동화'의 차이 이상의 의미를 갖는 것임을 알 수 있다. 박화목이 서정적 장르를 통해 산업화와 그로 인한 가치관의 혼란을 극복하고자 했다면, 손동인은 1960~1970년대에 등장한 민족문학 담론의 영향 아래서 동화를 매개로 전통과 현대를 연결하고, 특히 시민성, 민중성이 두드러지는 전래동화를 채집함으로써 민족문화의 계승과 발전에 일조하고자 했다고 평가할 수 있다. 이처럼 전후 세대의 문학인들, 특히 최일수, 박화목, 손동인은 '문학'을 통해 부정적 현실에 적극적으로 맞서고자 했으나 이들의 문학에 투영된 '현실'은 결코 같은 것이 아니었다.

16) 원종찬, 「이원수와 70년대 아동문학의 전환」, 『한국 아동문학의 쟁점』(창비, 2010), 157쪽.

유년의 그로테스크: 1950~1960년대 강신재 단편소설의 한 원천

손유경 I 서울대 교수

1 들어가며

이 글은 강신재의 1950~1960년대 단편소설에 나타나는 그로테스크 미학의 특질을 그간의 연구사에서 본격적으로 조명되지 않았던 작가의 유년기 경험에 비추어 사유해 보는 데 그 목적이 있다. 1924년 서울에서 태어난 강신재는 의사인 부친을 따라 가족과 함께 1930년 함경북도 청진으로 이주한다. 1937년 부친이 별세하자 다시 서울로 돌아온 그는 덕수소학교와 경기고녀를 거쳐 1943년 이화여전 가사과에 입학한다. "귀축미영과 전쟁을 하고 있는 현재 영문학을 하고 싶다는 사상은 불건전"하다는 학교 측 입장에 따라 반강제로 가사과를 택했으나 수업(염색, 자수, 재봉, 요리 등) 내용이 죽을 만큼 괴로워 문과 과장을 찾아가 전과를 요청한다. 그러나 담당자의 무성의한 대응으로 결국 그는 전과를 포기하고 1944년 결혼과 동시에 학교를 중퇴한다.[1] 결혼 직후 남편이 학도병으로 끌려갔다가 생환하는 일을 겪기도 했다.[2] 1949년 김동리의 추천으로 단편소설 「얼굴」과 「정순이」를 발표하며 문단에 데뷔한 이후 2001년 타계할 때까지 120여 편의 소설을 창작했으며, 특히 1960년대 후반에는 신문 연재소설을, 그리고 1970~1980년대에는 역사소설 창작에 주력했다. 이 긴 시간 동안 강신재가 자전적 소설을 그다지 많이 남긴 것은 아니나, 어린 시절 작가가 청진에서 겪은 일들을 배경으로 하는 일련의 작품들, 즉 「C항 야화」(1951)나 「진줏빛 람프」(1959), 「상(像)」(1962), 그리고 「파도」(1963~1964) 등이 강신재 작품 세계에서 갖는 의미와 비중은 결코 작다고 할 수 없다. 데뷔작 「얼굴」과 「정순이」에 두드러지게 나타나는 그로테스크한 인물 및 배경의 형상화와 그것을 가로지르는 배신의 모티프는 이후 발표되는 강신재의 소설들이 공유하는 가장 중요한 요소들이라 할 수 있는데, 이 글에서는 이러한 특성을 강신재의 유년기 원체험과 관련해 새롭게 독해하고자 한다.

강신재는 우리 소설사에서 손꼽히는 "특이한 기질의 작가"[3]로 알려져 있다. 어디에 초점을 두느냐에 따라 그 내용은 다르게 채워졌다. 1960년 《사상계》에 발표한 「젊은 느티나무」가 대표작으로 알려진 것이 오히려 강신재 소설의 넓은 스펙트럼을 간과하게 만드는 측면이 있었으나 그러한 편향성은 다년간 축적된 여러 연구에 힘입어 거의 불식되다시피 했다. 일찍이 천이두는 자전적 요소를 발견하기 어려운 강신재 소설의 특징에서 '대질의 미학'[4]을 발견했고, 강인숙은 강신재가 "주제를 앞세우고 달리는 많

1) 강신재, 「문학, 그 만남의 길」, 『무엇이 사랑의 불을 지피는가』(나무, 1986), 156~162쪽. 이하 이 책에서 인용할 경우 제목과 쪽수만 적는다.
2) 강신재, 「내가 택한 길」, 『사랑의 아픔과 진실』(육민사, 1966), 108~109쪽. 이하 이 책에서 인용할 경우 제목과 쪽수만 적는다.
3) 김현, 「감정의 점묘화가 ― 강신재론」, 『한국 단편문학 대계 8』(삼성출판사, 1970), 416쪽.
4) 천이두는 강신재 소설의 두드러진 기법상 특질로 "작중의 액션의 내용과 그것을 관찰하는 렌즈 사이의 기묘한 언밸런스"를 꼽는다. 특히 "비극적 액션의 현장에 희극적 요인을 대질시"키는 강신재의 문학적 입장은 "작가 자신의 주관적 정서가 작중 현실 안에 투입될 수 있는 가능성을 이중적으로 봉쇄"한다면서, 강신재 소설에서 "자전적인 요소가 별로 눈에 띄는 것같이 느껴지지 않"는 이유를 거기서 찾는다. 천이두, 「해설: 대질(對質)의

은 작가들"과 다르게 "인물의 이미지"[5]를 화가처럼 그려 내는 작가라고
평했다. 김윤식은 강신재 소설에 나타난 "지적 남성 기피증"에 주목하고
작가가 그려 낸 여성은 "남성의 대극에 놓인 여성이 아니라 여성 자체로
서 자족적인 상태"에 놓여 있기에 "사회와 필연적으로 고립"[6]될 수밖에
없다고 보았다. 김복순도 이와 비슷한 지점을 포착했는데, 강신재 소설에
서는 가족 간 유대가 희박하고 언제든 해체될 가능성이 있으므로 여성 인
물에게 가족은 별 의미가 없고 이들에게서는 '절대 고독자'로서의 면모가
보인다는 점을 강조했다.[7] 강신재에 관한 초창기 비평과 연구가 공통적으
로 주목한 것은 작가가 관찰 대상(작중인물)과 늘 일정한 거리를 유지했다
는 사실이다. 강신재 특유의 감각적 묘사와 담담하고 지적이며 세련된 문
체는 그러한 간격의 소산으로 보통 이해되었다.[8] 작가 자신은 이런 작풍
에 '현상학적 태도'라는 이름을 붙이기도 했다.[9] 강신재가 페미니스트 관
점에서 새롭게 읽히기 시작한 것은 1990년대 이후의 일이며, 2000년대에
들어서는 여성 인물의 성적 일탈이나 그로테스크한 욕망이 강압적 현모
양처 교육[10]이나 뿌리 깊은 가부장적 질서[11] 또는 한국전쟁[12] 등과 같은
사회 역사적 구조 및 사건과의 관련 아래 한층 적극적으로 해석되는 경향
을 보이게 된다.

미학」,『강신재·박경리: 한국 현대문학 전집 20』(삼성출판사, 1978), 478~482쪽.

5) 강인숙, 「강신재 작품 해설」,『한국 대표 문학 전집 8』(삼중당, 1971), 802쪽.

6) 김윤식,『한국 현대문학 명작 사전』(일지사, 1992), 247~249쪽.

7) 김복순은 기왕의 강신재론이 낭만적 사랑 문제만 강조하고 절대 고독이라는 여성 주인
공의 실존 의식을 간과했다는 점을 지적한다. 낭만적 사랑에만 초점을 맞추면 강신재에
관한 평가는 제한적일 수밖에 없다는 것이다. 김복순, 「1950년대 여성 소설의 전쟁 인식
과 '기억의 정치학'」,《여성문학연구》 10, 한국여성문학학회, 2003, 44~45쪽.

8) 원형갑도 이와 비슷한 맥락에서 강신재의 '투명하게 보는 눈'을 고평한다. 원형갑, 「강신재
와 삶의 원야(遠野), 세계평화교수협의회,『한국 소설의 문제작』(일념, 1985), 241~243쪽.

9) "나는 그 본질을 알 수 없어서 모호히 불안한 토대 위에서, 그러나 또 이는 너무나도 생생하
게 감촉되는 사람들의 아픔이나 환희나 절규를 그리려 한다. 현상학적인 입장에서 인간 드
라마를 추구하고 있는 셈이다."(강신재, 「문학 수련」,『무엇이 사랑의 불을 지피는가』, 164쪽)

청소년기에 일제 식민지 교육을 받고, 20대에 해방과 전쟁, 분단 등의 굵직한 역사적 사건을 모두 겪은 1924년생 강신재는, 많은 근대 여성 작가들이 선택한 자전적 글쓰기를 결벽에 가까울 만큼 멀리했던 것으로 잘 알려져 있다. 그런 때문인지 지금까지의 연구사를 일별해 보면 강신재의 유년기 경험과 그 소설적 형상화의 문제가 본격적으로 조명된 경우는 드물다. "작가에 따라서는 자기 신변의 일을 많이 작품 속에 살리고 있는 이가 있으나 나는 그런 일을 생리적으로 염오(厭惡)하는 축에 속한"[13]다고 한 데서 잘 드러나듯 강신재는 기본적으로 자전적 글쓰기를 지향하지 않았고 자전적 특성을 보이는 경우에도 작가의 분신에 해당되는 1인칭 주인공을 거의 등장시키지 않았다. 강신재 소설에서 여성 주인공이 압도적 비중을 차지하는 것은 사실이나, 중심인물이 작가의 심경이나 사상을 직접 토로하는 경우는 거의 없었다. 이런 특성은 작가가 자신의 유년기를 기억하고 서술하는 방식에서도 잘 포착된다.

유년기의 자전적 요소가 비교적 눈에 잘 띄는 소설에서조차 강신재는 극도로 신중하게 그 요소들을 허구화하면서 자신의 경험을 탈색 내지는

10) 나보령은 일제강점기 말에 이루어진 강압적 양처현모 교육에 대한 작가의 저항감에 주목하고, 그가 창조해 낸 히스테릭한 일련의 여성 인물들이 보이는 광기를 "강력하게 훈육된 여성성과의 갈등에서 오는 분열"로 독해했다. 나보령, 「강신재 문학 연구 — 여성과 전쟁의 문제를 중심으로」, 서울대 석사 논문, 2013, 39쪽.

11) 김은하에 따르면, 강신재는 "경쟁과 유혹의 전략을 통해 친구의 남편을 빼앗"거나 "아들의 친구마저 꾀어내는 색정증적 여성" 인물들을 통해 "출산과 결부되지 않는 섹스를 추구하고, 자신의 욕망을 위해서 자식마저도 버리는 사악한 모성"을 형상화한다. "짝짓기 행동의 생물학적 메커니즘을 벗어"난 이러한 '나쁜 여자'의 형상화를 김은하는 "가부장제로부터 탈주하기 위한 여성 작가의 불온한 전략"이라 평가하면서도, 탐욕스러운 소비 주체로서의 여성은 결국 여성을 물신화·상품화하는 부르주아 남성 욕망과 공모하는 지점이 있다고 비판한다. 김은하, 「1950년대와 나쁜 여자의 젠더 정치학」, 《여성문학연구》 50, 한국여성문학학회, 2020.

12) 심진경은 강신재 소설 속 여성의 섹슈얼리티 문제를 "전쟁이 불러일으킨 공포와 불안을 상징적으로 드러내는 스크린"으로 파악한다. 심진경, 「전쟁과 여성 섹슈얼리티」, 《현대소설연구》 39, 2008, 63쪽.

13) 강신재, 「어느 제작 과정 — 젊은 느티나무」, 『사랑의 아픔과 진실』, 293쪽.

변색하기 위해 고심한다. 무엇보다도 아버지의 죽음이라는 사건이 사소설적 필치로 다루어진 경우는 전무하다. 아버지의 죽음에 관한 강신재의 회고는 특이한 양상을 보인다. 수필에서 아버지의 죽음은 반복적으로 여러차례 언급되지만 무엇이 그를 죽음에 이르게 했는지에 관해서는 어떤 묘사나 설명도 없다. 그러나 아버지의 죽음이라는 사건은 자전적 작품을 포함한 여러 소설에서 작중 어머니의 죽음이나 아버지의 외도, 가출, 배신, 자살 등과 같은 모티프로 끊임없이 변주되면서 집요하게 귀환한다.

이에 본고는 강신재가 열 살을 전후한 성장기에 함경도 청진으로 이주하면서 겪게 된 급격한 변화들, 그 가운데 특히 부모의 불화와 아버지의 죽음이 그의 소설적 상상력에 결정적 영향을 미친 일종의 외상적 사건으로 간주한다. 지젝의 표현을 빌린다면, 그 사건은 작가가 구축하는 상징계를 교란하면서 그것으로 통합되지 않는 일종의 잔여물이라 할 수 있다.[14] 강신재의 소설 세계는 아버지의 죽음이라는 외상적 중핵에 가로막혀 구멍이 나 있지만, 다름 아닌 이 "불가능성을 둘러싸고" 다른 모든 이야기가 "구조화되어 있"[15]다는 점이 중요하다. 그의 소설에서 배신과 죽음의 모티프가 끊임없이 씌어지기 위해서는 부모의 심각한 불화나 아버지의 죽음과 관련된 작가의 깊은 상처는 "말해지지 않은 채 남아 있어야"[16] 했던 것이다. 강신재가 자신의 유년기를 드러내는 동시에 은폐하는 듯한 불투명한 태도를 취하는 것은 이 때문일 것이다.

이런 관점에서 주목되는 것은 강신재의 자전적 소설에서 어린 주인공들이 어른 세계와의 거리 두기에 실패함으로써 겪게 되는 불행이다. 자전적 요소가 비교적 뚜렷이 드러나는 일련의 소설에서 작가 강신재와 등장인물간 거리 두기는 무난히 이루어졌는지 몰라도, 작중인물들 사이의 거리 두기, 특히 어른 세계와 아이 세계 사이의 간격 유지는 완전히 실패한 것으

---

14) 슬라보예 지젝, 김소연·유재희 옮김, 『삐딱하게 보기』(시각과 언어, 1995), 56~57쪽.
15) 위의 책, 74쪽.
16) 위의 책, 93쪽.

로 보인다. 강신재 소설에서 어린아이는 순진한 눈의 소유자로 세상의 비극성을 심화시키는 존재가 아니다. 이들은 항상 이미 비극적 세계의 일원이(었)며 어른들의 불행에 포위되어 있다. 어른들이 겪는 고통에 불가항력으로 포섭된, 파괴된 동심의 소유자인 것이다. 아이들은 부모의 근심이나 상처와 거리 두기에 실패하고 세상과 절연된 듯한 정서적 고립감과 비애감에 휩싸여 있다. 아이 눈에 비친 어른들의 고통은 배우자의 가출이나 외도로 대변되는 배신이 가장 큰 부분을 차지하며, 여기에서 빚어진 불화와 갈등에 아이들은 속수무책으로 말려 들어간다.

본고는 강신재 소설을 특징짓는 여성 주인공의 성적 일탈을 관찰할 때도 가부장적 질서에 대한 도전이나 한국전쟁기 특유의 여성 섹슈얼리티의 문제가 아니라 그로 인해 상처받은 영혼의 문제에 더 주목한다. 강신재 단편소설에서 하나의 계열을 형성하고 있는 배반의 서사가 그의 유년기 원체험과 긴밀히 결부되어 있다는 사실에 유의하고, 애인이나 친구, 또는 배우자의 부정 및 불륜으로 "지옥 세계"에 빠져드는 인물의 외양과 내면이 그로테스크하게 묘사된 1950~1960년대 단편소설을 작가의 자전적 요소와 관련하여 재독해해 보려는 것이다. 낯선 환경에서 겪은 부모의 불화와 아버지의 죽음이 유년의 강신재에게 남긴 상처를 작품 해석의 새로운 지렛대로 삼고, 상대방을 배신하는 인물이 아닌 배신당하는 인물을 중심으로 배신의 서사를 다시 읽어 봄으로써, 강신재 문학에 관한 이해의 폭을 넓히고 그 깊이를 더할 수 있기를 기대한다.

2 유년의 원체험과 내면의 원시림

앞에서 언급했다시피 신변소설에 대한 거부감을 드러냈던 강신재는 자신과 닮은 주인공보다는 확연히 다른 인물을 작중에 내세우는 것을 선호했다. 유년기 경험이라는 자전적 요소가 매우 섬세하게 가공되어 작품 곳곳에 녹아든 것은 작가의 이러한 태도와 깊이 관련된다. 강신재 소설에 나타난 자전적 요소의 미적 가공 양상을 제대로 이해하기 위해서는 작가의 체험이 비교적 날것 그대로 기록된 그의 수필집 전반을 먼저 검토할 필요가 있다.

강신재의 수필집『사랑의 아픔과 진실』(1966)과『무엇이 사랑의 불을 지피는가』(1986)에는 작가에게 유년 시절이 어떤 의미였는지를 짐작게 하는 중요한 글들이 다수 실려 있다. 주목되는 점은, 그의 수필에 등장하는 추억 또는 상상 속의 아이가 정서적 고립감에 시달린다는 공통점을 보인다는 사실이다. "어린 시절을 전원에서 보낼 수 있었던 사람은 행복하다."라는 문장으로 시작되는「사랑과 숲과 향기와」는 그런 점에서 눈에 띄는데, 여기에는 작가가 자신의 유년기를 어떻게 기억하고 있는지 암시하는 의미심장한 내용이 담겨 있다.

> 어린 시절을 전원에서 보낼 수 있었던 사람은 행복하다. 따뜻한 햇살이 마른 잔디 위에 고여, 정다움과 평안이 투명한 장막을 드리우고 있던 양지바른 언덕을 그는 기억하고 있겠기 때문이다. 무엇이 그의 **동심(童心)**을 상하게 했을까? 아무것에 의해서든 그의 비애는 **외곬**으로 절실했을 것이 틀림없다. 그는 **몹시 울었을 것이다.** 그리고 그 볕바른 언덕에 찾아 올랐을 것이었다. 단 혼자서. 그저도 흐느끼면서.(『사랑의 아픔과 진실』, 85쪽)

인용된 대목이 수수께끼처럼 읽히는 이유는, 어린 시절을 전원에서 보낸 이는 '행복하다'는 문장 바로 뒤에 "무엇이 그의 동심을 상하게 했을까?"라는 낯선 질문이 이어지고 있기 때문이다. 아이를 둘러싼 자연환경의 포근함·안락함과 아이 내면의 절실한 고독감·비애감이 선명히 대비되고 있는 것이다. 환상인지 기억인지 모호한 위 대목에서 작가는 왜 동심이 파괴되었다고 단정 지은 것일까? 비슷한 문장은 한 번 더 반복되는데("어린 시절을 숲가에서 자랄 수 있었던 사람은 행복하다.") 앞에서 '그'로 불렸던 아이가 '그녀'로 바뀌었지만 이 아이도 외롭기는 마찬가지다. "모든 것, 하늘도 땅도, 그 안에 충만한 즐거움도 다 그녀의 것인 그 순간 그러나 그녀는 문득 허전해진다. 혼자라는 것, 단 혼자서 느끼고 있다는 일……."(『사랑의 아픔과 진실』, 86쪽)

강신재 수필 속 어린아이(들)의 이러한 고독과 비애감은, 서울 출생인 그가 열 살을 전후한 시기 부모를 따라 함경도 청진으로 이주해 그곳에서 7여 년의 시간을 보냈다는 전기적 사실과 무관하지 않다. 어린 시절을 회고하는 여러 수필에는 그가 청진에서 겪은 정서적 고립감과 소외감, 그리고 낯설고 거친 자연환경이 주는 불안과 공포 등이 자세히 묘사돼 있다.

「세모(歲暮)에 생각나는 일 ─ 삼십 년 전 풋내기 의사 부처(夫妻)의 딸은」

삼십 년쯤이나 전의 이야기. 그때 세상은 암흑의 불경기 시대로 누구나가 허덕이며 지내고 있었던 듯하다. 가난한 차림의 가족이 짐 보따리에 바가지를 꿰매 달아 지고 어물어물하는 모습이, 만주행 기차가 떠나는 역 앞에는 늘 있었다.

내 양친은 그곳에다 새로운 병원과 주택을 마련하였는데 매일 심각한 낯빛으로 수군수군 의논이 계속되는 때가 많았다. 성탄절이 가까워 오고 있었지만 집안에는 색종이 한 장 구경할 수 없었다.

집에 근심거리가 있으면 아이들은 물론 덜 행복하다. 하지만 내가 어쩌다 동생의 심술을 잘못 건드려 놓은 때에 어머니가 던진 한마디만큼 내 감정을 불행하게 만든 것이 또 있을까.

"그렇게 착하지 못한 애에게는 '싼타' 할아버지가 안 와요."

높지 않은 음성이었으나 이상한 '리얼리티'가 있어 나는 그것을 믿었다. 그리고 몹시 상심하였다.

내가 바라던 선물을 못 받게 될까 보아 그랬다고 생각하면 그것은 틀리다. 나는 그러한 형식으로 인간 사회로부터 소외되는 것이 무서웠고, 남들과 다르게 고립되어 있어야 하리라는 생각이 겁났던 것이다.(『사랑의 아픔과 진실』, 160쪽)

"풋내기 의사 부처"였던 양친이 일제강점기 말 암흑기에 청진으로 이사를 한 후 "짓다 만 건물 속에 이마를 마주 대고 근심하던 광경" 속의 '나'는 사뭇 어둡고 우울하다. 그런데 이 회상 장면에서 '나'에게 가장 큰 상처가 되었던 것은 동생과 다툰 '나'에게 '나쁜 어린이에게는 산타 할아버지가 오지 않는다'고 한 어머니의 조용한 경고였다. 화난 부모들이 흔히 사용하는 협박용 레퍼토리에 어린 강신재는 왜 그토록 상심한 것일까? 소외와 고립에 대한 남다른 공포심이 어린 강신재의 내면에 이미 자리 잡고 있었던 것처럼 보인다. 남들 눈에 띄는 "자주색 비로드의 양복 따위를" 설빔으로 입혀 놓았던 어머니 때문에 "남들과 다른 것이 민망스러워 들뜨고 기쁜 기분에서는 거리가 멀"(『사랑의 아픔과 진실』, 171쪽)었다는 내용의 수필 「설빔」에서도 명절을 즐기지 못한 채 혼자 전전긍긍하는 어린아이의 모습이 선명히 눈에 들어온다.

다른 한편, 청진에서의 삶은 자연에 대한 작가의 남다른 외경심을 키우는 결정적 계기가 되기도 했다. "바다와 눈과 삭풍의 그 신개지"는 어린 강신재의 내면에 강렬한 인상을 남긴다.

> 세상의 모든 사람이 그 어릴 때를 보낸 자연환경을 최상의 것으로 여기고 애착을 갖는지 어떤지 나는 모른다. 내 경우에는 그 강렬한 풍토의 인상은 결정적이었다.
>
> "바다를 좋아하시네요. 작품 여기저기에 투영이 되어 있어요." 하는 말을 가끔 듣는다. 아마 그럴 것이라고 나도 납득을 한다.
>
> 그 사나운 바다, 가열하달밖에 없는 겨울을 가졌던 토지를 잊을 수 없다. 눈과 얼음으로 반짝이던 혹한의 밤, 작렬하는 광선의, 짧지만 어지럽던 밝던 여름을 잊을 수 없다.(『무엇이 사랑의 불을 지피는가』, 158쪽)

위 인용문에도 드러난 바다에 관한 작가의 각별한 애정은 그의 글 곳곳에서 발견된다. 바다를 생각할 때마다 조그만 소년의 모습이 같이 떠오른다면서 강신재는 아마도 그 소년이 "어릴 적의 내 동생, 근래에 와서는 나의 사내아이의 모습 같은 것이 뒤섞"인 것 같다고 고백한다. "바다는 조물주의 시 가운데 가장 걸출한 것임이 틀림없"(『사랑의 아픔과 진실』, 144쪽)다고까지 예찬한다. 백두산에 대한 남다른 경외감을 나타내기도 했는데 "나는 유년기의 한 부분을 눈이 많이 내리는 북쪽 지방에서 산 일이 있"다는 문장으로 시작되는 수필 「백두산」에서 작가는 백두산이라는 "아름답고 준열한 산"에서 "위포(威怖)와 같은 느낌"(『사랑의 아픔과 진실』, 174쪽)을 받았다고 적어 놓았다.

유년기의 강신재는 이곳저곳 먼 곳으로 여행이나 심부름을 많이 시켰던 어머니 덕분에 "낯선 곳으로 혼자 떠나가는 맛"(『사랑의 아픔과 진실』, 228쪽)이 어떠한지 일찌감치 알아챈 아이였다. 도시 생활에 아이들을 가두어 두어서는 안 된다는 부모의 판단에 따라 강신재와 그의 아우들은 방학 때마다 산골짜기나 바닷가 같은 데로 보내져 "자연 속에 내던져져 지낸 시일이 비교적 많았"(『무엇이 사랑의 불을 지피는가』, 234쪽)다.

청진이라는 곳의 이국적 풍토가 남긴 강렬한 인상 덕분인지, 강신재는 이후 자신이 창조한 작중인물의 내면에 무성한 원시림이 자라나도록 하는 독특한 작풍을 보이게 된다. 후술하겠지만 강신재가 특히 즐겨 내세운 전복적 여성 인물들은 야생성 내지는 불온성이라 칭할 법한 강렬한 욕망을 그 내부에 간직한 미스테리한 인물로 형상화되곤 한다. 이런 맥락에서, 청진을 배경으로 하는 그의 소설에서 청진이 안온함이나 친숙함과는 거리가 먼 이국성 또는 야생성을 환기하는 몽환적 장소로 그려졌다는 것은 단순히 보아 넘길 일이 아니다.

요컨대 청진에서 형성된 유년의 원체험은 강신재의 마음속에 꽤 깊이 각인되어 있었다. 그 원체험의 핵심을 이루고 있는 것은 파괴된 동심과 자연에 대한 외경심인데, 이 가운데 후자의 측면, 즉 자연(특히 바다)에 얽힌 강신재의 기억이 그의 소설, 특히 「C항 야화」나 「파도」 등에 큰 영향을 미쳤다는 것은 꽤 자명해 보인다. 그러나 전자의 특징, 즉 근심에 싸인 부모의 처지에 덩달아 상심하며, 적막과 비애의 감정에 곧잘 빠져드는 아이의 모습은 새삼 유념해서 다시 들여다볼 필요가 있다. 그간의 연구에서도 이 점은 본격적으로 조명되지 않았는데, 그것은 앞에서 언급했듯 작가가 작중 세계(또는 인물)와의 거리 두기를 창작상 신조로 삼은 나머지, 체험적 요소를 다룰 때조차 자신의 분신을 전면에 잘 내세우지 않았던 사정과 밀접히 관련된다. 뒤에서 살펴볼 작품인 「파도」에서도 작가는 자신의 분신으로 보이는 의사 집 딸 성아가 아니라 성아의 가난한 친구 영실을 중심인물로 삼아 서사를 전개함으로써, 자기 자신을 감추는 동시에 드러내는 이중의 작업을 수행한다. 이런 태도는 여성 인물을 선택할 때 작가가 일관되게 취하는 어떤 입장이기도 했다. 가령 「이브 변신」이나 「그들의 행진」 등에 등장하는 야비하거나 악마적이며 어리석은 여성 주인공들을 가리켜 강신재는 자신과 너무 다르지만 그렇기 때문에 가장 아끼는 "이질의 여자"라 부른다.

　어리석은 인간상은 언제나 허무감, 체념, 웃음 같은 것을 작품의 바닥에 깔아 주기 때문에 거리를 두고 세상을 바라볼 수 있는 여유를 가져온다. 작품 속에서는 소중히 다루어져야 할 존재들인 것이다. (중략) 나는 내 마음의 구조와 비슷한 움직임을 나타내는 작중인물일수록 다시 만나기를 꺼려하는 심정을 가지고 있다. (중략) 대변인을 내세워 이야기할 때는 나는 그가 나를 너무나 닮아 있다는 이유에서 많은 불만을 느끼고, 마음대로 움직여 주지 않아 초조하고, 거북스러움과 짜증을 느끼기 쉽다. 거리를 두고 볼 수 있는 이질의 여자, 어떤 의미로든 브로큰되어 있는 여자를 통해서 뭔가 주장을 하고 싶고, 그러기 위해서 우선 그 인물들에게 생명을 부어 넣고 싶다고, 나는 매일같이 없는 힘을 짜내고 있는 것이다.(『무엇이 사랑의 불을 지피는가』, 192~194쪽)

여러 수필을 통해 추론한바 강신재가 자신의 유년기를 소설화하는 태도를 작중인물과 '거리 두기' 및 신변 '위장하기'로 일단 정리할 수 있다면, 이제 풀어야 할 의문은 작가가 자신의 신변을 위장한 채 최대한 거리를 두고 그려 낸 작중 세계 속 아이들이 왜 그토록 한결같이 불행한가 하는 점이다.

3 실패한 거리 두기

강신재의 수필에 드러난 것처럼, 작가의 유년기 정서는 절실한 고독과 비애, 그리고 파괴된 동심으로 특징지어진다. 중요한 것은, 이러한 자전적 요소를 소설적으로 형상화할 때 작가가 '거리 두기'와 '위장하기'라는 필터를 어김없이 작동한다는 사실이다. 작중 어린아이의 성별이나 신분에 변형을 가하거나 부친의 직업을 바꾸는 등, 신변소설적 색채가 옅어지도록 공들인 흔적을 보인다. 이를테면, 의사인 아버지가 등장하는 「상(像)」의 주인공은 '도련님'으로 불리는 남자아이 문야이고, 「파도」의 주인공은 의사의 딸 성아가 아닌 가난한 집 딸 영실이다. 「진줏빛 람프」에 등장하는 부친은 의사가 아닌 변호사다. 청진에서 겪은 일들을 아예 '북구의 한 전설'처럼 몽환적으로 그리기도 했는데 「C항 야화」가 바로 그렇다.

흥미로운 점은, 자전적 성격이 비교적 뚜렷한 소설들에서 작가와 인물 간 거리 두기는 성공했지만, 작중인물들 간 거리 두기, 특히 어른 세계와 아이 세계 사이의 간격 유지는 완전히 실패한 것으로 보인다는 사실이다. 작가의 유년기 체험이 바탕이 된 작품들에서 작중 어린이 대부분은 가난하고 외로우며 어른의 학대와 방임에 무방비로 노출돼 있다. 강신재 소설에서 어린아이는 세상을 순진한 눈으로 바라봄으로써 그 세계의 비극성을 심화시키는 존재가 아니라, 항상 이미 비극적 세계의 일원이(었)기에 순진한 눈을 가질 수조차 없는 존재로 그려진다. 아이들은 어른들의 불행에 포위돼 있다.

강신재가 체험하고 형상화한 것은 어른 세계의 비극을 '관찰하는' 순수한 동심이 아니라, 어른 세계에 불가항력으로 '포섭된' 불행한 동심이다. 그간 잘 주목되지 않았던 「진줏빛 람프」는 "요즈음 집안일이 도무지 예전과는 다르다는 근심"[17]에 휩싸인 어린 성자의 이야기다. 바람난 남편 때문에 상처받고 분노해 집 나간 어머니를 두고, 성자는 젊은 여자와 함께 있는 아버지를 찾아 나선다. 그를 데려오기만 하면 모든 일이 다 잘될지 모른다는 기대를 품고 밤길을 나섰지만, 성자는 "집안에 일어나고 있는 이 엄청난 일은 자기 따위가 암만 날뛰어 보아야 움쩍도 할 일이 아닐 것 같"(141쪽)다는 불길한 예감을 떨칠 수 없다. 불행한 운명에 압도된 어린 영혼으로 묘사된 성자는 아무리 기도를 해도 소용없는 "피할 수 없는 일"(144쪽)이 있다는 데 절망한다. 우여곡절 끝에 성자는 아버지와 함께 돌아오고 크리스마스 때 선물로 받은 진줏빛 램프를 발견한 후 잠이 들지만, 다음 날 아침 성자가 보고 듣는 어른들의 반응은 모두 엄마의 죽음을 암시한다.

「상(像)」의 주인공 문야도 "맘속에 무쇠 같은 것이 가라앉아 있"[18]는 우울한 아이로, 자나 깨나 "집의 일은 어떻게 되었을까"(333쪽)를 고민한다. 「진줏빛 람프」의 성자와 마찬가지로 문야는 "그의 힘으로는 항거할 수 없는, 무겁고 거대한"(333쪽) 무언가가 다가오고 있음을 감지하고 불안에 떤다. 이웃 어른들과 함께 떠난 나들이에서도 그의 마음은 집에 남아 있었어야 했다는 후회로 가득하다. "양친의 불화는 아버지의 외박에서 비롯"(340쪽)되었다고 그가 짐작하는 걸 보면, 여기서도 문제는 어머니를 배신한 아버지에게 있음을 알 수 있다. 소설 마지막에 이르러 어머니가 죽었다는 소식을 듣게 된다는 설정도 「진줏빛 람프」와 유사하다. "혼자 서 있"(346쪽)는 문야는 비애와 고독에 휩싸인 강신재 수필 속 어린아이의 모습

17) 강신재, 「진줏빛 람프」, 《주부생활》, 1959. 7, 140쪽. 이하 이 작품을 인용할 경우 쪽수만 적는다.
18) 강신재, 「상(像)」, 《현대문학》, 1962. 4; 김미현 책임 편집, 『강신재 소설선 ── 젊은 느티나무』(문학과지성사, 2023), 328쪽. 이하 이 작품을 인용할 경우 쪽수만 적는다.

과 중첩되어 보인다.

부모의 불화를 자기 일처럼 걱정하는 아이들의 내면은 거역할 수 없는 운명에 대한 공포에 잠식돼 있고, 이는 특히 엄마의 죽음에 대한 예감으로 구체화한다. 이때 어머니가 자살에 이르게 된 원인 제공자로 외도를 저지르는 아버지가 등장한다는 점은 특히 주목을 요한다. 강신재의 1950~1960년대 단편소설들을 관류하며 무수히 반복·변주되는 것 중 하나가 애인이나 배우자의 배신 모티프라는 점을 고려한다면, 「진줏빛 람프」와 「상」이 이후 발표된 소설들의 어떤 원형(prototype)으로서 지니는 의미는 아무리 강조해도 지나치지 않다.

이런 맥락에서, 《현대문학》에 연재되었던 중편 「파도」는 성자나 문야가 속한 세상을 집 바깥으로 크게 확장해 놓은 텍스트라 할 수 있다. 「파도」로 가는 징검다리 역할을 하는 작품인 「C항 야화」도 함께 살펴볼 필요가 있다. 「파도」의 축소판이라 할 만한 이 작품은 혼잣말하듯 C항에서의 유년기를 회상하는 '나'가 서술자로 등장하는 짤막한 겉이야기와, 그 회상 내용에 해당되는 속이야기로 이루어진 액자소설 형식을 취하고 있다. '나'가 자라던 무렵의 C항은 북구의 "민화(民話)" 또는 "전설"[19]에 나오는 곳과 같은 분위기를 가진 고장이다. 이발소집 뚱뚱보 시악씨의 돌연한 죽음, 이발소집 딸 혜숙의 깊은 우울증, "백합꽃같이 예쁜" 애경의 동거남 태호가 일곱 살 용이에게 가하는 무자비한 폭력, 태호의 죽음, 그리고 서른두 살 청년 울릉이와 어린 용이의 실종 사건들이 파노라마처럼 펼쳐진다. 갑자기 자취를 감춘 울릉이와 용이가 늘 찾았던 바닷가에 대한 묘사가 특히 인상적이다.

그 밑에서는 바다도 한결같이 사나움을 부렸다. 내려다보면 언제나 회색인 바닷물은 허연 거품을 깨물고 바위에 부닥쳐 십여 길씩 솟구쳐 오른다.

---

19) 강신재, 「C항 야화」, 《협동》, 1951. 1; 김은하 엮음, 『강신재 소설 선집』(현대문학, 2013), 63쪽. 이하 이 작품을 인용할 경우 쪽수만 적는다.

으러렁대고 이를 갈며 수천수만의 회색 야수들이 물어뜯고 싸우는 듯 보고 있으면 소름이 끼친다.(72쪽)

강신재의 대표작 「파도」는 「진줏빛 람프」와 「상」, 그리고 「C항 야화」의 주요 배경과 인물을 계승하면서 서사의 규모를 대폭 키운 작품이다. 함경도 청진을 '원진'이라는 지명으로 바꾸어 놓은 이 작품의 서두에는 산기슭의 쓸쓸하고 무서운 길, 누군가 목을 매어 죽었다는 버드나무 아래, 또는 색색의 헝겊 조각이 묶인 가시철망을 지나며 무서움에 떠는 주인공의 스산한 내면 풍경이 묘사되어 있다. 이는 소설 「진줏빛 람프」나 수필 「문학, 그 만남의 길」에서 "귀신이 나오는 우물가, 몇 해 전에 강도가 살인을 한 지점, 누가 목매달아 죽은 고목나무"(『무엇이 사랑의 불을 지피는가』, 158쪽)를 지나며 어린 인물들이 느꼈던 공포를 환기한다.

기왕의 연구들[20]이 주목했다시피 「파도」의 흥미로움은 원진이라는 지역에서 일어나는 인간사의 부침이 초점화자 영실의 눈을 거쳐 서술자에 의해 읊조리듯 담담히 그려졌다는 점에 있다. 행실이 바르지 못하다며 언니 신실에게 무자비한 폭행을 가하자 아버지 신만갑의 팔뚝을 물어뜯는 영실은 "야생적인 생기에 차" 있는 "소년 같은"[21] 여자아이다. "항구에서 자라는 아이들은 통례적으로 조숙한 경향이 있"(188쪽)다는 식으로 서술자의 개입이 간혹 이루어지기는 하지만 원진 사람들이 겪는 크고 작은 불행은 대부분 영실의 시선에서 관찰되고 영실의 감정으로 의미화한다. 영실은 "그녀의 놓여진 처지 속에, 최대의 관심거리를 찾아낸다는 강한 습성을 지"(209쪽)닌, 호기심 많고 겁도 많으며 감동도 잘 받는 풍부한 감성

---

20) 대표적으로 김미현의 「강신재의 여성 성장소설 연구」(《국제어문》 28, 국제어문학회, 2003)를 꼽을 수 있다. 이 논문에서 김미현은 「파도」와 「젊은 느티나무」, 「안개」를 강신재 특유의 여성 성장 서사로 의미화하면서 '반(反)성장소설적 면모'를 그 특징으로 제시한다.
21) 강신재, 「파도」, 《현대문학》, 1963. 6〜1964. 2; 『강신재 소설선 — 젊은 느티나무』, 179쪽. 이하 이 작품을 인용할 경우 쪽수만 적는다.

의 소유자인데, 서술자의 다음과 같은 논평이 세상을 향한 영실의 태도를 압축적으로 제시한다.

여러 모양의 여러 가지 처지의 사람이 세상에 살고 있다고 영실은 감심한다. 팔자인가 운명인가 하는 것이 사람을 휩쓸고 돌아가는 힘도 아닌 게 아니라 대단한 것 같아 보였다. 조화의 묘를 느꼈다. (중략) 그녀는 세상 돌아가는 일에 대체로 어느 때나 찬성이었다.(237쪽)

일찍이 천이두는 「파도」에서 일어나는 여러 비극적 사건들(가출과 실종, 폭력, 광기, 죽음 등)이 희극적 캐릭터에 가까운 영실의 눈을 통해 중계됨으로써 작가의 작중 개입이 원천적으로 차단되었다고 평한 바 있다.[22] 그러나 과연 영실은 낙천적인가? 작품에서 서술자는 영실이 "매사에 짐짓 뻔뻔스럽"고 "위험한 것과 위험하지 않은 것, 유리한 것과 불리한 것을 가려내는 본능"이 잘 발달되어 있으며 "때에 따라 천하기도 야비해지기도"(292쪽) 하는 아이로 묘사하면서 '감정에 절대로 충실'한 점을 영실의 가장 큰 특징으로 제시한다.

그러나 소설에서 정작 주목되는 점은 이토록 감정에 충실한 영실이 쾌보다는 불쾌에, 기쁨보다는 슬픔에, 충족감보다는 상실감에, 그리고 행운보다는 불행에 훨씬 더 민감하며 정직하다는 사실이다. 영실은 부정적 감정들에 취약하다. 무엇보다도 영실은 자신이 "아직은 아무것에도 속해 있지 않다."(239쪽)라는 느낌에 사로잡힌, 외로운 아이다. 앞에서 살펴본 작품들에 등장하는 유년기 초점화자들의 고립감과 비애감을 영실은 공유한다. 창규가 성아에게 준 선물인 "진줏빛 람프"(263쪽)를 영실이 가로채는 장면에서 서술자는 영실이 "자기의 야비함을 느꼈"(264쪽)다고 짧게 논평했지만, 강신재의 전작 「진줏빛 람프」의 우울한 정조를 알고 있는 독자라

---

22) 천이두, 앞의 글, 478~480쪽.

면 영실의 속마음이 얼마나 외롭고 우울한지 금세 알아차릴 수밖에 없다. 영실이 "귀신이라든가 하는 것에 병적인 공포심을 갖"(323쪽)게 된 사정도 이런 취약성과 관련되는지 모른다.

영실을 포함한 어린 주인공들은 이처럼 대부분 가난하고 외로우며 어른의 학대와 방임에 무방비로 노출돼 있다. 배신과 분노, 절망, 과로, 트라우마로 점철된 어른들의 일상이 아이들의 삶을 위태롭게 만든다. 아이들의 안전한 울타리가 되기에는 어른들의 삶이 너무 불행하다. 어른들은 어둡고 분노에 찬 삶을 살다 첩에게 버림받고 자살하거나(영실의 아버지 신만 갑), 첩을 둔 남편에게 "목구멍까지 치민 원한"(220쪽)을 품기도 하고(김경부의 아내), 고급 창부 애경과 살림을 차린 남편 윤기호를 사무치게 원망하며 그리워한다(경식 모친 허 씨). 아들 히사야를 길거리로 내몰고 오로지 "끓어오르는 정염의 불꽃"(274쪽)에 따라 살거나(히사야의 어머니 애경), 과중한 업무에 시달리다 돌연 과로사하며(성아 아버지 백 의사), 화재 현장의 트라우마로 인해 미쳐 자살한 경우도 있다(순희 아버지 백 대장).

「진줏빛 람프」의 성자, 「상」의 문야, 그리고 「파도」의 영실, 경식, 성아, 순희, 히사야 등이 겪는 불행은, 어른 세계와의 거리 두기에 실패한 아이들의 운명이다. 강신재의 수필 곳곳에 드러난 작가의 유년 시절은 일제강점기인 1930년에 경성에서 이북으로 삶의 터전을 옮겨 간 부모의 근심과 불화를 온몸으로 감수하면서 낯선 환경 속에서 비애와 적막감을 홀로 견딘 아이의 상처로 얼룩져 있다. 특히 강신재의 유년기 기억에서 아버지의 죽음은 수수께끼처럼 남아 있다. 강신재 소설은 끊임없이 부모의 죽음을 형상화하고 그의 수필에서도 아버지의 돌연한 사망이 수차례 언급되지만, 다만 언급될 뿐 아버지의 죽음에는 어떤 구체적 서사도 부여되지 않는다. 아버지의 죽음 이후 초래된 일신상의 변화도 건조하게 기술된다. 타지에서 아버지를 잃고 1937년 다시 서울로 돌아오기까지의 7여 년은, 작중인물과의 '거리 두기'나 신변 '위장하기'라는 필터로도 잘 걸러지지 않는 유년의 원체험으로 남아 강신재 특유의 작풍을 형성한다.

다시 「파도」로 눈을 돌려 보자. 서울이나 동경으로 가서 공부하겠다며 가출한 경식은 후일 어떻게 되었을까? 실종된 히사야는 살아남았을까? 아버지를 잃고 끝내 원진을 떠나야 했던 소방대장 딸 순희와 의사 집 딸 성아는 이후 어떤 삶을 살았을까? 1950~1960년대 강신재 소설은 어떤 의미에서 원진(즉 청진)을 떠난 아이들이 성장해서 진입한 세상을 배경으로 만들어진, 상처받은 영혼의 드라마라 해도 과언이 아닐 것이다.

강조컨대, 강신재 소설에서 어린 주인공들의 불행을 초래한 가장 결정적 사건을 하나만 꼽는다면 그것은 아버지의 가출과 배신이다. 다음 인용문은 「파도」의 경식 모자를 묘사한 것인데, 이 대목에는 가출한 아버지(남편) 때문에 남은 가족이 겪어야 하는 시간이 얼마나 끔찍한 것인지가 생생히 묘사돼 있다. 기다린다는 내색은 결코 하지 않지만 "의식의 깊은 밑바닥"에서는 "전 영혼을 기울여" 그의 귀가를 갈망한다는 것이 남겨진 모자(母子)의 가슴 아픈 진실이다.

이 모자가, 남편과 아버지를 기다린다는 생각을 자기 스스로의 감정의 표면에나마, 슬쩍이나마, 비쳐 본 적이 있었을까? 그러나 또 의식의 깊은 밑바닥으로부터 전 영혼을 기울여 바치면서, 그의 귀가를 갈망하지 않은 때가 있었을까? 타인의 입술 끝에서 쉽사리 취급되기에는 그것은 너무나도 중대하고 절박한 문제였다.(277쪽)

처자식을 버리고 집을 나갔던 윤기호는 반성하며 돌아왔다가 결국 집문서를 들고 다시 떠나 버린다. 아내 허 씨는 쓰러지고 아들 경식은 원진을 떠난다. 소설 마지막에 이르러, 신실의 생모("하이칼라 냄새가 나는 여자")를 쫓아가려다 실패한 아버지 신만갑을 보고 영실이 느끼는 통쾌함("부친 신만갑의 패배는 무언지 모르게 통쾌하였다."(339쪽))은, 그러나 원진의 아이들이 받은 영혼의 상처를 치유하기에는 턱없이 모자라 보인다.

4 배신의 심연과 그로테스크한 인물

강신재의 유년기 경험이 반영된 일련의 소설들에서 어린아이들을 사로 잡은 어른의 세계는 보답받지 못한 사랑으로 들끓고 있다. 이 불행의 한 가운데 도사리고 있는 것이 바로 남편(혹은 아내)의 배신이다.

사랑의 대상은 가만히 있어 주지 않고, 보답해 주지 않고, 어떤 때는 비 수로 찌르듯 날카로운 잔인함으로 갚기도 한다. 죽음이, 재액이, 그리고 배 신이, 여인들의 심장으로부터 그것을 앗아 가는 것이다. 여인의 삶은 그래서 애잔하고, 자기만을 아는 돌 같은 성품이 아닐수록이 그 가슴은 자주 출혈 하게 마련이다.[23)

강신재가 파악한 사랑의 본질은 '응답받지 못함'에 있다. 심지어 잔인 한 되갚음이 뒤따르기도 한다. 죽음과 재액, 그리고 배신이 사랑(의 대상) 을 앗아 간다는 작가의 비관적 인식은, 3장에서 논의한바 아버지의 가출 과 외도 모티프의 반복으로 특징지어지는 강신재의 자전적 소설을 자연스 레 상기시킨다. 작가가 강조한 배신의 문제는 등단 이후 발표된 그의 수많 은 작품에서 실로 다양하게 변주되는데, 주목할 점은 등단작 「얼굴」에서 부터 두드러지게 나타나는 강신재 소설 특유의 그로테스크한 인물과 정 조가 다름 아닌 이 배신이라는 모티프와 밀접히 결부되어 있다는 사실이 다. 남편이 아내를 혹은 아내가 남편을 배신하고, 애인이 상대방을 기만하 며, 욕정에 눈먼 친구가 다른 친구를 배반하는 등의 충격적 사건들은, 등 장인물의 그로테스크한 외양이나 표정, "노멀하지 않은" 인상, 그리고 붕 괴된 내면 묘사와 교차하며 전개된다. 특히 이들 작품에서 서술자는 끔찍 한 이야기를 담담하게 때로는 감미롭게 들려주는데, "소름 끼치도록 끔찍 한 공포를 담담히 차근차근 얘기하는 말투"[24)로 요약되는 그로테스크 서

---

23) 강신재, 「후기」, 『이 찬란한 슬픔을』(신태양사, 1966), 314쪽.
24) 필립 톰슨, 김영무 옮김, 『그로테스크』(서울대출판문화원, 1986), 7쪽.

사의 특질이 강신재 소설 전반에서 관찰된다는 점은 중요하다. 그로테스크의 일관된 관점은 "인간의 모든 행위를 공허하고 무의미한 인형놀음"으로 보는 "냉정한 시선"[25]에서 나온다.

강신재의 등단작 「얼굴」과 같은 해 발표된 「정순이」는 배신의 모티프를 일종의 서사적 반전을 위한 핵심 장치로 놓고, 그로 인해 피해를 입은 작중인물의 외양과 내면을 그로테스크하게 묘사한다는 공통점을 지닌 작품이다. 「얼굴」은 남편 K를 헌신적으로 사랑하던 경옥 여사가 남편의 장례식 날 그에게 숨겨진 애인이 있었음을 알게 되고 큰 충격에 빠진다는 이야기다. 그녀는 남편이 죽으면 자신도 그를 뒤따르겠다는 비장한 결심을 했던 터다. 그러나 남편의 장례식에 나타난 젊은 여인이 모든 것을 망쳐 놓는다. 한때 경옥 여사를 사모했던 관찰자 '나'는 "그 늙어 가는 부인〔경옥 여사 ― 인용자〕의 눈동자에 설레인, 연민을 구하는 듯한, 절망한, 또 겁에 질린 듯하고도 수치로 일그러진 그런 표정"[26]을 보게 되는데, 그날 이후 "진정 괴롬과 분노 이외에 아무 감정도 가슴에 담아 둘 수가 없"(27쪽)게 된 경옥 여사는 "집이란 집의 문은 일체 닫아걸고 불러도 대답을 하지 않는" "변태적인 생활"(27쪽)을 하게 된다. "검정테 안경을 쓴 험악한 얼굴"을 한 경옥 여사와 우연히 다시 마주친 '나'는 그사이 그녀에게 "어떠한 괴벽이 생겼다 할지라도 조금도 놀라울 게 없"다고 생각하며 그녀의 처지를 십분 이해하고 동정한다.

「정순이」에서도 배신 모티프가 서사의 핵심이다. 4년제 여학교를 졸업한 후 별다른 직업을 가지지 않은 채 집안일을 도맡다시피 한 정순이는 "'미저러블'한 인상"과 "〔말을 ― 인용자〕 더듬는 버릇"[27]을 지닌 인물이다.

---

25) 볼프강 카이저, 이지혜 옮김, 『미술과 문학에 나타난 그로테스크』(아모르문디, 2023), 277쪽.

26) 강신재, 「얼굴」, 《문예》, 1949. 9 ; 『강신재 소설 선집』, 26쪽. 이하 이 작품을 인용할 경우 쪽수만 적는다.

27) 강신재, 「정순이」, 《문예》, 1949. 11 ; 『강신재 소설 선집』, 29쪽. 이하 이 작품을 인용할 경우 쪽수만 적는다.

한 살 아래의 동생 정옥은 여대에 진학했으나 "집에 들어앉은 정순은 자진해서 부엌데기가 되었다."(30쪽) 어떤 계기로 정순이네 집을 드나들게 된 B 군이 정순에게 연애편지를 보낸 것이 사건의 발단이다. 그러나, 정순이 온갖 상상의 나래를 펴며 극도의 흥분 속에서 답장을 할까 말까 망설이는 사이, B 군은 동생 정옥에게 또 다른 연애편지를 쓰고 사랑을 고백한다. 믿었던 남자에게 참기 어려운 모욕과 배신을 당한다는 점에서 주인공 정순과 「얼굴」의 경옥 여사는 닮은꼴이다. 문제는 정순이 읽게 되는 편지의 내용이다. 처음에는 정순의 외모에 반했으나 알고 보니 그녀가 "활발한 감정을 구비하지 못한 인형"이자 "백치에 가까운 얼빠진 정신의 소유자"(35쪽)라는 사실을 알았다면서, B 군은 "발랄한 감정과 지성을 갖춘 정옥"을 이상형으로 추켜세운다.

필립 톰슨에 따르면, 미학적 범주로서 그로테스크의 본질을 가장 철저히 탐색한 이론가는 볼프강 카이저다.[28] 카이저가 주목한 그로테스크 미학의 핵심은 우스꽝스러운 동시에 소름 끼치는 무엇이며, 그가 요약적으로 제시한 그로테스크 모티프 중 첫 번째가 바로 '괴형상'이다. 필립 톰슨 역시 그로테스크 미학에서 기괴한 형상의 중요성에 주목했다. 그로테스크는 신체적으로 비정상적이거나 음란한 것에 대한 혐오나 공포 또는 웃음 등의 반응을 유발하는데, 그로테스크 예술 특유의 "손으로 만져질 듯한 세부 묘사"는 우리 무의식에 은폐된 채 작용하고 있는 어떤 "가학적 충동"이 우리로 하여금 "성스럽지 못한 환희"[29]를 표출하도록 만든다는 것이다. 그로테스크는 일단 이처럼 어떤 괴이한 형상을 '손으로 만져질 듯이' 묘사한다는 특징을 지닌다.

그로테스크는 이처럼, 강신재 소설의 한 구절대로, "노멀하지 않은" 어떤 형상과 밀접히 관련된다. 그런데 강신재 소설에서 특기할 점은, 작중인물의 외양뿐 아니라 내면까지도 '손으로 만져질 듯' 묘사된다는 사실이다.

---

28) 필립 톰슨, 앞의 책, 24~25쪽.
29) 위의 책, 12쪽.

작가가 작중인물의 외양과 내면에 그로테스크한 구체적 형상을 부여함으로써, 괴이한 표정, 비참하고 우울한 인상, 괴벽, 변태적 생활, 그리고 불안한 영혼까지가 모두 선명하고 생생하게 그려진 것이다.

여고 시절 친구였던 옥례와 옥례의 계모 사이에 벌어진 끔찍한 치정 사건을 담은 「점액질」(《신동아》, 1966. 6), 감금된 광녀를 죽음에 이르게 하고 추호의 가책도 느끼지 않는 주인공 '아가다'가 등장하는 「이브 변신」(《현대문학》, 1965. 9), 아편에 중독된 남편의 충격적 최후를 담은 「황량한 날의 동화」(《사상계》, 1962. 11) 등은 작중인물의 외양과 그들이 겪는 사건, 그리고 사건이 펼쳐지는 배경 모두가 음란하고 추악하면서도 우스꽝스러운, 그로테스크한 정조로 가득 차 있다. 기이한 풍경과 인물들을 배음으로 깔고 전개되는 사건에서 빠지지 않고 등장하는 것은 역시 배신의 문제다.

'나'와 아내 연옥, 그리고 연옥의 (옛) 애인 김, 이 세 사람의 기묘한 동거를 그린 「포말」은 부정(不貞)을 저지르는 아내에게 지속적으로 심리적 지배를 당하는 '나'의 이야기다. 아들의 친구와 집에서 불륜 관계를 맺는 아내가 등장하는 「표선생 수난기」와 중심 내용을 공유하는 이 소설에서 '나'는 한국전쟁 당시 김과 연옥으로부터 부역 행위를 강요당하기도 하고 전후 북진통일운동이 일어났을 때는 데모 행진에 내몰리기도 하지만 연옥을 별반 의심하거나 원망하지 않는다. 여기서 눈에 띄는 것은 자기 자신에 대한 '나'의 판단이다.

나는 이 세상 누구하고도 비슷하지 않게 만들어져 있다는 것을 전부터 알고 있기는 하였다. (중략) 소년 시절에 나는 가끔 숨 막힐 듯한 공포를 가지고 이 절연 상태를 뉘우친 적이 있었지만 그것은 어쨌든 너무 벅찬 문제 같아 보였기에 나는 차차 그러한 문제는 옆으로 밀어 놓으며 살아오기를 힘썼던 것이다. (중략) 사람들의 웃음과 사람들의 눈물을 이해하지 않더라도 내 생활에는 별난 지장이 생기지 않았다.[30]

자전적 성격이 비교적 짙은 강신재 소설 속 어린 주인공들을 끊임없이 괴롭혔던, 그리고 「얼굴」의 경옥 여사와 「정순이」의 정순이가 마침내 도달한 철저한 고립 상태가 여기서도 어김없이 반복되고 있다. 김과 연옥의 뻔한 거짓말을 정면으로 마주 볼 엄두조차 내지 못하는 '나'의 불행은 건조하고 사무적인 그의 말투로 한층 선명히 부각된다. 아내의 배신을 직시할 용기가 없는 '나'는 지젝이 말한 '알고자 하지 않는 주체'의 한 전형이다. 땅이 사라져도 계속 쥐를 쫓다가 아래를 내려다보고 다리 밑이 허공이라는 사실을 '깨달아야만' 비로소 추락하는 만화 속 고양이처럼[31] '나'는 아내의 불륜을 '바라보지 않음'으로써 가까스로 추락을 면한 채 살아 나간다.

　백희라는 여성의 배신과 주인공 이준구가 저지른 살인 사건으로 요약되는 흥가의 내력이 액자 이야기로 삽입되어 있는 「찬란한 은행나무」도 결과적으로는 이준구의 "절대적인 고독감"[32]에 관한 이야기라 할 수 있다. 전쟁 통에 아내와 자식을 모두 잃은 이준구는 평판 나쁜 전쟁미망인 백희와 살림을 차리게 된다. 백희가 고집을 부려 사들인 집은 너무 크고 적막하고 으스스하다. 이 집에서 백희가 젊은 청년과 부정을 저지르는 현장을 목격한 이준구는 "이유 없는 공포와 극도의 경악"(215쪽)에 빠져 그를 살해한다. 범행 이후 그는 변호사 N의 설득에도 불구하고 백희와 청년의 "밀통 사실"에 침묵하고 결국 사형에 처해지는데, 그가 변호사 N에게 남긴 다음과 같은 말은 「포말」의 주인공이 느꼈던 세상과의 완벽한 단절감을 이준구 또한 경험하고 있음을 암시한다. "난 단지 혼자 살아온 인간입니다. 혼자, 단 혼자……."(217쪽)

　전쟁의 참화를 배경으로 하는 여러 소설에서 이처럼 중심인물들은 기이한 욕정을 품은 애인이나 배우자로부터 처절하게 배신당한다. 한국전

30)　강신재, 「포말」, 《현대문학》, 1955. 3; 『강신재 소설 선집』, 103쪽.
31)　슬라보예 지젝, 앞의 책, 91쪽.
32)　강신재, 「찬란한 은행나무」, 《여성계》, 1956. 6; 『강신재 소설 선집』, 217쪽. 이하 이 작품을 인용할 경우 쪽수만 적는다.

쟁기를 배경으로 하는 강신재의 1950~1960년대 단편소설에서 전쟁은 배신의 도가니나 다름없다. '순정의 몸속에는 한 마리 동물이 살고 있다'는 '나'의 반복된 서술이 인상적인 소설 「제단」(《전망》, 1955. 11)에는 '나'의 남편과 불륜 관계를 맺고 있는 파렴치한 친구 순정이 등장한다. 순정의 욕정은 불가해할 만큼 강렬하고 이기적이다. 「파도」의 윤기호처럼 '나'의 남편 또한 불륜 행위를 일시적으로 반성하며 집으로 돌아왔다가 재차 가족을 버리는 구제 불능의 배우자인데, 동반 월북하던 도중 남편은 폭사하고 순정만 살아 돌아오면서 소설은 마무리된다. 「어떤 해체」에서도 주인공 시정이 피난길에 헤어진 남편을 우여곡절 끝에 찾아 나서지만 이미 그는 어떤 소녀와 깊은 관계를 맺은 후다. 충격을 받은 시정의 마음은 산산이 부서진다. "시정이의 정신을 이루고 있는 매듭이 하나하나 완전히 풀려서 그는 분해되어 가고 있는 것이었다. 다 낡은 인형의 팔다리가 떨어지듯 그의 맘이 부서져 가고 있는 것이었다."[33]

「향연의 기록」과 「표선생 수난기」에서는 애욕과 배신이 젊은 여성 인물의 월북 동기로 그려진다. 「향연의 기록」은 언니가 쓰는 배신의 드라마를 관찰하는 비혼주의자 동생의 이야기다. '나'의 언니는 약혼식 날 우연히 만난 추억 속 남자 박관호 때문에 파경 직전에 이르고, 주변인, 특히 약혼자 김정수의 삶을 "인간 지옥"[34]으로 만들어 버리지만 별다른 죄책감을 느끼지 않는다. 약혼식 2~3주 후 한국전쟁이 발발하자 약혼자 김정수는 피난 중 남하하고, 적 치하 3개월간 서울에 남은 언니는 집에서 박관호와 밀회를 즐기는데, 괴뢰군과 한 마당을 공유해야 하는 불안한 상황에서도 파티 즐기듯 치장하기를 잊지 않는다. 그러던 중 언니는 '저쪽 동무'(양관에 든 젊은 괴뢰군 장교)에게까지 관심을 갖게 되어 마침내 그와 함께 월북을 감행한다. 소설 마지막 장면에서 '나'와 재회한 김정수는 "노멀하지가

---

33) 강신재, 「어떤 해체」, 《현대문학》, 1956. 3 : 『강신재 소설 선집』, 170쪽.
34) 강신재, 「향연의 기록」, 《여원》, 1955. 10 : 『강신재 소설 선집』, 120쪽. 이하 이 작품을 인용할 경우 쪽수만 적는다.

못해(130쪽)" 보인다. 「얼굴」이나 「정순이」에서처럼 뼈아픈 배신을 당한 인물의 붕괴된 내면은 '노멀하지 않은' 그로테스크한 외양으로 현시된다.

「표선생 수난기」(《여원》, 1957. 3)가 포착한 한국전쟁 전후의 풍경도 「향연의 기록」과 흡사하다. 차미령의 정치한 분석을 통해 밝혀졌듯이, 제3의 인물인 식모가 관찰하는 주인공 표 선생은 「포말」의 주인공처럼 아내의 성적 일탈을 자발적으로 묵인하는 인물이다.[35] 표 선생의 묵인 아래 그의 아내 역시 「향연의 기록」의 언니처럼 욕정에 사로잡힌 채 월북한다. 부역 혐의로 체포되어 총살당하는 표 선생의 최후는 배신당한 인물의 영혼과 육체가 어떻게 완전히 찢겨 나가는지를 완벽히 보여 준다.

배신과 불륜 모티프는 강신재 소설 전반을 일관되게 관류한다. 가령 후기작에 속하는 단편 「빛과 그림자」에도 남편의 부정으로 "지옥의 고뇌"[36] 속에 빠져들어 몸부림치는 아내가 등장한다. 부정적 인간형의 한 전형처럼 보이는 중심인물 오석진은 국립대학 공대 출신의 인텔리다. 한국전쟁 후 별안간 장사에 눈뜬 그가 아내 손미혜의 노동을 착취해 치부하는 동안, 대학 시절 유명한 소프라노였던 손미혜는 집 안팎에서 혹사를 당한 끝에 아예 "노래를 잊"(348쪽)고 만다. 비정하고 탐욕스러운 오석진이 젊은 소프라노 가수와 불륜 관계를 맺고 있다는 사실을 손미혜가 알게 되는 마지막 대목은, 강신재가 왜 응답받지 못함을 사랑의 본질로 간주했는지를 다시 한번 일깨워 준다.

---

35) 차미령에 따르면 「표선생 수난기」에서 서울에 잔류한 채 숨어 지내던 표 선생이 연좌제로 죽는 과정은 "부역자 처벌의 부조리를 환기"한다. 그러나 소설은 결국 "표 선생이 아내의 욕망을 묵인한 것에 책임이 있다고 말한다." 차미령, 「적과의 동거」, 《우리말글》 87, 우리말글학회, 2020, 424~425쪽.

36) 강신재, 「빛과 그림자」, 《문학사상》, 1979. 10; 『강신재 소설 선집』, 357쪽. 이하 이 작품을 인용할 경우 쪽수만 적는다.

5 자전적 요소 길어 올리기

상대방의 부정과 배신으로 "지옥 세계"에 빠져든 인물의 외양과 내면이 그로테스크하게 그려진 강신재의 소설은 한편 파격적이기도 하고 한편 파괴적이기도 하다. 강신재 소설을 가부장제나 한국전쟁이라는 콘텍스트에 의존해 읽으면 통념에 반하는 여성 인물들의 성적 일탈을 하나의 파격으로 해석할 여지가 충분히 생겨난다. 그러나 소설의 서브텍스트라 할 수 있는 작가의 유년기 원체험에 집중하면 상황은 좀 다르게 보인다. 즉, 여성 인물들의 기이한 욕정이 상징의 베일을 벗고, 남은 가족의 일상을 처참하게 무너뜨리는 현실 속 아버지의 외도와 포개지는 순간, 시야에 들어오는 것은 배신당한 인물(그리고 그 사건에 무방비로 노출된 아이)의 찢긴 영혼이다. 강신재가 유년기의 자전적 요소를 독자가 애써 풀어야 할 암호처럼 수필과 소설 곳곳에 흩뿌려 놓은 방식을 보면, 배신의 모티프를 둘러싼 그로테스크한 인물 및 사건의 형상화는 강압적 고등교육이나 전쟁 같은 외부 충격이 발생하기 이전에 그의 내면에 새겨졌던 "압도하는 일차적 자극"[37]과 관련되는 게 아닐까 질문하게 된다. 라플랑슈의 이론을 인용한 버틀러에 따르면, 성인 세계의 메시지를 다룰 줄 모르는 유아는 그 풀 수 없는 수수께끼에 일단 무방비 상태로 노출된 채 그 정동에 압도당한다. 우리 존재는 타인이 남긴 '자국'이며 "나는 너와 나의 관계(I'm my relation to you)"[38]일 따름이라는 버틀러의 지적은, 왜 버틀러가 유아의 근원적 취약성을 인간 이해의 관문으로 삼았는지를 알려 준다. 취약했던 유년기의 원체험, 즉 부모의 근심과 불화, 낯설고 황량한 환경, 이질적인 이웃들, 아버지의 돌연한 죽음 등을 소설에서 끊임없이 각색 또는 변주하면서, 강신재는 압도하는 자국으로 남아 있는 내면의 수수께끼를 하나씩 하나씩 풀어 나갔는지도 모른다.

은폐된 것처럼 보이지만 자세히 들여다보면 알아볼 수 있는 작가의 유

---

37) 주디스 버틀러, 양효실 옮김, 『윤리적 폭력 비판』(인간사랑, 2013), 126쪽.
38) 위의 책, 142쪽.

년기가 작품 독해의 새로운 지렛대 역할을 한다면, 유년기 이후의 자전적 요소가 반영된 작품들에 관해서도 좀 더 면밀한 분석이 가능해질 것이다. 이런 맥락에서, 가령 그동안 크게 주목받지 못했던 「팬터마임」은 한 편의 성장소설로 다시 읽어 볼 필요가 있다. 원가족에서 벗어나 독립을 꿈꾸던 여학생 시절을 거쳐, 한 남자를 뜨겁게 그리워하며 사랑하던 젊은 시절을 보낸 한 여자가, 의심과 권태에 물들어 치사하고 '저열한' 상상이나 하는 중년에 이르는 과정이 몽타주 기법처럼 처리된 소설이다. "얼굴을 고치면서 그는 문득 오랫동안 잊었던 몇 개의 무언극을 회상하였다. 그리고 오늘 자기가 주연을 한 그것은 약간 저열함을 면치 못하였다는 생각도 하였다."[39] 소설 마지막 장면에 드러나는 것은 남편 순규를 예전처럼 사랑하지 못하는 자신에 대한 실망감이다. 그토록 절실했던 사랑은 무언극처럼 남아 있는 기억 속에만 존재한다. 파편적 이미지들로 이루어진 다소 난해한 소설처럼 보이는 「팬터마임」을 강신재의 여러 수필과 나란히 놓고 읽으면 여러 자전적 요소들이 암호처럼 숨어 있는 텍스트로 재평가할 수 있게 될 것이다.

지금까지의 논의를 정리해 본다면, 배신에 관한 강신재 특유의 집요한 관찰과 이에 기반을 둔 그로테스크한 인물 형상화는 작가의 유년기 원체험과 무관하지 않다. 데뷔작 「얼굴」과 「정순이」에서부터 두드러지게 나타나는 그로테스크 미학과 배신의 모티프는 이후 발표되는 강신재의 1950~1960년대 단편소설들이 공유하는 가장 중요한 요소들인데, 유년기 체험을 바탕으로 하는 강신재의 자전적 소설들은 이 두 가지 특징의 어떤 원형적 자질들을 담고 있다는 점에서 주의를 기울여 살펴볼 필요가 있다. 강신재 소설에 빈번히 등장하는 상처받은 인물의 찢긴 영혼에 독해의 초점을 맞추면, 작중인물 사이에서 지켜져야 할 신의나 윤리는 전쟁으로 인해 무너진 것이 아니라 이미-항상 붕괴되어 있었던 것처럼 보인다. 어쩌면

---

39) 강신재, 「팬터마임」, 《자유문학》 1958. 2; 『강신재 소설 선집』, 259쪽.

한국전쟁을 배경으로 하는 일련의 강신재 소설들은 다음과 같은 착시 효과를 발생시킨 것이 아닐까? 즉, 윤리는 이미-항상 붕괴되어 있다. 그러나 소설은 그 윤리가 마치 전쟁으로 인해 일시적으로 파괴된 것처럼 감각하게 한다. 그것을 강신재가 의도했다고 보기는 어려울 것이다. 그러나 어른 세계의 불행에 무방비로 노출된 취약한 어린아이를 강신재 소설 속 상처받은 영혼들의 어떤 원형적 존재로 보는 것이 가능하다면, 그들에게 전쟁보다 더 큰 외상적 사건은 배신이었는지 모른다.

참고 문헌

기본 자료

강신재, 「진줏빛 람프」, 《주부생활》, 1959. 7

＿＿＿, 『사랑의 아픔과 진실』, 육민사, 1966

＿＿＿, 『무엇이 사랑의 불을 지피는가』, 나무, 1986

김미현 책임 편집, 『강신재 소설선 — 젊은 느티나무』, 문학과지성사, 2023

김은하 엮음, 『강신재 소설 선집』, 현대문학, 2013

국내 논저

강인숙, 「강신재 작품 해설」, 『한국 대표 문학 전집 8』, 삼중당, 1971

김미현, 「강신재의 여성 성장소설 연구」, 《국제어문》 28, 국제어문학회, 2003

김복순, 「1950년대 여성 소설의 전쟁 인식과 '기억의 정치학'」, 《여성문학연구》 10, 한국여성문학학회, 2003

김윤식, 『한국 현대문학 명작 사전』, 일지사, 1992

김은하, 「1950년대와 나쁜 여자의 젠더 정치학」, 《여성문학연구》 50, 한국여성 문학학회, 2020

김현, 「감정의 점묘화가 — 강신재론」, 『한국 단편 문학 대계 8』, 삼성출판사, 1970

나보령, 「강신재 문학 연구 — 여성과 전쟁의 문제를 중심으로」, 서울대 석사 논문, 2013

심진경, 「전쟁과 여성 섹슈얼리티」, 《현대소설연구》 39, 2008

원형갑, 「강신재와 삶의 원야(遠野), 세계평화교수협의회」, 『한국 소설의 문제 작』, 일념, 1985

차미령, 「적과의 동거」, 《우리말글》 87, 우리말글학회, 2020

천이두, 「해설: 대질(對質)의 미학」, 『강신재·박경리: 한국 현대문학 전집 20』,
삼성출판사, 1978

국외 논저

주디스 버틀러, 양효실 옮김, 『윤리적 폭력 비판』, 인간사랑, 2013

볼프강 카이저, 이지혜 옮김, 『미술과 문학에 나타난 그로테스크』, 아모르문
디, 2023

필립 톰슨, 김영무 옮김, 『그로테스크』, 서울대출판문화원, 1986

슬라보예 지젝, 김소연·유재희 옮김, 『삐딱하게 보기』, 시각과 언어, 1995

강신재 생애 연보[1]

1924년(1세)	5월 8일, 경성부 어성정(御成町, 현재의 중구 남대문로 5가)에서 의사 강태순(康泰淳)과 유치원 교사 이순원(李淳嫄)[2] 사이의 장녀로 출생.
1930년(7세)	지인의 병원을 인수하게 된 부친을 따라 함경북도 청진으로 이사.
1932년(9세)	청진 천마소학교에 입학.
1937년(14세)	부친의 별세로 다시 경성으로 이사. 덕수소학교로 전학.
1938년(15세)	경기고등여학교에 입학.
1943년(20세)	이화여자전문학교 가사과에 입학. "귀축미영과 전쟁을 하고 있는 현재 영문학을 하고 싶다는 사상은 불건전"하다는 학교 측 입장에 따라 반강제로 가사과를 택했으나 수업(염색, 자수, 재봉, 요리 등) 내용이 죽을 만큼 괴로워 문과 과장을 찾아가 전과를 요청함. 그러나 담당자의 무성의한 대응으로 전과를

---

1) 고(故) 김미현 교수가 책임 편집한『강신재 소설선 ─ 젊은 느티나무』(문학과지성사, 2007) 및 김은하 교수가 엮은『강신재 소설 선집』(현대문학, 2013), 그리고 나보령 교수가 쓴 석사 학위 논문「강신재 문학 연구 ─ 여성과 전쟁의 문제를 중심으로」(서울대 석사 논문, 2013)에 실린 생애 및 작가 연보를 바탕으로 작성했다. 특히 가장 최근에 작성된 나보령 교수의 작품 연보를 기준으로 삼되, 본고에서 새롭게 확인된 사항은 아래 각주 4, 5, 8, 9번에서 따로 밝혀 두었다. 또한 기존 연보에서 수정한 사항은 각주 10, 11, 12번에서 밝혀 두었다.

2) 작가의 모친 성명이 연구자마다 다르게 인용되고 있어 유족이신 서기영 선생님(전 성균관대 교수)께 문의한 결과 위와 같이 확인해 주셨다. 서기영 선생님께 다시 한번 감사드린다.

포기함.

1944년(21세)	이화여전 2학년 중퇴 후 경성제대 법문학부 재학생 서임수와 결혼. 남편이 학도병으로 징집되었다가 생환함.
1945년(22세)	시가(媤家)인 대구에서 해방을 맞이함. 장녀 타옥 출생.
1949년(26세)	김동리의 추천으로 《문예》 9월호와 11월호에 각각 「얼굴」과 「정순이」를 발표하며 등단.
1950년(27세)	한국전쟁 발발. 「안개」를 비롯한 다수의 단편소설 발표. 장남 기영 출생.
1955년(32세)	「포말」, 「향연의 기록」 등을 비롯한 다수의 단편소설 발표. 중편 「감상지대」를 《평화신문》에 연재.
1958년(35세)	첫 단편집 『회화』(계몽사) 출간. 장편 『청춘의 불문율』을 《여원》에 연재.
1959년(36세)	「절벽」으로 한국문인협회상 수상. 단편집 『여정』(중앙문화사) 출간.
1960년(37세)	「젊은 느티나무」를 발표.
1961년(38세)	장편 『원색의 회랑』을 《민국일보》에, 『사랑의 가교』를 《국제신보》에 각각 연재.
1962년(39세)	전작 장편 『임진강의 민들레』(을유문화사) 출간. 「상(像)」을 비롯한 다수의 단편소설 발표.
1963년(40세)	장편 『그대의 찬 손』을 《여원》에, 『파도』를 《현대문학》에 각각 연재.
1964년(41세)	장편 『이 찬란한 슬픔을』을 《여상》에, 『신설』을 《한국일보》에 각각 연재.
1966년(43세)	펜클럽 작가 기금을 받고 쓴 전작 장편 『오늘과 내일』(정음사) 출간. 장편 『레이디 서울』을 《대한일보》에 연재. 첫 수필집 『사랑의 아픔과 진실』(중앙문화사) 출간.
1967년(44세)	『이 찬란한 슬픔을』로 제3회 여류문학상 수상. 장편 『사랑의

숲엔 그대 향기가」를 《여상》에 연재.[3] 중편 「이 겨울」을 《중앙일보》에 연재.

1968년(45세)　장편 『유리의 덫』을 《조선일보》에 연재. 장편 『바람의 선물』(중앙서적) 출간. 영화 「찬란한 슬픔」(원작 『이 찬란한 슬픔을』, 감독 전조명) 개봉. 영화 「절벽」(원작 「절벽」, 감독 이형표) 개봉. 영화 「젊은 느티나무」(원작 「젊은 느티나무」, 감독 이성구) 개봉. 국제펜클럽 한국본부 이사.

1969년(46세)　장편 『오늘은 선녀』를 《여원》에 연재.

1970년(47세)　장편 『우연의 자리』를 《여성중앙》에, 『사랑의 묘약』을 《중앙일보》에 각각 연재.

1971년(48세)　장편 『별과 엉겅퀴』를 《여성중앙》에 연재.

1972년(49세)　장편 『모험의 집』을 《주부생활》에, 『북위 38도선』을 《현대문학》에, 『마음은 집시』를 《주간중앙》에, 『밤의 무지개』를 《경향신문》에 각각 연재.

1973년(50세)　장편 『거리에 비가 오듯』을 《학생중앙》에 연재.

1974년(51세)　장편 『서울의 지붕 밑』을 《중앙일보》에 연재. 수필집 『모래성』(서문당) 출간. 『강신재 대표작 전집』(전 8권, 삼익출판사) 출간. 한국문인협회 소설분과 위원.

1977년(53세)　장편 『불타는 구름』을 《중앙일보》에 연재.[4] 수필집 『거리에서 내 가슴에서』(평민사) 출간.

1979년(56세)　첫 장편 역사소설 『지옥현란』을 《중앙일보》에 연재.[5] 『천추태후』(민족문학대계 7, 동화출판공사) 출간.

1981년(58세)　장편 『포켓에서 사랑을』을 《부산일보》에 연재.

---

3)　1969년 단행본 『숲에는 그대 향기』(대문출판사)로 개제되어 간행.
4)　기존 연보에 없던 사항을 새로이 밝혀 추가함.
5)　기존 연보에 없던 사항을 새로이 밝혀 추가함. 『지옥현란』은 1981년 단행본 『사도세자빈』(행림출판)으로 개제되어 간행.

1982년(59세)	1984년까지 한국여류문학인회 회장 역임.
1983년(60세)	대한민국예술원 정회원.
1984년(61세)	『사도세자빈』으로 제10회 중앙문화대상 예술부문 대상 수상.
1985년(62세)	장편『신사임당』을《가정조선》에 연재.
1986년(63세)	수필집『무엇이 사랑의 불을 지피는가』(나무) 출간.
1987년(64세)	한국소설가협회 대표위원회 위원장.
1988년(65세)	대한민국 예술원상 수상.
1989년(66세)	영국 출판사 Kegan Paul International에서 기획한 총 6권의 Korean Culture Series 마지막 권으로 *The Waves*(『파도』 번역본) 출간.
1991년(68세)	장편 역사소설『명성황후 민비』(전 3권, 세명서관) 출간.
1993년(70세)	'예술가의 삶' 시리즈 강신재 편『시간 속에 쌓는 꿈 — 예술가의 삶 11』(혜화당) 출간. 보관문화훈장 수훈.
1994년(71세)	장편 역사소설『광해의 날들』(창공사) 출간.
1997년(74세)	『광해의 날들』로 제38회 3·1문화상 예술상 수상.
1998년(75세)	『대왕의 길』(전 4권, 행림출판) 출간.
2001년(78세)	5월 12일, 숙환으로 타계. 천안공원묘원에 안장됨.

강신재 작품 연보

발표일	분류	제목	발표지
1949. 7	단편	분노	민성
1949. 9	단편	얼굴	문예
1949. 11	단편	정순이	문예
1950	단편	백야	미상
1950. 1	단편	눈이 나린 날	문예
1950. 1	단편	성근네	신천지
1950. 3	단편	진나(眞那)의 결혼식	혜성
1950. 3	콩트	백조의 호수	여학생
1950. 6	단편	병아리	부인경향
1950. 6	단편	안개	문예
1951. 1	단편	C항(港) 야화(夜話)	협동
1951. 11	단편	관용	신사조
1952	단편	로맨스	미상
1952	단편	백만인의 첩	미상
1952. 1	단편	눈물	문예
1952. 3. 31	단편	봄의 노래	주간국제
1952. 11	단편	상혼(傷魂)	여성계
1952. 11	단편	전투기	코메트
1953. 2	단편	그 모녀	문예

발표일	분류	제목	발표지
1953. 7	단편	영옥이의 눈물	학원
1953. 8. 10~17	단편	실처기(失妻記)	서울신문
1953. 10	단편	여정(旅情)	현대공론
1953. 11	단편	동화(凍花)	문예
1954. 3	단편	산기슭	신천지
1954. 11	단편	야회(夜會)	신태양
1954. 11	단편	부두(埠頭)	현대공론
1955. 3	단편	포말(泡沫)	현대문학
1955. 3	단편	지반(痣斑)	이화
1955. 8	콩트	쌘달	현대문학
1955. 10	단편	향연의 기록	여원
1955. 12. 6 ~1956. 1. 3	단편	감상지대	평화신문
1956. 1	단편	위선자와 사과	명랑
1956. 1	단편	신을 만들다[6]	전망
1956. 3	단편	바아바리 코오트	문학예술
1956. 3	단편	어떤 해체	현대문학
1956. 9	단편	낙조전(落照前)	현대문학
1956(미상)	단편	찬란한 은행나무	여성계
1956. 9	희곡	갈소리(褐沼里)	문학예술
1956. 10	단편	해결책	여성계
1957. 3	단편	표선생 수난기	여원
1957. 7	단편	파국	주부생활

---

6) '제단(祭壇)'으로 개제되어 『희화(戲畫)』(1958)에 수록.

발표일	분류	제목	발표지
1957. 8	단편	해방촌 가는 길	문학예술
1957. 10	단편	애인	신태양
1958	단편집	희화(戲畫)	계몽사
1958. 2	단편	팬터마임	자유문학
1958. ~12(중단)	연재	청춘의 불문율	여원
1958. 4	단편	구식 여자	주부생활
1959	단편집	여정(旅情)	중앙문화사
1959. 5	단편	절벽	현대문학
1959. 6	단편	옛날의 금잔디	자유문학
1959. 7	단편	진줏빛 람프	주부생활
1960	장편	청춘의 불문율	여원사
1960. 1	단편	젊은 느티나무	사상계
1960. 12	단편	착각 속에서	현대문학
1961. 2	단편	양관	자유문학
1961(미상)	미상	질투가 심하면	미상
1961. 2. 1 ~8. 31	연재	원색(原色)의 회랑(回廊)	민국일보
1961. 11. 1 ~1962. 6. 30	연재	사랑의 가교	국제신보
1962	전작	임진강의 민들레 (한국 신작 문학 전집 4)	을유문화사
1962. 4	단편	상(像)	현대문학
1962. 6	단편	검은 골짜기의 풍선	현대문학
1962. 8(중단)	단편	재난	미의 생활

발표일	분류	제목	발표지
1962. 11	단편	황량한 날의 동화	사상계
1963. 1 ~1964. 2	연재	그대의 찬 손	여원
1963. 6 ~1964. 2	연재	파도	현대문학
1963	중편	먼 하늘가에	미상
1963	미상	마성의 여자	미상
1963. 10	단편	그들의 행진	세대
1964. 7 ~1965. 11	연재	이 찬란한 슬픔을	여상
1964. 9. 11 ~1965. 7. 22	연재	신설(新雪)	한국일보
1964. 11	단편	TABU	문학춘추
1965. 9	단편	이브 변신	현대문학
1965. 12	단편	강물이 있는 풍경	사상계
1965. 12	단편	유라의 가을	여학생
1966	장편	이 찬란한 슬픔을	신태양사
1966	장편	오늘과 내일	정음사
1966	수필집	사랑의 아픔과 진실	육민사
1966. 3	단편	보석(寶石)과 청부(請負)	한국문학
1966. 5	단편	투기(妬忌)	문학
1966. 6	단편	점액질	신동아
1966. 6	단편	호사(豪奢)	한국문학
1966. 7	단편	녹지대와 분홍의 애드벌룬	창작과비평
1966. 10. 7	연재	레이디 서울	대한일보

발표일	분류	제목	발표지
~1967. 8. 14			
1967	장편	그대의 찬 손	신태양사
1967	장편	신설(新雪)	문원각
1967. 4	연재	사랑의 숲엔 그대 향기가[7]	여상
~1968. 2(중단)			
1967. 5. 25	단편	야광충	중앙일보
~ 6. 10			
1967. 12. 8	중편	이 겨울	중앙일보
~1968. 3. 7			
1968	장편	바람의 선물	중앙서적
1968. 4. 27	연재	유리의 덫	조선일보
~1969. 1. 24			
1968. 6	단편	어느 여름밤	월간중앙
1968. 11	단편	돌아서면 남	여류문학
1969	장편	유리의 덫	국민문고사
1969	장편	숲에는 그대 향기	대문출판사
1969. 1	연재	오늘은 선녀	여원
~1970. 2			
1969. 5	단편	젊은이와 늙은이들	여류문학
1970	장편	파도	대문출판사
1970	단편집	젊은 느티나무	대문출판사
1970. 1~12	연재	우연의 자리	여성중앙
1970. 8. 21	연재	사랑의 묘약	중앙일보

---

7) 1969년 단행본 『숲에는 그대 향기』(대문출판사)로 개제되어 간행.

발표일	분류	제목	발표지
~1971. 8. 20			
1971. 1~12	연재	별과 엉겅퀴	여성중앙
1972	장편	레이디 서울(한국문학 전집 41)	선일문화사
1972. 4 ~1973. 1	연재	모험의 집	주부생활
1972. 4	단편	난리 그 뒤	현대문학
1972. 9 ~1974. 1	연재	북위 38도선	현대문학
1972. 10	단편	달오(達五)는 산(山)으로	문학사상
1972. 10. 22 ~1973. 5. 13	연재	마음은 집시	주간중앙
1972. 11. 1 ~1973. 5. 31	연재	밤의 무지개	경향신문
1973. 4 ~1974. 3	연재	거리에 비가 오듯	학생중앙
1974	수필집	모래성	서문당
1974	전집	강신재 대표작 전집(전 8권)	삼익출판사
1974. 3. 15 ~12. 30	연재	서울의 지붕 밑	중앙일보
1976	장편	서울의 지붕 밑 (한국 대표 작가 신문학 전집 4)	문리사
1976	단편집	황량한 날의 동화	삼중당
1977	장편	마음은 집시	태창문화사
1977	장편	밤의 무지개	청조사
1977	단편집	그래도 할 말이	서음출판사

발표일	분류	제목	발표지
1977	수필집	거리에서 내 가슴에서	평민사
1977. 3. 2 ~1978. 2. 28	연재	불타는 구름[8]	중앙일보
1978	장편	불타는 구름 1·2	지소림
1978	장편	우연의 자리	명서원
1978	장편	사랑의 묘약(전 2권)[9]	중앙일보사
1979	장편	모험의 집	범조사
1979	장편	천추태후(민족문학 대계 7)	동화출판공사
1979. 5. 17 ~1981. 6. 25	연재	지옥현란[10]	중앙일보
1979. 10	단편	빛과 그림자	문학사상
1981	장편	사도세자빈(전 3권)	행림출판
1981. 1. 1 ~12. 31	연재	포켓에서 사랑을	부산일보
1984. 4	중편	문정왕후 아수라	현대문학
1985. 1~3	중편	간신의 처	소설문학
1985. 1~12	연재	신사임당	가정조선
1986	수필집	무엇이 사랑의 불을 지피는가	나무[11]
1986. 12	중편	풍우(風雨)	현대문학
1987	중편집	소설 신사임당/문정왕후 아수라	한벗

---

8) 기존 연보에 없던 사항을 새로이 밝혀 추가함.
9) 나보령(2013. 112) 목록 수정: 초판 간행 연도를 1986년에서 1978년으로 바로잡음.
10) 기존 연보에 없던 사항을 새로이 밝혀 추가함. 『지옥현란』은 1981년 단행본 『사도세자빈』 (전 3권, 행림출판) 및 1992년 단행본 『혜경궁 홍씨』(전 4권 행림출판)로 개제되어 재간됨.
11) 나보령(2013. 112) 목록 수정: 출판사는 '나무의 향기·2'에서 '나무'로 바로잡음.

발표일	분류	제목	발표지
1989	장편	간신의 처[12]	문학세계사
1989. 1~2	중편	시해(弑害)	동서문학
1991	장편	명성황후 민비(전 3권)	세명서관
1992	장편	혜경궁 홍씨(전 4권)	행림출판
1994	장편	광해의 날들	창공사
1998	장편	대왕의 길(전 4권)	행림출판

작성자 손유경 서울대 교수

---

12) 나보령(2013, 112) 목록 수정: 표제를 '간신의 처/풍우'에서 '간신의 처'로 바로잡음.

원형으로서의 시적 구조와 박양균 시의 미학

남승원 | 서울여대 초빙교수

1 머리말

박양균(朴暘均. 1924~1990) 시인은 경북 영주군 순흥면 읍내리에서 태어나 대가족의 분위기 속에서 자랐다. 큰 수해가 나서 온 동네 사람들이 피난을 갔을 때에도 사랑방에서 정좌한 채 움직임 없이 집을 지킬 정도의 기개와 곧은 성품을 가진 할아버지를 중심으로 서른네 명에 달했던 가족들과의 생활이 그의 유년기에 큰 영향을 주었던 것으로 보인다. 만년의 시인은 자신의 유년 시절에 대해 다음과 같이 추억하기도 했다.

우리 집의 식구는 이만저만한 대가족이 아니었다. 할아버지와 할머니를 위시하여 큰아버지 내외, 그리고 우리 아버지와 어머니, 세 분의 삼촌 내외분, 이들의 소생으로 나오는 사촌이 되는 형제자매가 정확히 말해서 34명이나 되는 데다 사랑종 안종의 가족과 합하면 전 식솔이 얼마나 되는지 짐작이 가지 않았다. 이러한 집단의 집안이 질서 정연하게 다스려지는 것도 할아버지의 기품 탓이라는 생각은 지금도 나의 기억에 생생하다. 그리고 할아버지의 영향은 나의 성장에 있어서 아주 큰 교훈을 남겼다고 생각한다.[1]

이후 그는 보통학교 입학을 위해 대구로 이사를 간다. 하지만 어머니의 갑작스러운 별세와 결핵성 관절염으로 인한 오랜 병원 생활로 인해 학업이 3년이나 지체되면서 혼자만의 시간을 보내게 되었는데, 이때 자연스럽게 소설을 비롯해서 시 습작을 시작한다. 그렇게 박양균은 1952년《문예》(5·6월호, 통권 14호)지에 작품「창(窓)」으로 모윤숙의 추천을 받으면서 등단했다. 그러고는 등단한 해에 18편의 작품을 묶어 첫 시집『두고 온 지표(地標)』(춘추사)를 출간했는데, 이는 그가 등단 이전부터 이미 오랜 습작 기간을 가졌다는 것을 단적으로 보여 준다.[2] 특히 보통학교 시절부터 시작한 습작은 해방 직후 대구에서 상경하여 '한글강습소'에서 한글을 배우면서부터 본격적인 시 창작으로 이어져 갔다. 이후 성균관대학교에 입학하고 조지훈 시인과 교류하면서 조병화, 김창석 등과 함께 시 동인 '형상(形象)'에 참여하면서 시인으로서의 활동을 시작했다.

한국전쟁 발발로 인해 박양균은 다시 대구로 귀향해 교사 생활을 하는 한편 박목월, 유치환, 이호우, 신동집 등 대구를 중심으로 한 시 동인 '죽순(竹筍)'에 가담해 많은 시인들과 교류했는데 이 시기에 쓴 작품들 중 하나로 추천을 받아 등단하게 된 것이다.[3] 이후 1956년에는 19편의 작품을 수록한 두 번째 시집『빙하(氷河)』(영웅출판사)를 발간한다.[4] 이처럼 서울

---

1) 박양균,「나의 이력서 — 문학이 있는 골목」,《현대문학》1982년 3월호, 319쪽.
2) 첫 시집은 가지고 있던 28편의 작품들 중 선별해서 출간했다고 말한 바 있다. 박양균,「시인의 말」,『전시장(展示場)에서』(현대문학사, 1985).
3) 시인이 되기까지의 문학적 여정에 대한 자세한 내용들은 박양균, 앞의 글에 상세하게 기록되어 있다.
4) 시 선집『전시장에서』의「시인의 말」에서 박양균은 두 번째 시집 발간 시기를 1954년으로

과 대구에서 동인 활동에 적극 참여한 것이나, 비교적 짧은 시기에 두 권의 시집을 펴낸 일들은 해방과 한국전쟁으로 이어지는 역사적 혼란기 속에서도 그가 얼마나 시 창작에 집중하고 있었는지를 알 수 있게 해 준다.

그가 시인으로서 창작 활동을 해 나간 당시 한국 사회는 해방 이후 전쟁을 연이어 겪게 된 역사적 혼란기라고 할 수 있다. 그만큼 새로운 미래를 향한 열망이 필연적 당위성으로 여겨졌는데, 이는 시문학에서도 마찬가지였다. 전통과 현대성, 감성과 지성, 내용과 기법 그리고 현실적 주제와 미적 지향 등 오랫동안 시 장르에 내재되어 있던 가치들이 다시 한번 갈등하고 충돌하게 된 이유도 시대적 상황과 긴밀하게 연관되어 있다. 혼돈의 현실을 타개하는 것이 절대적 목적이 된 상황이라면 무엇보다도 그것을 가능하게 해 줄 가치 기준을 보다 명확하게 제시할 필요가 있기 때문이다.

박양균은 이 같은 현실 속에서 시의 본질이 무엇인지를 천착해 나간 시인이라고 할 수 있다. 그에 대한 연구는 여전히 미미한 수준이지만 주로 '언어를 향한 고양된 감각'[5]이나, 당시 실존주의적 영향과의 연관성 아래 '존재에 대한 탐구'[6]의 측면에서 이루어져 왔던 것도 이와 연관되어 있다. 시작 초기부터 그의 작품은 언어 운용의 차원에서 "응결(凝結)되고 결정

기억하고 있다. 이 때문인지 등단 40주년을 기념하면서 발간한 문집 『만나서 기쁘지 아니하랴』(명문당, 1989)에 수록된 주변 인물들의 여러 글에서도 시인의 두 번째 시집 발간 시기는 1954년으로 되어 있다. 하지만, 현재 확인할 수 있는 시집의 간행 연도는 1956년이다. 다만 대구의 박진형 시인이 1954년에 간행된 시집을 소장하고 있는 것으로 알려져 있는데, 실제 확인하지는 못했다.

5) 황현산, 「박양균과 오르페우스의 시선」, 《현대시학》, 2000년 7월호.
6) 채종한, 「존재론적 시의식에 관한 연구 — 1950년대 박양균, 이철균, 김춘수를 중심으로」, 영남대학교 박사 학위 논문, 2001.
김춘식, 「휴머니즘과 실존의 시학」, 대한민국예술원, 『한국예술총집·문학편 V』, 2007.
채종한은 학위 논문 이외에도 두 편의 논문(「박양균 시론」(1995), 「박양균 시에 나타난 존재관」(2007))을 더해 박양균 시 세계 연구의 초석을 놓고 있다. 다만 모든 논문들이 거의 유사한 관점으로 박양균을 다루고 있어, 논지가 중복되는 한계를 가지고 있다.

(結晶)되어 구슬 같은 언어들이 모여 있는 차고도 따뜻한 작품"이며, "언어의 낭비"가 없다는 평가를 받기도 했다.[7]

시 선집 『전시장에서』의 해설로 수록된 이승훈의 「삶의 유한성과 무한성」은 박양균의 문학 세계 전반을 통시적인 관점에서 처음 다룬 글이라고 할 수 있다. 여기에서 이승훈은 박양균의 시 세계가 과거와 미래, 지상과 천상처럼 양분되어 있던 두 가치들 사이에서 무한의 세계를 지향하는 전환 의식을 보여 주는 이른바 '다리[橋] 의식'에서 출발하여 결국 그 의식적 노력마저도 극복하는 초월적 세계로 나아간다고 진단한다.[8] 이처럼 1950년대 두 권의 시집을 발간하면서 활약한 박양균은 1957년에 한국문인협회 신인문학상과 《현대문학》이 주관하는 제2회 현대문학상(당시는 현대문학사 신인문학상)의 후보로 연달아 선정되면서 시단의 주목을 받기도 했다.[9]

하지만 1960년대의 박양균은 한국시인협회나 한국예술문화단체 총연합회, 그리고 한국문인협회 등 각종 문학 단체에서 활발하게 활동하면서도, 적극적으로 작품을 발표하지는 않으면서 주류 시단의 외곽에 서게 된다. 표면적으로는 생업에 매진한 이유도 있지만,[10] 평소 '다작(多作)을 사기'라

---

7) 조병화, 「관념에서 현실로(下) — 정월의 시단을 평함」, 《경향신문》, 1957. 2. 9. 이 같은 박양균 시의 면모를 두고 오히려 김윤성은 "무의미한 어구가 많았다."(「8월의 시단」, 《동아일보》, 1955. 8. 11)라며 지적하기도 했다. 장단점을 두고 평가가 갈렸지만, 그만의 언어 활용이 특징적인 면모였다는 사실을 짐작할 수 있다.

8) 이승훈, 「삶의 유한성과 무한성」, 박양균, 앞의 책, 110~117쪽.

9) 대구 시내 고등학교 문학도들로 구성된 동아리 '칡넝쿨'의 지도 선생이었던 박양균과 1950년대부터 인연을 맺었던 김원중의 회고에 따르면 수상자였던 박재삼과는 경합 끝에 1표 차이로 수상을 놓쳤다고 한다.(김원중, 「한국의 장 콕토 — 박양균 시인」, 향토문학연구회, 《향토문학연구》 1권, 1998, 223쪽) 참고로 한국문인협회 신인문학상 시 부문 후보는 이형기와 박양균 두 명이었으며(《조선일보》, 1957. 2. 1), 현대문학상 시 부문 후보는 박재삼, 박양균, 김관식, 이성환, 김구용, 이형기 등 여섯 명이었다.(《조선일보》, 1957. 2. 26)

10) 박양균은 1977년부터 1982년까지 한국문인협회의 부이사장을 3회 연임으로 맡았다. 한편 1977년에는 당시 별표 전축으로 유명한 천일사(天一社)의 경영진 개편에 따라 대표이사로 선임되기도 했다. 이전에도 회사의 이사로 근무하고 있었던 것으로 보인다.(《매일경제》, 1977. 3. 31 기사 참고)

고 말했을 정도로 시에 엄격했던 그의 창작 태도와도 연관되어 있다.[11] 하지만 앞서 말한 것처럼, 시의 본질에 천착하고자 했던 그의 문학적 지향이 갈등과 모순의 현실마저 초월하고자 했을 때 직간접적으로 4·19혁명의 영향 아래 있었던 1960년대 시단과 다소 거리를 둘 수밖에 없었을 것이라는 짐작도 가능하다.

세 번째 시집 『일어서는 빛』(형설출판사, 1976)은 두 번째 시집 이후 20여 년이나 지나고야 출간하게 된다. 35편을 수록한 이 시집은 작품별로 특정한 제목이 없는 연작시집으로서, 당시 주간이었던 전봉건의 요청으로 《현대시학》에 2년 여간(1973. 10~1976. 1) 연재한 시들을 묶은 것이다. 제목에서 알 수 있는 것처럼 이 시집에 수록된 작품들은 거의 모두 '빛'이라는 공통의 소재를 다루고 있다. 하지만 작품들에서 다양하게 나타나고 있는 '빛'의 일관된 의미를 추구하는 방식이기보다 그것이 어떻게 다양한 이미지와 결합되어 나타나고 있는지를 시적으로 세밀하게 추구해 나가고 있다. 이는 자신이 선택한 시적 소재도 결국 하나의 의미에 고정될 수 없다는 것을 보여 줌으로써, 시적 대상의 의미 영역을 무한대로 확장시켜 나가는 일종의 시적 실험이라고 평가할 수 있다. 시인 스스로도 이 시집을 두고 "나를 떠나 시 스스로가 갖는 질서를 세워 보고 싶어진" 결과물이며 "시 스스로의 질서의 운용"이라고 의미를 부여하는 한편, 자신의 "시작(詩作) 과정에 있어 새로운 전기(轉機)"로 여겼다.[12] 하지만 이후로도 작품 발표를 많이 하지는 않았으며, 1985년에 출간한 시 선집 『전시장에서』에 시집으로 묶지 않고 있었던 미발표 작품 16편을 추가했을 뿐이다.[13] 박양균

11) 김원중, 앞의 글, 223쪽.
12) 박양균, 「自序」, 『일어서는 빛』(형설출판사, 1976), 6~7쪽.
13) 『일어서는 빛』이나 『전시장에서』 「시인의 말」을 보면 박양균은 상당한 양의 다른 작품이 있지만 아예 싣지 않기로 하거나, 가려서 수록했다고 한다. 발표한 작품의 수와 상관없이 그가 꾸준히 시를 쓰고 있었다는 것을 알 수 있다. 또한 1980년과 1982년 각각 도쿄와 마드리드에서 열린 국제시인대회에도 참가하는 등 창작 이외에 시인으로서의 활동도 활발하게 해 나갔다.

은 시 작품으로도, 그리고 과작이라고 할 수 있는 일종의 창작 태도를 통해서도 시의 가장 본질적인 가치를 지켜 나가기 위해 노력한 시인이다.

전쟁의 참화와 개인적 육체의 고통 속에서 시 쓰기를 선택한 그는 요컨대 모든 사회·일상적 제약에서 벗어난 예술을 지향했다. 실존주의의 영향을 받아 외부와 분리된 내면세계를 탐구해 나간 1950년대의 다른 시들과는 다르게 박양균은 감각적인 언어와 소재의 사용을 통해 세계와 자아, 역사적 시간과 현재 그리고 사건(외부)과 내면 등 서로 대립하는 두 국면 사이에서 시적 균형을 찾고자 한 것이다. 시 창작기에 긴 공백이 있기도 하고, 작품의 수가 100여 편 정도에 그치는 등의 이유로 그간 큰 주목을 받지는 못했지만, 박양균은 어떤 외적 가치 기준에도 흔들리지 않고 스스로를 지켜 가는 것이 가능한 시적 구조를 꾸준히 탐색해 간 시인이라고 할 수 있다. 이 글에서는 박양균의 시 작품과 함께 산문들을 종합적으로 살펴보면서 그의 시적 특징과 문학적 의미를 밝혀 보고자 한다.[14]

2 경계적 위치의 탐색

한국전쟁을 경험하게 된 1950년대의 한국 시단은 그 충격을 극복하기 위한 가능성으로서의 새로운 시를 향한 열망이 중심에 자리하고 있었다. 당시의 큰 시적 흐름이었던 순수문학과 모더니즘의 두 계열 모두 실존주의의에 가장 큰 영향을 받게 된 것도 전쟁이라는 절망적 현실을 타개하기 위한 실존적 고민이 필연적이었기 때문이다. 따라서 합일된 외부 세계의 지향과 사회 현실에 흔들림 없는 내면세계 추구로 요약될 수 있는 각기

---

14) 박양균 시인이 세상을 떠난 뒤 1996년에 김원중·채종한이 엮은 『박양균 전집』(새벽)이 출간되었다. 이 전집에는 유고시 6편과 산문에 인용되어 있는 1편을 포함해 총 100편의 작품과 10편의 산문이 수록되어 있다. 이외 전집에 미수록된 작품 6편과 산문 5편을 추가로 확인했다. 이후 전집에 수록된 박양균의 시와 산문을 인용할 때에는 제목만 표기하며, 전집에서 발견되는 몇몇 오기는 원본 시집과의 대비를 통해 수정하기로 한다.

다른 시적 목표에도 불구하고, 대상이나 소재를 파악하는 주체로서의 시인에게 흔들림 없이 확고한 위치가 공통적으로 강조된 것 또한 이와 연관되어 있다.

　답답한 현실에 놓여 있는 오늘의 시인이 가져야 할 자세는 어떠한 것일까. 그러한 파멸적인 요소로 형성되어 있는 인간 사회를 구원할 수 있는 가장 큰 힘은 시정신일 것이다. (……) 현실을 직관하며 꿈과 강인한 생명의 약동을 불러일으켜야 할 것이다. 그러한 대결 정신이 오늘의 시정신이어야 할 것이다.[15]

　전통적 서정시에서 '시정신'이라고 했을 때 그것은 보통 현실을 초월하는 가치의 영역이며 작품 안에 초월적으로 존재하는 것으로 여겨진다. 하지만 인용문에서 확인할 수 있는 것처럼, 1950년대에 '시정신'이란 단순히 개별 작품을 완성하는 데에만 그치지 않고 궁극적으로 "답답한 현실"을 타개할 수 있는 힘으로 이해되었다. 이때 가장 중요한 것은 작품의 내재적 차원이나 기법적인 측면보다 당시의 현실을 타개할 수 있는 실질적 힘으로서의 '시정신'을 구현하는 것이었다. 따라서 이를 가능하게 만들 수 있도록 시인-화자의 역할과 책무에 대한 인식이 무엇보다 필요했던 것이다. 하지만 박양균의 경우 시인을 포함해서 작품 자체의 외부에 존재하는 것들로부터의 자유를 보다 강조한다.

　나는 시를 어느 무엇으로도 바꾸어 놓을 수 없는 시 스스로의 힘에 의하여 존립해야 한다는 강한 압력을 받고 있었다. 사사로운 것들이 시에 언급되어서는 안 되는 것일 뿐 아니라 크고 작은 메시지 같은 것도 어쩌면 군더더기 같은 것으로 생각했다. 시에 있어서의 효용성이나 그 활용은 있어서는

---

15) 이인석, 「현대의 시정신」, 《동아일보》, 1956. 9. 13.

안 되는 것으로 생각했다. 시는 누구도 침범해서는 안 되는 것으로서, 극단
적인 표현으로는 무력(無力)의 소산인 것처럼 생각하기도 했다.

—「하찮은 이야기」 부분

자신의 시 쓰기 여정을 되돌아보고 있는 이 글에서 박양균은 예술의
목적성을 강하게 경계한다. 자신의 생각을 널리 알리기 위해 문학을 택했
다는 사르트르의 문학관을 언급하면서 그의 작품이 결국 "위대한 실패
작"일 수밖에 없는 것도 바로 두드러진 목적의식 때문이라고 말한다. 물론
그 역시 문학 작품이 일정한 효용성을 가질 수 있다는 데에는 동의한다.
하지만 이때의 효용성이란 "비눗방울" 정도의 가치를 말하는 것이며, 그
조차 "이내 꺼져 버리는 허망함"을 가지고 있기 때문이다. 박양균에게 문
학은 누구나 인식할 수 있을 정도의 효용성을 가지고 있어야 하지만, 그것
은 거부할 수 없을 정도의 큰 가치로서가 아니라 일상적 차원에서 자연스
럽게 공유하는 사소함에서 비롯하는 것을 의미한다. 따라서 그 자체로 목
적이 되거나 또는 강제할 수 없는 수준에서만 효용성을 받아들이고 있으
며, 시 자체는 언제나 "무력의 소산"이어야 한다는 것이다.

멀리 밤의 海邊에서 生覺해 보라. 달빛을 안고 파도가 나르는 浪漫이 없
을진대 바다는 얼마나 無聊할 것이냐.

그늘에 位置하고 있는 花瓶이 따 온 꽃을 그냥 간직하였다면 얼마나 싱거
운 것이겠는가.

消息처럼 드나드는 이 있어 도아를 밀 때마다 門前에서 머뭇거리던 光線
이 활작 花瓶에 와 부서질 때 花瓶은 꽃과 더불어 角度와, 明暗과, 陰影으로
그 敏感한 背景 앞에서 되살아날진저 —

나는 자꾸만 밤의 海邊에서 부서지는 파도를 느끼곤 한다.

—「花瓶」전문

첫 시집에 수록된 이 작품은 외부에서 비롯하는 특정한 가치들이 침투하지 않은 시를 가능하게 만들기 위해 박양균이 취하고 있는 시적 태도를 확인할 수 있게 해 준다. 제목을 통해 직접적으로 드러나 있는 것처럼 이 작품의 핵심 제재는 '꽃병'이다. 현실의 차원에서 꽃병은 '꽃'이라는 아주 구체적이고 뚜렷한 대상과의 관련 속에서 인지된다. 하지만 이 작품에서 정작 시인이 주목하고 있는 것은 꽃과 꽃병 간의 관계성이 아니다. 3연에서 제시하는 것처럼, 시인이 바라보는 '화병'은 뚜렷한 목적을 갖지 않은 채 그저 "소식처럼 드나드는 이"가 "도아를 밀 때마다" 달라지는 조건인 "각도와, 명암과, 음영"으로 인해 다양한 변화를 보여 주고 있는 대상일 뿐이다. 말하자면 시인은 일정한 연관성으로 만들어지는 의미의 체계에서 자유로운 동시에, 우연적 계기들로 인해 매 순간 새롭게 발현되는 꽃병의 찰나를 포착하고 있을 뿐이다.

1연과 4연이 '화병'이라는 소재를 중심으로 하는 2~3연으로부터 독립적인 배경을 가지고 있다는 점도 주의 깊게 살펴볼 필요가 있다. 그것은 "밤의 해변"으로 드러나 있는데, 보통 '해변'은 바다를 가장 가까이 바라볼 수 있는 곳이지만 '밤'이라는 시간적 배경이 더해지면서 그 목적의 달성이 불가능해진 공간으로 그려지고 있다. 따라서 '해변'에 위치하고 있던 "나"는 바다를 직접 바라보고자 했던 애초의 의도와는 다르게 바다에 비친 "달빛"에 집중하거나, 포괄적인 감각이라고 할 수 있는 "낭만"으로 전환하게 된다.

특히 1연에서는 청유형의 문장 형태를, 그리고 4연에서는 "자꾸만"과 같은 부사어 사용을 통해서 이 같은 배경에서의 태도와 감각이 강조되고 있다. 이는 2~3연과 동일하게 대상에 매몰되지 않고 바라볼 수 있는 것이 가능한 경계 지점에 서고자 하는 박양균의 시적 태도라고 할 수 있다. 구조적 차원에서 1연과 4연에서 드러난 화자의 시적 위치가 2~3연에서 '꽃병의 찰나'를 통해 어떤 의도에서 해방된 순간들을 가능하게 만들고 있는 것이다. 화자의 이 같은 태도는 결국 "누구도 침범해서는 안 되는" 시적 고유성을 확보하기 위한 전략이라고 할 수 있다.

이처럼 박양균은 시적 대상은 물론 외부 현실과도 객관적 거리를 유지하는 것이 가능한 시인-화자의 위치에 대한 고민을 보여 주고 있다. 다음은 이와 같은 시인의 태도를 보다 구체적으로 형상화하고 있는 작품이다.

아닌 밤중 나는 잠을 잃고 내 야윈 손을 들여다본다. 무엇에다 견주어 보자는 듯이 한참이나 들여다보다가는 十燭燈 의미한 壁에 쓰러지듯 붙여 본다. 壁에는 서리가 싸늘하게 앉아 있었던 건지 너무나 그 차가움에 놀라 붙였던 손을 떼어 버린다.

그 이가 시린 觸感을 잊어 버릴려고 힘껏 주먹을 쥐어 본다. 입김을 불어 본다. 熱이 오른다. 나는 다시 가만히 壁에다 손을 대어 본다. 壁은 그대로 차가웁다. 손을 뗀다. 한참을 다시 편 손을 들여다 본다. (중략) 이제는 어찌 할 수 없이 壁의 體溫을 그리워 아니치 못하여 또다시 손을 대어 본다. 壁은 오히려 나의 心臟에서부터 차가워 오는 것이다. (딴은 내 心臟이 이미 식어져 壁에 옮겨 간 것인지도 모른다.)

(중략)

아닌 밤중 산즘승이 다 죽었는데 나는 壁과 마조앉아 뉘하고도 나누어 가질 수 없는 이 싸늘한 體溫아닌 心臟을 壁에다 갈라 놓고 深夜의 寂寥를 깨물어 본다.

――「壁」 부분

이 시에서 '나'는 일상을 유지하는 외부의 질서들이 모두 물러난 "아닌 밤중"의 시간 속에서 자기 자신과 유일한 대상으로서의 '벽'을 인지하게 된다. 이때 중요한 것은 그 대상을 통해 알 수 있게 된 새로운 가치나 의미가 아니라, 다름 아닌 화자와 '벽'과의 대결 의식이다. 작품 전체를 이끌고 있는 긴장감도 바로 여기에서 비롯한다. 작품의 구체적인 전개는 화자와 벽이 각각의 "체온"을 가지고 있지만 어느 쪽도 절대적인 가치를 갖는 것이 아니라 시간의 흐름 속에서 상호 교차되는 내면의 움직임을 따라 상대적 변화를 경험하는 과정을 상세하게 드러내는 것으로 진행된다.

이 같은 박양균의 시적 경향을 두고 "전일(全一)된 생명력을 자기의 내면"에서 찾고자 하는 것으로 분류한 뒤, "현실의 패배감 즉 자기 갈등"에서 비롯하는 "회의, 생리적인 병, 자기 애수 등"에 사로잡힌 "고립적 존재자"의 모습을 보여 줄 뿐이라는 비판적 언급도 있었다.[16] 하지만 이는 시적 화자의 태도를 주로 실존적 탐색으로 보던 당시의 경향에 지나치게 의존한 나머지 작품에 드러난 화자의 움직임을 면밀하게 보지 못한 성급한 판단이라고 할 수 있다. 실제로 작품 속 화자의 태도는 내면 또는 외부를 향한 방향성을 갖거나, 또는 그것과 연관된 목적의식에 치중하고 있지 않다. 이는 전통 서정시에서 화자가 대상과 교감을 나누는 방식과도 구별되며, 대상과의 일치가 아니라 화자 스스로 대상과의 균형적 거리를 유지해 나가고자 하는 태도이다. 그리고 이 같은 경계적 위치를 탐색하기 위한 노력이 박양균에게는 곧 시 창작을 의미한다.

구조적인 미학은 균형에 있다고 본다. 이 경우 힘을 배제해 버린다면 구조는 분해된다. 그러나 구조에 아름다움을 부여한다는 것은 힘의 균형에 근거한다손 치더라도 이것을 강조하고 보면 구조의 원리는 깨어지고 만다. 다시 말해서 이것을 시에 적용해 본다면 내가 알고 있는 시의 고향은 서정이고 음악이다. 그러나 문명이라는 명제 앞에서의 갈등은 정말 참기 어려운

---

16) 장백일, 「전후 한국 시의 양상 — 정리·평가의 결산기에서」, 《조선일보》, 1962. 1. 19. 이 글은 1961년에 신구문화사에서 출간된 『한국 전후 문제 시집』에 수록된 시 작품 전부를 대상으로 하고 있다. 여기에서 박양균은 구상, 김남조, 신동문, 이원섭, 조병화, 황금찬, 박봉우 등과 함께 '인생파적 시(人生派的 詩)'를 쓰는 시인으로 분류되고 있다.

고민이 된다. 뜻의 배제는 뜻 없는 공허에 빠져 버린다. 이 반대의 경우라면 또한 뜻에 빠진다. 이것의 구제를 나는 나의 시의 구제라고 생각하고 이 갈등이 내포하는 모순의 극복이 아니라 모순의 행각이요 이탈이다.[17] 그릇된 물리적인 현상이 갖는 인식과 정서적인 이질성이 갖는 양면의 모순에 끌려 나는 이를 나 자신의 목소리로서가 아니라 시 스스로의 질서의 운영 속에 나를 발견코자 하는 소망은 끝내는 이 모순에의 해방일는지도 모를 일이다.

— 「모순에의 해방」 부분

이 글은 현실에 대한 태도에서부터 시에 도달할 수밖에 없게 된 창작의 과정을 상세하게 밝힌 시론적 성격을 가지고 있다. 여기에서 박양균은 시적 계기가 되어 주는 경험적 세계를 '자연'과 '저잣거리'로 구분한다. 이때 자연은 자신이라는 존재를 완전히 잊을 정도의 몰입으로 이끄는 대상이며, 반면에 저잣거리는 개인적 생활의 모습을 그대로 드러내고 있어 흥미를 유발시킨다. 하지만 '저잣거리'의 경우 거기에서 발생하는 특유의 '잡다한 소음'으로 인해 빠져나오는 순간 자연에서 비롯하는 '고독감'과 같은 것을 한층 더 명확하게 자각시켜 준다는 점을 강조한다.

박양균의 시적 태도를 이해하기 위해 중요한 것은 이처럼 '저잣거리'를 경험한 뒤 다시 돌아 나오는 순간에 느껴지는 '모순'이나 '갈등'이다. 그는 자연과 현실 탐구라는 당시 한국 시의 두 경향에 대한 생각을 밝힌 뒤에, 어느 한쪽의 선택이나 도피가 아니라 "엇갈린 힘의 불균형 상태 같은 모순" 그 자체에 자신을 위치시킨다. 상반된 두 시적 지향 사이에서 박양균이 추구하는 '균형'은 시를 구조적으로도 안정시키는 미학적 원리로도 나아간다. 이는 두 힘 사이에서의 기계적 중립이나 또는 지향의 태도와는 구별되는데, 박양균은 시 자체를 "모순"과 "이탈"의 힘으로 이해하면서 그것으로 현실을 관통하고자 노력했다. 이 모든 것은 그에게 곧 "시 스스로의

---

17) "이것의 구제를 나는 나의 시의 구제라고 생각하고, 이 갈등이 내포하는 모순의 극복이 아니라 모순의 행각이요 이탈이 중요하다고 생각한다."라고 이해할 수 있다.

질서"를 확립해 나가는 과정이기도 했다.

　다시는 避할 수 없는 審判을 앞에 두고, 왼갖 營爲하는 者의 슬픈 咆哮를
속으로 지닌 채, 永劫을 눈짓 하는 다리의 慴性에서,
(구태 罪를 가시우기 爲해서만이 아니라)
나는 時間의 委囑에서 벗어나 無限을 向해 손을 들어 본다.
　　　　　　　　　　　　　　　　　　　　　—「다리 위에서 1」 전문

　永劫의 過去에서, 永遠의 未來로 向하는 始發点, 아니면 終點을 同時에
提示하는, 다리의 攝理에서 나는 새삼 治療術을, 외워야 하느뇨.
　　　　　　　　　　　　　　　　　　　　　—「다리 위에서 2」 부분

　그저 아무렇지 않게 길을 걷는다는 것은 나에겐 하나의 奢侈였다. 길에
첨이 있는 것도 아니요 끝이 있는 것도 아니련만, 나는 그 어느 다리가 있는
支點에서 돌아오고야 마는 버릇이 생겼다. 그건 다리가 무슨 障壁[18]이라도
되었다는 뚜렷한 까닭이 있어서가 아니라 어쩐지 다리를 건넌다는 것은 나
의 이 奢侈에서 勞役으로 바꿔지는 것만 같았다.
　　　　　　　　　　　　　　　　　　　　　—「다리 위에서 3」 부분

　박양균의 첫 시집 『두고 온 지표』에서는 앞서 그의 말을 통해 확인했던
"시 스스로의 질서"를 확립하고자 노력하는 화자의 태도가 두드러지게 반
영되어 있다. 특히 '다리'를 소재로 하고 있는 세 편의 연작시 「다리 위에
서」를 통해 이 같은 특징을 선명하게 확인할 수 있다.
　먼저 1과 2의 작품을 보자면 각각 "다리의 습성"과 "다리의 섭리"라는
표현이 눈에 띈다. 이렇게 '다리'의 시적 의미에 초점을 맞춘다면 두 편 모

---

18)　전집에는 '障碍'로 되어 있음. 시집의 표기를 따라 '障壁'으로 수정.

두에 드러난 대로 "무한"을 향한 화자의 태도는 '다리'의 힘이 만들어 낸 피할 수 없는 결과로 보인다. 하지만 보다 산문적 진술을 택하고 있는 3의 작품을 확인해 봤을 때 연작시들의 핵심은 '다리' 그 자체가 아니라 다리에 위치한 화자의 태도라는 것을 알 수 있다. 작품들의 공통적 소재인 '다리'는 일상적 차원에서 분리된 두 공간의 사이에 놓인 것이라는 의미에 고정되어 있다. 따라서 3의 작품에서 볼 수 있는 것처럼 '다리'는 "아무렇지도 않게 길을 걷"고 있을 뿐인 화자의 행위를 멈춰 세우는 한편, "다리 너머"의 모습들을 발견할 수 있는 지점으로 기능한다.

이 같은 박양균의 특징적 면모를 두고 일찍이 이승훈은 '다리 의식'이라고 부르면서 시 선집 『전시장에서』의 해설을 통해 이에 주목했다. 실존적 차원의 의미로서 '다리 의식'은 현실에서 벗어나 무한의 세계를 향하도록 전환시키는 힘이라고 본 것이다.[19] 하지만 그 명명의 정당성에도 불구하고 실제 박양균 작품의 대부분은 일상적 공간을 배경으로 하고 있으며, 소재 역시 구체적 현실에서 벗어나지 않는다.[20] 앞서 살펴본 「벽」에서 현실과 내면과의 끝없는 대결 의식을 불러일으키는 소재로 '벽'을 사용하고 있는 것처럼, 박양균에게 '다리'는 특정한 세계로 나아가게 만들기보다 경계적 위치에 대한 화자의 자각과 고민을 이끌어 내고 있는 것이다.

3 균형의 미학과 시적 구조

박양균의 경계적 위치에 대한 고민은 첫 시집 『두고 온 지표』를 비롯해서 연이어 출간한 두 번째 시집 『빙하(氷河)』에서도 이어진다. 달라진 면모라면 첫 시집에서는 화자가 단독으로 등장해서 주로 독백적 진술을 하고

---

19) 이승훈, 앞의 글, 박양균, 앞의 책, 110~112쪽.

20) 박양균은 『두고 온 지표』의 「후기」에서 "나는 항상 시의 소재를 생활 주위에 두기로" 한 다고 직접 밝힌다. 그리고 그것은 "있는 그대로가 아니라 무엇에나 지양해 보려고 노력한" 결과라고 말한다. 김원중·채종한 엮음, 『박양균 전집』(새벽, 1996), 35쪽.

있다면, 『빙하』에서는 구체적 관계를 형성하고 있는 대상 인물이 보다 많이 등장한다는 점이다.

가령 「거리(距離)」와 같은 작품에서 시인은 다시 한번 '다리'를 소재로 사용하고 있는데, "다리가 있는 지점"에서 느낄 수밖에 없는 '거리'를 직접적으로 강조한다. 그리고 이때 '거리'는 작품 속 대상 인물로 인해 '나'를 벗어난 "우리"의 관계를 재인식하도록 만든다. 나아가 만남과 헤어짐을 반복하고 있는 대상인 "당신" 역시 "공간을 점유"한 존재로 진술되고 있다. 이처럼 두 번째 시집에서는 화자의 위치에 대한 박양균의 인식이 점차 확산되어 가는 모습을 확인할 수 있다.

  어린 날의 曲藝에서처럼 너와 나는 손을 맞잡고 두 발을 가즈런히 모아 몸을 뒤로 제껴 보잔다. 놓으면 우리는 실오리처럼 터지고 마는 그 아슬한 絶頂으로 하여, 膨脹되는 不安에서 오히려 뜨거워 오는 너와 나의 密度를 위하여. 사금파리 하나만의 感情도 용납되지 않는 우리의 領域을 지켜보잔다.

─「손」 부분

이 작품은 시적 주인공과 대상 인물 간의 관계를 "곡예"처럼 보이는 신체적 동작 묘사로 그리고 있다. "실오리처럼 터지고 마는 그 아슬한" 관계를 맺고 있는 "너와 나"의 모습이 시적 진술 그대로 높은 "밀도"를 보여 주고 있는데, 이로 인해 높은 긴장감이 형성되고 있는 점도 인상적이다.

제목을 통해 다시 한번 강조되고 있는 "손"에 주목할 필요가 있다. 한 껏 "몸을 뒤로 제껴 보"고 있는 이 둘의 관계는 간신히 "손"을 붙들고 있다는 점에서 위태롭게만 보인다. 하지만 "손" 그 자체를 확대해 보자면 다른 어떤 관계보다 강력하게 서로를 붙들고 있는 힘이 응축되어 있음을 알 수 있다. 놓치는 순간 모두 위험에 처하겠지만, 바로 그 때문에 필연적으로 각자 최선의 힘을 다해 서로를 붙들고 있기 때문이다. "사금파리 하나만의 감정"조차 개입하지 않으면서도 서로의 "영역을 지켜" 나가는, 가장 높은 차원에서 이뤄지는 관계의 가능성을 형상화해 보여 주고 있는 것이다. 이렇게 '손'은 소재 활용의 측면에서 일종의 '균형'을 강조하는 '다리'와 연속성을 갖는다. 박양균은 이렇게 인식의 확장을 통해 만들어진 소재들을 작품의 핵심으로 활용함으로써 자신의 시적 세계를 미학적으로 완성해 나가고자 한다.

自然과 文明에의 교량이라기에는 너무나도 엄청나다. 서정과 지성이라 이르기가 어색하다. 그러기에 내가 허한 대로 한참을 다리 위에서 머뭇거리지 않을 수 없게 된다. 다리를 거니는 것은 나에겐 노역이다. 그러나 나는 정지를 모른다. 움직이어야 한다. 이것만이 나에게 주어진 소명이다. 자연을 등진 내가 다시 자연에 동화될 수는 없다. 어쩌지 못하는 인간에의 신뢰로써 존재를 되찾은 내가 새삼 다리에서 흐르는 물소리를 들으며 망설이고만 있을 수는 없다. 수많은 오늘의 인간들이 이 다리 위에서 우글거리며 안간힘을 쓰고 있는 것인지도 모른다. 목메어 부르는 소리가 들린다. 내가 누구를 부르고 누가 나를 부르고 있는 것만은 확실한데 나는 그 소리의 向을 알 수 없다. 그러기에 내가 아직은 살고 있고 또한 詩를 버리지 못하고 있는 것이다.
소리 속에 움직임이 있다. 이 움직임에 나의 詩가 있다.
다리는 어쩌면 광장의 섭리를 닮아 가는가 보다. 서로가 불러 이룩한 흐르는 강물을 생각하고 있는 것이요, 그러나 그것은 흐르지 않는 강물이다. 흐르는 강을 건너야 하는 다리에서가 아니라 흐르지 않는 강 위에 다리를 메우기 시작했다. 그것은 강한 철근으로 구축한 '陸橋'다.
도시 한복판에 매어진 이 육교는 운전하는 교량의 습성을 짊어지게 된다. 나는 분명 그것이, 목전에 실존하는 교량을 찾는 데 많은 아우성을 갖는다. 갈라지는 차가운 옛 빙하의 흐름에서처럼 오돌오돌 떨며 열병에서 살아가듯, 그것은 마치 전통과 단절과의 갈등이기도 하다.

3

전통의 기점이 어제에 있는 것이 아니라 오늘에 있다. 전통이 산 것이라 하는 까닭도 이 때문이다. 전통의 기점이 오늘에 있음으로 해서 전통은 하나의 창작성을 가지게 됨을 볼 때 영하의 지점에서의 열병으로서가 아니라 정확한 체온기의 설정을 위한 호소이기도 하다. 바꾸어 내 나름대로의 표현을 빌린다면 '안으로 스며드는 美學과 밖으로 내솟는 力學'이라 하자.

— 「陸橋를 위한 詩論」 부분

박양균 스스로 시론이라 이름 붙인 이 글은 그의 시 세계를 이해하는 데 여러모로 중요하다. 가장 먼저 확인할 수 있는 것은 전후 한국 시단의 큰 흐름과 동일하게 그 역시 '전통'에 대한 인식과 함께 동시대의 시적 향방을 고민하고 있었다는 점이다. 물론 이 같은 한국 시단에서의 문제의식이 과거에 존재했던 특정한 것들을 그대로 이어 나가는 것과 구별되는 것이었음은 물론이다. 따라서 '역사적 현재성'의 차원에서 전통을 자각하는 주체인 '자아'의 세계관이나 노력에 초점을 둠으로써 새롭게 획득하고 발현될 수 있다는 것이 강조되었다.[21]

박양균 시인의 특징은 '자연과 문명', '전통과 오늘'이 충돌하는 바로 이 지점에서 어느 한쪽의 가치관이 아니라 갈등을 경험하는 주체인 시적 화자에 주목했다는 데에 있다. 초기부터 그가 '다리'의 기능과 형상을 창작의 중심에 두었던 것도 바로 이 때문이다. 그에게 다리는 두 힘 사이에서의 균형을 의미하는데, 그것은 단순한 수동적 태도가 아니라 스스로 "노

---

21) 문덕수는 전후에 제기된 전통의 문제를 '자아'와의 관계로 파악하면서 다음과 같이 말했다. "전통을 찾고 계승 창조한다는 것이 학문이 아닌 즉 자기의 생의 문제인 이상 자아의 주체적 태도를 몰각(沒却)한 전통이란 있을 수조차 없다. (중략) 자아와의 관계를 가질 때 비로소 전통은 '역사적 현재성'을 획득하게 되며 고갈과 쇠퇴를 면하게 될 것이다. 그러나 전통과 자아의 자각적 관계의 내용은 그렇게 간단하지 않다. 전통의 취사선택, 순응과 거부, 평가와 배제 등 복잡한 현상이 일어난다."(문덕수, 「전통과 자아」, 《현대문학》, 1959년 6월호)

역"으로 여겨질 정도로 현실에 대한 쉼 없는 탐색을 의미한다. 그리고 「육교를 위한 시론」에서 볼 수 있듯 시인은 '다리'에서 '육교'로의 전환을 통해 현실에 대한 관점을 시적 구조 안으로 내재화한다.

"도시 한복판에 매어진" 육교는 기능이나 위치의 측면에서 도시 문명의 발달과 깊이 결부되어 있으며 사람들과 보다 밀접한 관계를 맺고 있다. 현실에서의 육교는 서로 다른 두 지점을 연결해 주면서도 교통의 흐름과 사람들의 보행 모두를 방해하지 않는 도시적 기능을 수행한다. 그런 육교가 박양균에게는 "목전에 실존하는 교량"으로 여겨진 것이다. 이제 '육교'는 다리의 상징을 넘어 "전통과 단절과의 갈등"을 우리 현실의 눈앞에 직접 펼쳐 보이는 소재가 된다. 그리고 작품에서 포착된 '육교'는 다리에서 비롯한 균형적 위치에 대한 인식을 넘어 시적 구조를 완성해 내는 미학적 가치이자 상징이 된다.

義足의 사나이가 雨傘을 받쳐 들고
陸橋 계단을 오르고 있다.

手術臺에서의
철철 물 흐르는 물소리
그날은 억수같이 비가 쏟아지고 있었다.
그날은 억수같이 砲彈이 쏟아지고 있었다.
어린 兵士는 포복한 채로
풀다 둔 數學問題를 생각하며
자꾸 만두가 먹고 싶었단다.

간밤에 塹壕 속에서
발이 달린 맑은 물소리를 들었었는데
설배운 술이 깰 무렵

들이킨 冷水.

만취가 덜 깬
手術臺의 西녘 窓은
오히려 熱氣를 앓고 있었는데
철철 물소리는 넘치고 있었다.

義足의 사나이가
雨傘을 받쳐 들고
육교 계단을 내려오고 있었다.

─「육교에서」 전문[22]

---

22) 1973년 《월간문학》 6월호(52호)에 발표된 이 작품은 박양균 시인이 생전에 발표한 시집
에는 수록되어 있지 않다. 전집에도 추가로 수록되어 있지 않으며, 산문 「모순에의 해방」
에 전문이 인용되어 있을 뿐이다. 발표지면을 따라 연 구성을 4연에서 5연으로, 그리고
'수술대(手術臺)'가 '평형대(平衡臺)'로 되어 있는 등 명백하게 잘못 표기되어 있는 여러
곳들을 수정했다.
시집이나 전집에 수록되지 않은 작품 「귀환병」(《전선문학》 5호, 1953. 5.)에서 이 작품의
구절과 거의 유사한 부분을 찾을 수 있는데, 20여 년이라는 간격을 두고 있기는 하지만
일종의 개작으로도 여겨진다. 그 전문은 다음과 같다.
스물한 살 난 아우 녀석이 戰線에서 돌아왔다./ 흙에서 돌아온 農夫에서처럼/ 그에게는
흙냄새가 난다./ 고향에 돌아온 아우는/ 자꾸만 이곳 거리가 異鄕이라고 하는,/ 발귀(말
귀의 오기?)며 몸짓이 어색하기만 하다.// 中學을 마치고/ 士官學校를 거쳐/ 그대로 戰
線으로 나간/ 젊은 將校님은 어느덧 혀를 차는 버릇을 가졌다.// 敵의 包圍網을 粉碎하
는 白馬高地에서/ 砲彈이 비빨처럼 쏟아지고// 이제 막 生死를 나누던 옆에 戰友가 쓰
러지고/ 또한 이미 썩어진 戰友의 屍體를 곁에 두고/ 스스로의 生命조차 意識할 수 없는
그 慘禍속에서도/ 그는 푸다 둔 數學問題를 외어 보고/ 자꾸만 만두가 먹구 싶었다는
것이다.// 燒酒를 마구 드리키면서도/ 술맛도 모르거니와/ 醉할 줄도 모르는 歸還한 아
우는/ 房 안을 塹壕 속으로 錯覺하곤 한다.// 怒氣가 그대로 戰意인/ 그는 벌서 都會人
일 수 없이/ 어느듯 잠이 들어/ 방울같이 코를 그리고 있다./ 나는 스물한 살재○ 아우의
잠을 지키고 앉아/ 믿어지는 故鄕에서처럼/ 자꾸만 土壤을 느끼곤 한다.

이 작품에는 「육교를 위한 시론」에서 확인해 본 박양균 시인의 창작관이 직접적으로 반영되어 있다. 먼저 시는 현재와 과거 각각의 시간에서 벌어진 두 개의 사건을 담고 있다. 지금 현재 시인의 눈에 포착된 "의족의 사나이"는 그저 일상 속의 무심한 장면일 수도 있지만, '육교'라는 상징적 배경을 통해 과거의 시간과 오버랩된다. 그렇게 전쟁 속 "어린 병사"의 상황을 현재의 시간 속에서 생생하게 목격하게 되는 것이다.

학교에서 공부에 몰두하거나 또는 맛있는 음식을 먹고 싶어 하는 정도의 욕구가 당연한 나이의 "어린 병사"는 그 등장만으로도 전쟁의 참혹함을 알게 해 준다. 하지만 화자의 관찰자적 시선이 유지되고 있는 점이나, 시 전체가 "육교 계단을 오르"는 장면에서 다시 "육교 계단을 내려오"는 것으로 끝맺는 방식 등을 주의 깊게 살펴볼 필요가 있다. 그랬을 때 이 시에서의 정서는 인물에 대한 공감보다는 '육교'를 중심으로 과거와 현재가 연결되어 있는 시적 구조를 통해 전달되고 있는 것으로 이해해야 한다.[23] 「육교를 위한 시론」에서 박양균이 "안으로 스며드는 미학과 밖으로 내솟는 역학"이라는 표현을 통해 자신의 시적 지향을 말한 것처럼 '육교'는 바로 그 '미학과 역학'의 균형과 긴장감을 만드는 시적 구조의 핵심이다.

오랜 침묵을 깨고 발표한 세 번째 시집 『일어서는 빛』에서 박양균은 '육교'를 통해 보여 준 시적 구조를 연작시의 형태로 보다 다양하게 시도해 나간다. 이를 두고 그는 시집의 「자서(自序)」에서 "시 스스로가 갖는 질서"를 세워 보기 위한 것이라고 했는데, 경계적 위치에 대한 자각에서 출발한 시인의 탐색이 자신만의 미적 지향을 드러낼 수 있는 시 구조의 실험으로 확장되고 있다. 먼저 시집 제목을 통해서나 또는 작품마다 별도의 제목 없이 번호만으로 구성한 방식으로 알 수 있는 것처럼, 현실에서 확인할 수

---

23) 이 작품을 「귀환병」의 개작으로 본다면, 가장 큰 변화는 전쟁을 경험한 인물이 화자의 아우에서 우연히 마주친 사람으로 변경되었다는 점이다. 이 같은 관찰자적 시선은 '어린 병사'를 통해 추측되는 '의족의 사나이'와의 관계를 자의적으로 만든다. 이는 전쟁의 상황을 보다 보편화하는 방법이기는 하지만, 직접적 공감 정도는 약화될 수밖에 없다.

있는 다양한 '빛'의 형상성을 일관되게 보여 주고 있는 점이 눈에 띈다.

> 東海
> 물결의
> 하얀 이빨 끝에
> 무지개로 피며 일어서는 빛,
> 꽃이라 이름하기에
> 멀리
> 몇萬里
> 일렁이며 함께 온
> 깊은 소리가 있어
> 八十里
> 吐含山에
> 沈默으로 앉았는가.
>
> ──「3」 전문[24]

　이 작품에서 시인은 궁극적으로 경주 토함산 자락에 위치한 석굴암의 불상을 표현하고자 한다. 하지만 대상에 밀착하는 방식이 아니라 오히려 그로부터 멀어지는 것을 선택한다. 대상과의 긴장감을 유지하기 위한 균형적 위치 탐색이라는 박양균의 시적 특징이 바로 여기에서 생겨난다는 사실은 앞서 살펴본 대로이다. 다만『일어서는 빛』에서는 이 같은 특징이 '빛'으로 보다 집약되고 있다. '불상'에서 '석굴암', 그리고 '토함산'을 거치는 시인의 시선은 마침내 "동해/ 물결"에서 확인할 수 있는 "무지개로 피며 일어서는 빛"에 이르게 된다. 그리고 이 '빛'은 그것에 압축되어 있던

---

24)　편의상 작품 번호를 제목처럼 다루기로 한다.『일어서는 빛』은 '차례'를 시집의 맨 마지막에 두었는데,「3·東海」,「8·새로 바른 窓門을」처럼 번호와 함께 작품의 첫 구절을 같이 적어 두고 있다.

역사적 시간을 함께 불러일으키면서 다시 '토함산의 불상'으로 되돌아가서 조우한다. 말하자면 박양균은 "토함산"과 "동해"를 동시에 조감(鳥瞰)할 수 있는 위치에 서서 지리적으로 떨어져 있는 두 대상을, 또는 과거의 역사적 시간과 현재를 그리고 나아가 현상과 본질 등의 서로 다른 두 차원을 "빛"을 중심으로 하는 시적 구조를 통해 형상화해 내고 있다.

> 새로 바른 窓門을 끼워 놓고
> 아내와 내가 물러앉는다,
> 거기 햇살이 한참 노닐다가
> 두리기둥이 뿜어내는 그러한 숨결을
> 그리다가
> 두리기둥과 窓戶紙 사이만큼의
> 아내와 나의 距離를 생각한다,
> 풀먹은 窓戶紙를 맞잡고 窓을 바르면서
> 흘러간 落水 소리를 듣고 있었다,
> 얼마나 많은 江물 소리였을까
> 새로 바른 窓門을 바라보며
> 서로 물러앉은
> 아내와 나는 그만한 거리를 생각하며
> 바람 소리를 듣고 있었다
> 이러한 지음 꽃송이들은 탐스럽게
> 여울어 가는 것인지도 모를 일이다,
> 窓戶紙의 햇살은 잔잔한 물무늬를 남기다가
> 두리기둥에 일어서는 그러한 숨결을 담고 있었다.
>
> ──「8」 전문

'빛'을 활용함으로써 시적 구조를 만들어 가는 방식은 시집 『일어서는 빛』 전반에 걸쳐 시도되고 있는데, 이 작품을 통해 다시 한번 확인해 볼 수 있다. 여기에서 먼저 느끼게 되는 감각은 전통적 고전미이다. "두리기둥"이나 "창호지"와 같은 소재는 물론이고 정해진 시기마다 창호지를 교체하면서 사는 삶의 방식 등이 비교적 상세하게 그려져 있기 때문이다.

하지만 다시 한번 확인해 보고자 하는 것은 '빛'을 중심으로 한 작품의 구조이다. 그렇다면 작품에서의 핵심적 정황은 사실 "새로 바른 창문"을 앞에 두고 "아내와 내가 물러앉"으면서 시작되고 있다는 것을 알게 된다. 화자의 시선 역시 창호지를 바꾸는 행위 자체에 머물러 있지 않으며 시적 인물이 대상으로부터 물러나거나, "두리기둥"과 "창호지" 간에 벌어진 "거리"에 초점을 두고 있다. 이 '거리'에 대한 감각이 바로 "햇살"로 인해 생겨나게 된 것이다.

이처럼 작품에 드러난 '빛-햇살'을 따라가다 보면 곧 '거리'에 집중하게 되며, 다시 그 '거리'로 인해 '두리기둥과 창호지', 또는 '아내와 나' 등의 관계로 확장해 나간다. 중요한 것은 이 같은 박양균의 개성이 작품에서 다루고 있는 소재의 내재적 의미나 또는 묘사적 기법이 아니라 그만의 시적 구조에서 발생하고 있다는 사실이다. 이 같은 구조는 "창호지"에서 비롯된 팽팽한 긴장감처럼 소재에 내재된 의미를 작품 전체로 확산하게 만들기도 한다. 『일어서는 빛』은 이와 같은 박양균만의 시적 구조를 전편에 걸쳐 드러내 보이고 있다.

  1
  노란 개나리를 대하면
  갑자기 어금니가 쑤신다.

  며칠을 두고
  치과를 드나들 제면
  하얀 턱받이를 한 어린것의

이마에 생땀이 젖어 있고
의사 이마의 반사경에는
이제 막 핀 개나리가 한창 여울고 있었다.
지켜보던 保母의 옷깃에
노란 물결이 일고 있었다.
반쯤 담긴 약병이 울렁이고
어린 것의 충치는 이래서 쑤시기 시작하였을는지도 모른다.

2
노란 개나리를 대하면
갑자기 어금니가 쑤신다.

서대문이나
혜화동 네거리쯤 해서
아낙네의 머리 위에 탐스럽게 핀 개나리

식민지를 이고 오는
鋪道에는 바다 소리가 난다.
꽃무늬의 파도 소리였을까.
이마에 땀방울이 흘러내리고
회담 장소에 임하는
어느 領首의 어금니가
이즈음 쑤시기 시작하였을는지도 모른다.

　　　　　　　　　　　　　　　　　─「齒科에서」 전문

　시 선집 『전시장에서』는 앞서 출간했던 세 권의 시집에서 선별한 작품
들과 함께 그간 "어느 시집에도 넣지 않은"[25] 16편의 시를 1부에 수록했

다. '시 선집'의 형태이기는 하지만 『일어서는 빛』10여 년 후에 발간한 이 시집은 사실상 박양균 시 세계의 후기 모습을 엿볼 수 있게 해 준다. 앞선 시기들과 조금 달라진 면모라고 할 수 있는 점은 "현대시학/ 창간 13주년 기념 4월호에/ 시 한 편 쓰라는 청탁서"(「원고청탁」)를 두고 느끼게 되는 소회나, "출가한 딸의 그림을 바라보다가"(「전시장에서」) 문득 떠오르게 된 딸과의 추억 등 구체적이고도 개인적인 일상에서의 경험을 솔직하게 드러내고 있다는 것을 들 수 있다. 하지만 그 가운데에서도 자신만의 시적 구조에 대한 활용은 보다 폭넓게 이루어지고 있다.

인용한 시는 이 같은 박양균 후기 시 세계를 대표하는 작품이라고 할 수 있다. 여기에는 보호자로서 "어린것"을 데리고 "치과"를 방문한 일상의 경험이 시적 배경으로 드러나 있다. 하지만 앞서 살펴본 박양균 특유의 시적 구조의 중요한 역할을 확인할 수 있다. 1 부분이 치과에서의 일상적 경험을 그대로 드러내고 있다면, 2 부분의 경우 "회담 장소"라는 단어를 통해 직접 드러나 있는 것처럼 역사적 사건을 다루고 있다. 이처럼 일상의 모습이 역사적 사건으로의 자연스러운 확장은 "어금니를 쑤시"는 고통의 감각과 결합되어 있는 "노란 개나리"의 시각적 심상으로 인해 가능하다. 이를 중심으로 작품의 흐름을 요약해 보자면, 먼저 치과 의사의 "반사경"에 비친 "충치"를 보는 순간, 병원으로 향하던 길에 우연히 목격한 '노란 개나리'가 떠오르게 되면서 육체적 고통(치통)과 결합된다. 이로 인해 다른 장소에서 목격한 '개나리'가 한 나라의 운명을 좌우할 중차대한 결정을 앞두고 "회담 장소에 임하는/ 어느 영수"의 고통과도 겹쳐지게 되는 것이다. 또한 "어느 영수"의 고통이 반대의 방향으로 거슬러 올라갔을 때, "식민지"적 현실을 살아가는 "아낙네" 삶의 일상적 고통과 다시 만나게 되는 것은 물론이다. 이는 앞서 『일어서는 빛』에서 확인했던 것처럼 현재의 순간과 분리되지 않는 방식으로 전통적 미의식을 다루는 것도, 그리고 이

---

25) 박양균, 「시인의 말」, 『전시장에서』.

작품에서처럼 일상의 모습과 역사적 사건을 결부시키는 형태로 감각화하는 것 역시 가능하게 만들기도 한다.

이처럼 박양균은 핵심 소재와 심상을 결부시키고 여기에 다시 다양한 시적 대상들과 주제가 자연스럽게 응축되는 것이 가능한 시적 구조를 만들어 간다. 이는 앞서 자신의 창작 지향으로 말했던 "안으로 스며드는 미학과 밖으로 내솟는 역학"의 균형을 이루기 위해 노력한 결과이며, 동시에 외부에서 주어지는 가치에도 흔들리지 않는 원형으로서의 역할을 수행한다.

4 맺음말

박양균은 1950년대에 두 권의 시집을 내면서 같은 시기 가장 활발하게 창작 활동을 했던 시인 중 한 명이다. 해방과 전쟁을 연이어 겪게 된 혼란기 속에서 당대의 시인들은 현실의 난국을 타개하기 위한 저마다의 가치 탐색에 몰두했다. 전통과 현대성, 감성과 지성 그리고 내용과 기법 등이 서로 갈등하고 길항하는 가운데 많은 시인들이 한국 시의 향방에 대해 고민했던 것도 이와 같은 시대적 상황과 깊이 연관되어 있었다. 그 가운데 박양균은 '시의 본질'에 보다 천착한 시인이라고 할 수 있다. 그는 시의 사회적 효용성이나 또는 작품에 내재되어 있는 미적 가치 모두에 거부감을 내보이지는 않았다. 하지만 어떤 쪽이든 시인의 노력으로 그 목표를 달성하는 것이 시의 최종 목적이 될 수는 없다고 생각했다. 시의 본질적 가치는 시 스스로 지켜 나갈 수밖에 없다고 본 그는 시가 어떤 인위적 힘의 결과물도 아니며, 작품의 외부에서 비롯한 가치로 규정될 수 없다고 여겼다.

이 같은 점에 주목하면서 박양균 시 세계의 특징과 전모를 살펴보았다. 그는 먼저 시적 대상과 외부 현실로부터 객관적 거리를 유지하고자 했다. 이는 단순하게 관찰자적 태도를 의미하지 않는다. 그는 '거리'를 통해 특정 가치나 새로운 의미 부여에 초점을 두기보다는 시적 대상과 화자 사이의 긴장감을 지속적으로 유지해 나가고자 한 것이다. 창작 원리이자 미학적 태도라고 할 수 있는 이 '거리'는 시에 구조적 안정감을 부여하는 데로 나아간다. 시선집 『전시장에서』의 해설을 쓴 이승훈은 이 같은 박양균의 특징을 '다리[橋] 의식'이라고 부르기도 했는데, '다리'를 소재로 한 연작시 「다리 위에서」는 현실과의 거리를 통해 대결 의식을 벌이고 있는 경계적 위치에 대한 자각이 강하게 반영되어 있다.

다음으로 박양균은 이 같은 '거리'를 다양한 형태로 확장해 나가는 시적 실험을 시도한다. 두 번째 시집 이후 20여 년 만에 출간한 『일어서는 빛』이 그 결과물이라고 할 수 있다. 35편의 연작시로 이루어진 시집을 관통하는 소재는 '빛'이다. 현실에서 '빛'은 그 자체로는 질량을 가지고 있지 않지만 어떤 대상도 가리지 않고 자유롭게 겹쳐지며, 그 같은 결합의 지점들을 강하게 인식하도록 만든다. 박양균은 이와 같은 빛의 형질을 활용하면서 일상적으로 존재하는 것들에 다양한 면모를 발견해 낸다.

나아가 그는 이와 같은 시적 특징을 자신만의 시적 구조로 만들고자 하는데, 이때 '육교'는 중요한 역할을 한다. 역할상 '다리'와 연속성을 갖는 육교는 서로 다른 두 지점을 연결하는 현실에서의 기능처럼 박양균의 시 안에서 과거와 현재의 시간을, 역사적 사건과 일상을 그리고 전통 미학의 세계와 모더니즘의 기법적 측면 모두를 감각적으로 결합해 내고 있다. 「육교를 위한 시론」이라는 산문에서 직접적으로 드러나 있는 것처럼, 박양균은 "투철한 시력과 뜨거운 언어"를 사용해서 다양한 시적 대상들과 주제가 한 작품 안에 자연스럽게 응축되는 것이 가능한 시적 구조를 만들기 위해 노력한 시인이라고 할 수 있다. 그간 충분히 다루어지지 못했던 박양균 시 세계에 대한 연구가 전후시라는 범주에서 벗어나 본격화될 수 있기를 기대해 본다.

1924년	8월 1일, 경북 영주군 순흥면 읍내리 출생.
1932년	보통학교 입학을 위해 대구로 이사. 유년 시절 결핵성 관절염으로 인해 학업이 3년 정도 늦춰짐. 이 시기 그림을 비롯해 소설과 시를 습작함.
1946년	해방 직후 상경해서 조지훈 시인의 선친 조헌영(趙憲泳)이 운영하는 한글강습소에 들어가 본격적으로 한글을 배움. 성균관대학교 국문과에 입학. 조지훈 시인과 교류하는 한편 시인 김창석, 백경환, 조병화, 최자현, 조병문, 천성환 등과 함께 시동인지《형상》을 발간함.
1948년	대구에서 시인 이윤수, 박목월, 유치환, 이영도, 이호우, 이효상, 김요섭, 신동집, 이재춘 등과 함께 '죽순' 동인에 참가.
1950년	대구로 낙향해 대구여상, 경북대, 효성여대 등에서 교사 생활. 문귀희(文貴熙) 여사와 결혼. 2남 1녀를 둠.
1952년	《문예》 5·6월호(통권 14호)에 작품 「창(窓)」이 추천됨.(모윤숙 시인 추천) 첫 시집 『두고 온 지표(地標)』(18편)(춘추사) 발간. 문총구국대 활동.
1956년	두 번째 시집 『빙하(氷河)』(19편)(영웅출판사) 발간.
1957년	한국문인협회 신인문학상 부문에 이형기 시인과 함께 최종 후보로 오름. 제2회 현대문학상에 박재삼, 김관식, 이성환, 김구용, 이형기 시인과 함께 후보 선정.(당시에는 현대문학사 신인문학상) 한국시인협회 발기인으로 참가.

1961년	예총 경북지부 부지부장.
1962년	경북문화상 수상. 김광림, 김요섭, 김종삼, 박태진, 신동집, 이중, 임진수, 전봉건, 주문돈 등과 함께 시 동인지 《현대시》에 참여.
1971년	서울로 이사.
1973년	대만 타이페이에서 개최하는 2차 세계시인대회에 초청됨.
1976년	1973년부터 《현대시학》에 연재한 작품들을 모아 세 번째로 연작시집 『일어서는 빛』(35편)(형설출판사) 출간. 경북예총 지부장.
1977년	한국문인협회 부이사장.(1982년까지 3회 연임) 3월, 전축전문 수출업체 천일사 대표이사 취임.
1978년	한국문인협회 주최 신문학 70주년 기념 청주 4순회강연 참가.
1980년	일본 도쿄 개최 국제시인대회 참가.
1982년	스페인 마드리드에서 열린 세계시인대회 참가.(단장 조병화)
1983년	예술원 회원. 대중예술 종사 불교 신도 모임인 '문화예술인법회'(회장 한갑진)에 문학분과 연락위원으로 참여.
1985년	시 선집 『전시장(展示場)에서』(미발표작 16편 포함)(현대문학사) 출간.
1988년	4월 27일, 강원대학교에서 개최한 예술원 회원 예술특별강연회 참가.
1989년	《영남일보》 논설주간 겸 전무로 취임. 문단 40년 기념 문집 『만나서 기쁘지 아니하랴』(미발표작 5편 포함)(김원중 외 편, 명문당) 발간.
1990년	5월 17일, 오전 4시 별세.(경북대의대부속병원) 작고 후 35회 대한민국 예술원상 수상.
1996년	김원중·채종한 편 『박양균 전집』(유고시 6편 포함)(새벽) 출간.
2002년	대구시 수성구 범어공원에 시 「계절」이 새겨진 시비 제막.

박양균 작품 연보

발표일	분류	제목	발표지
1952	시	창(窓)	문예 14
1952	시집	두고 온 지표(地標)	춘추사
1953. 6	시	귀환병	전선문학 5
1956	시집	빙하	영웅출판사
1973. 6	시	육교에서	월간문학 52
1976	시집	일어서는 빛	형설출판사
1976. 7	산문	자연/목적의식	현대문학
1976. 8	산문	내면에의 교신(交信)	현대문학
1976. 9	산문	자기확인/기타	현대문학
1976. 8. 3	시	엽서	경향신문
1976. 10. 8	산문	100cc의 술	조선일보
1976. 10. 15	산문	예술가의 장난	조선일보
1976. 10. 22	산문	보내는 가을	조선일보
1976. 10. 29	산문	마지막 남긴 말	조선일보
1977. 3	산문	나는 왜 문학을 선택했는가 ─추상화에의 관심	현대문학
1982. 3	산문	나의 이력서 ─ 문학이 있는 골목	현대문학
1983. 7. 15	산문	불교가 한국문학에 끼친 영향	동아일보
1985	시 선집	전시장(展示場)에서	현대문학

발표일	분류	제목	발표지
1986	산문	어머니의 냄새	예술원보 30
1987. 3	시	흙 이야기/귀여운 출범	현대문학
1988. 4	시	외출	현대문학
1988	산문	문학의 해독성(害毒性)	예술원보 32
1989	산문	새소리의 뜻	예술원보 33
1989	문집	만나서 기쁘지 아니하랴	명문당
1996	전집	박양균 전집	새벽

작성자 남승원 서울여대 초빙교수

존재에의 탐색 속에서 사라진, 누락된 대낮의 감각

김문주 | 영남대 교수

1

현당(玄堂) 신동집(申瞳集, 1924~2003)은 1948년 『대낮』을 출간한 이후 마지막 시집 『그리운 숲이여』(1994)에 이르기까지, 『자전(自傳)』(1989)에 수록한 장시 3편을 포함하여 총 24권의 시집,[1] 천여 편에 이르는 작품을 발

[1] 시집으로 『대낮』(교문사, 1948), 『抒情의 流刑』(영웅출판사, 1954), 『第二의 序詩』(한국출판사, 1958), 『矛盾의 물』(영웅출판사, 1963), 『들끓는 母音』(신구출판사, 1965), 『빈 콜라병』(형설출판사, 1968), 『새벽녘의 사람』(형설출판사, 1970), 『歸還』(한국시인협회, 1971), 『送信』(학문사, 1973), 『行人』(한얼문고, 1975), 『해 뜨는 법』(학문사, 1977), 『세 사람의 바다』(청운출판사, 1979), 『鎭魂·反擊』(일지사, 1981), 『暗號』(학문사, 1983), 『送別』(문학세계사, 1986), 『旅路』(문학세계사, 1987), 『歸還者』(백문사, 1988), 『自傳』(인문당, 1989), 『白鳥의 노래』(신원문화사, 1990), 『歸鄕·離鄕』(오상출판사, 1991), 『안드로메타』(대일출판사, 1992), 『牧人의 일기장』(대일출판사, 1993), 『詩人의 출발』(혜화당, 1993), 『그리운 숲이여』(영하출판사, 1994) 등이 있고, 이외에 생전에 간행된 6권의 시 선집 『申瞳集詩選』(학문사, 1974), 『未完의 밤』(신라출판사, 1976), 『장기판』(문학예술사, 1979), 『申瞳集

101

표했다. 지병으로 인해 작품 창작이 어려워진 시기가 1990년대 초반임을 감안하면 약 45년 동안 2년에 1권꼴로 시집을 발행한 셈이다. 게다가 1983년 여름 뇌출혈로 쓰러져 신체 활동이 자유롭지 않았음을 고려한다면, 경이로운 창작열이라고 할 수 있다.

그런데도 신동집에 관한 연구는 매우 미미한 편이다. 시집에 수록된 해설·평론을 제외하면 본격적인 비평이나 학술 연구[2]는 손에 꼽을 정도이다. 2편의 학위 논문을 포함해 채 10편이 되지 않는 학술 논문과 2권의 단독 연구 저작[3]이 출간되었는데, 신동집과 관련된 상당수의 논의는 한국 전쟁기, 혹은 1950년대 현대시를 살피는 과정에서 여러 시인들과 함께 다룬 것들[4]이었다. 실제로 신동집의 시에 관한 논의는 한국전쟁에 관한 시적 체험과 형상에 집중되어 있으며, 이는 그의 초기 시의 성취와 관련된

詩選』(탐구당, 1983), 『누가 묻거든』(종로서적, 1989), 『고독은 자라』(혜원출판사, 1990), 그리고 2권의 시 전집 『申瞳集詩全集』(영학출판사, 1984), 『申瞳集詩全集 II』(인문당, 1991)이 출간된바 있다. 이외에 시론이 포함된 2권의 수상집 『나의 詩論, 나의 팡세』(청학사, 1992), 『예술가의 삶 5 · 신동집』(혜화당, 1993)과 4권의 역서 『괴테의 一生』(신조사, 1955), 『헤르만 헤세 選集(크눌프)』(영웅출판사, 1955), 『휘트먼 역시집』(정음사, 1973), 『휘트먼 역시집』(대운당, 1981)이 있다.

2) 신동집의 시에 관한 학위 논문은 홍정숙의 「申瞳集 詩의 죽음 의식 연구」(동아대 석사 논문, 2002)와 이성영의 「신동집 초기 시 연구」(울산대 교육대학원 석사 논문, 2009)가 있고, 학술 논문으로는 권영진의 「신동집 시 연구 — 불의 이미지를 중심으로」(《홍익어문》 7, 홍익어문연구회, 1988), 최영호의 「관심과 초월의 중간 세계 — 신동집의 초기 시」(『1950년대의 시인들』, 송하춘·이남호 편, 나남, 1994), 이지선의 「신동집 연구 — 1960년대 작품을 중심으로」(《건국어문학》 23·24, 건국대국문학연구회, 1999), 이은애의 「탈향과 귀환의 미학 — 신동집론」(『한국 현대시 연구』, 민음사, 1989), 이한호의 「신동집 시 연구 1·2·3」(《비평문학》 7·8·9, 1991~1993), 최영호의 「1950년대 신동집 초기 시 연구」(《현대문학이론연구3》 2, 2007) 정도이다.

3) 채수영, 『신동집 시 연구: 회귀 의식의 궤적』(대일출판사, 1987); 이영걸, 『신동집과 영미시』(탑출판사, 1989).

4) 최진송의 「1950년대 전후 한국 현대시의 전개 양상」(동아대 박사 논문, 1994), 김은영의 「1950년대 시의 유형과 특성에 관한 연구」(아주대 석사 논문, 1995), 문혜원의 「전후 시의 실존 의식 연구」(『한국현대시와 모더니즘』, 신구문화사, 1996), 김영주의 「한국 전후 시의 죽음 의식 연구」(숙명여대 박사 논문, 1999) 등이 있다.

것들이었다. 그런 점에서 방대한 시집들에 대한 전체적 조명은 이루어지지 않았으며, 그런 점에서 신동집의 시 세계에 관한 본격적인 탐색은 본궤도에 오르지 않은 셈이다.

오랜 시력(詩歷)과 천 편이 넘는 작품들을 남겼음에도 신동엽의 시에 관한 연구가 상대적으로 부진한 것은 아마도 그의 시가 문학사적으로 특정 시기를 대변할 사조나 개성으로 판단되지 않았다는 점, 아울러 현실적으로는 2003년까지 생존한 현역으로 1990년대 초까지 매우 왕성한 시작 활동을 한 다작(多作)의 시인이자 평생 대구에서 활동한 지역의 시인5)이었다는 점 등에서 찾을 수 있을 듯하다.

특기할 만한 대목은 『대낮』(1948. 8)을 자비 출판함으로써 창작 활동을 시작한 신동집이, 발간된 시집들을 스스로 수거하여 파기하고 6년이 지난 후에 발간한 『서정(抒情)의 유형(流刑)』(1954. 12)으로 미국의 아시아재단이 후원하는 '아시아자유문학상'을 수상했다는 점, 이 상의 동반 수상자는 염상섭(1897년생), 김동명(1900년생), 황순원(1915년생), 안수길(1911년생) 등 신동집을 제외하고 모두 일제강점기에 등단·활동한 중견 문인들이라는 점이었다. 신동집은 그때의 감격과 경이를 여러 지면을 통해 밝힐 정도로 문학상 수상은 본인에게 충격이었다.6) 『서정의 유형』은 불과 20편의 작품을 수록한 시집으로, 1948년에 발간한 『대낮』을 시인이 스스로 수거하여 파기함으로써 시인 본인에게는 명실상부한 첫 시집인 셈이었다. 스물네 권의 시집을 발간하고 시집마다 대개 60편 이상의 작품을 수록한 것을 감안하면 『대낮』 출간 이후 무려 6년 만에, 그것도 불과 스무 편의 작품만을 수록한 것은 매우 이례적인 것이었음을 짐작할 수 있다. 신동집에 관한 문

---

5) 신동집은 1924년 대구에서 태어나 대구 수창보통학교를 마치고 일본으로 건너가 중등학교를 졸업했으며, 해방 직후 경성대학교 문리대 예과에 편입, 이후 서울대학교 본과 정치학과에 편입(1948)했고 한국전쟁이 발발한 1950년 대구로 돌아와 대구중학교 교사, 영남대(구 청구대) 영문과 교수(1955~1969), 효성여대 영문과 강사(1961~1970), 계명대 교수(1970)로 재직하면서 평생 대구에서 생활했다.

6) 신동집, 「김종문과 D. 토마스」, 『나의 시론, 나의 팡세』(청학사, 1992).

학사적 평가가 주로 『서정의 유형』에 집중되어 있다는 점을 고려하면, 이 시집의 시사적 의미나 의의뿐만 아니라 당대의 반응도 다시 살필 필요가 있어 보인다. 실제로 이 시집의 서시격에 속하는 작품이면서 시인의 대표작으로 꼽히는 「목숨」은 그를 한국전쟁기와 1950년대 시사에서 빼놓을 수 없는 시인임을 입증한, 높이와 폭을 지닌 작품이다.

목숨은 때 묻었나/ 절반은 흙이 된 빛깔/ 황폐한 얼굴엔 表情이 없다.// 나는 무한히 살고 싶더라/ 너랑 살아 보고 싶더라/ 살아서 죽음보다 그리운 것이 되고 싶더라// 億萬光年의 玄暗을 거쳐/ 나의 목숨 안에 와닿는/ 한 개의 별빛// 우리는 아직도 砲煙의 追憶 속에서/ 없어진 이름들을 부르고 있다./ 따뜻이 體溫에 젖어든 이름들/ 살은 者는 죽은 者를 證言하라/ 죽은 者는 살은 者를 告發하라/ 목숨의 條件은 孤獨하다.// 바라보면 멀리도 왔다마는/ 나의 뒤 저편으로/ 어쩌면 신명나게 바람은 불고 있다.// 어느 하많은 時空이 지나/ 모양 없이 지워질 숨자리에/ 나의 白鳥는 살아서 돌아오라.

—「목숨」 전문

상투적인 발상과 경직된 이념의 구호가 미만한 한국전쟁기의 많은 작품들과 달리, 「목숨」은 전쟁의 야만과 폭력성을 생생하게 형상화하면서 전쟁이 파괴한 생명의 가치와 소중함을 시간의 이미지를 통해 그려 낸다. "표정이 없"는 흙빛의 "황폐한 얼굴"은 전쟁의 반생명과 불모성을 단적으로 드러낸 이미지로서 3연의 "목숨 안에 와닿는/ 한 개의 별빛"으로 형상화한 생명의 신성함, 우주론적 명상과 대비됨으로써 전쟁의 비극과 반생명성을 명증하게 전시한다. 이 시는 전쟁의 비극적 체험을 소재로 하고 있으면서도 정서에 대한 적절한 통제와 형이상학적 통찰, 역사적 성찰과 존재 현실의 엄중함, 그리고 인간적 기원을 다양한 언술과 어조, 구성 속에 담아냄으로써 한 편의 짧은 전쟁 시가 담지할 수 있는 최대치를 탁월하게 담아냈다. 가히 한국전쟁기의 명편이라고 할 수 있다.

그동안 신동집은 전쟁 체험의 시적 형상화라는 점에서 한국시사에서 주로 논의되었지만 방대한 그의 시 세계 전체에 대한 제대로 된 논의는 매우 부진한 편이다. 본격적인 탐색이 요청된다.

2

김우창[7]은 신동집의 초기 시 세계를 평가하는 자리에서 적잖은 당대 시들의 난삽함과 시적 사고의 혼란을 지적하면서 신동엽의 시가 지속적으로 보여 주는 '지적 강인함'을 상찬하면서 존재의 인식론적 탐구를 수행하고 있는 그의 시가 좀 더 유의미한 방향으로 시적 인식을 확대할 것을 요청한 바 있다. 앞서 언급한 것처럼 신동집의 초기 시는 전쟁 체험을 바탕으로 죽음과 생명, 인간 실존의 문제에 관한 시적 사유를 보여 주었고 그에 관한 대개의 평가도 이와 관련된 것들이었다. 김우창이 지적했듯이 신동집의 시는 당대적 현실 체험에서 기인한 존재의 문제를 지적 성찰을 통해 상당 기간 탐색했지만 이후 평이한 언어로 일상과 일상의 사물들을 소재로 한 작품 세계를 펼쳐 보이면서 그의 시에 대한 문단의 관심은 전체적으로 줄어들었다.

시집에 달린 해설·평론이나 시집 발간 이후 잡지의 단평과 달리 신동집 시 세계의 전체적 성격이나 특징을 분석한 논의는 많지 않지만, 그러한 논의들에서는 대체로 일정한 방향성이 있다고 보았다. 이태동[8]은 존재론적 성격을 띤 신동집의 시가 본질적으로 삶과 죽음의 문제를 다루면서 '자기 붕괴'와 '자기 재조직' 사이를 오가는 시 의식의 원환 운동을 벌인다고 보았다. 박진환[9] 역시 유사한 논점을 취하되, 신동집의 시가 동양 정신을 바탕으로 한 기존의 미학으로부터 탈출하여 서구 정신에의 천착을 통해 존

---

7) 김우창, 「신동집의 근업시초」, 《현대문학》, 1976. 5.
8) 이태동, 「시의 궤적(상)·(하) ─ 신동집의 세계」, 《시문학》, 1974. 1~2.
9) 박진환, 「탈향과 귀향, 그 회귀의 미학 ─ 신동집론」, 《현대시학》, 1981. 6.

재론적 탐색을 개진하다가 『빈 콜라병』을 전후로 하여 체험적 자연의 발견과 동양에의 회귀, 우주 감각을 바탕으로 한 동양 정신에의 심화·확대를 개진함으로써 '탈향'에서 '귀향'이라는 주제로 전환하는 궤적을 보인다고 강조했다. 이러한 논의를 이어받아 이은애[10]와 채수영[11]은 신동집의 시를 '죽음에 대한 천착→존재론적 인식의 확대·심화→원숙한 무(無)의 세계로의 귀환'이라는 '행인(行人)의 시학'으로 정리했다.

신동집의 시에 관한 논의들을 가로지르는 핵심적 키워드는 '존재(론) 탐구'라고 할 수 있으며, 그의 시 세계 전체의 변화를 요약한다면 '탐색에서 귀환' 정도로 정리할 수 있을 듯하다. 그런데 신동집 시의 변화 양상을 살핀 위의 논의들 역시 사실상 그의 시 세계 전체를 살핀 것이 아니라 대체로 1980년대 중반 정도의 작품까지를 대상으로 한 것이어서 신동집 시의 전체상을 조명한 연구는 부재한 상황이라고 할 수 있다.

여기에서 짚고 갈 대목은 신동집의 시 세계에서 꽤 중요한 변곡점인 1983년 8월, 뇌출혈에 의한 심각한 건강상의 위기로 인해 그의 시에 큰 변화가 있었다는 점이며, 실제로 이러한 위기를 겪은 이후에 출간한 시집, 즉 『송별』(1986)을 포함해 10권에 이르는 시집들이 이러한 시인의 체험으로부터 자유롭지 못하다는 점이다. 건강을 일부 회복한 이후 발간한 시집들에는 죽음에 대한 의식이 전면화되어 있을 뿐만 아니라 현실적으로 자신의 시 세계를 정리하는 시 전집(1984)을 묶고 해마다 시집을 출간하는 등 현실적인 창작 활동에서 적잖은 변화를 보인 게 사실이다.

신동집의 시적 체험 양상으로 보자면, 한국전쟁기에 경험했던 인식론적 죽음의 문제가 1983년 이후 자신의 실제적 문제로 당도했다고 할 수 있다. 물론 그렇다고 그의 시 세계에 근본적인 변화가 있었다고 보기는 어렵지만, 삶과 사물을 바라보는 시선 속에 죽음에 대한 자의식이 전면적으로 감지된다고 할 수 있다. 신동집에게 죽음은 시 의식의 핵심적 문제로서 오

---

10) 이은애, 김용직 외, 「탈향과 귀환의 미학: 신동집론」, 『한국 현대시 연구』(민음사, 1989).
11) 채수영, 「길과 行人」, 앞의 책. 54~112쪽.

랫동안 사유되어 왔지만, 자신에게 닥친 병환으로 인해 구체적인 삶의 질료로서 그의 시 세계에 인입되었다고 할 수 있다.

그러한 점에서 신동집의 시는 크게 초기, 중기, 후기로 나눌 수 있을 듯하며, 구체적으로는 전쟁 체험에서 비롯한 죽음과 존재론적 문제를 다룬 초기, 『빈 콜라병』(1968)을 전후로 한 중기, 그리고 뇌출혈 이후의 시 의식을 담은 시편들을 후기(『송별』, 1986)로 대별할 수 있을 듯하다.

3

앞서 언급한 것처럼, 거의 모든 연구자들이 『서정의 유형』(1954)에서 신동집의 연구를 시작하고 있지만 그가 작품 활동을 개시한 것은 1948년 8월에 발간한 『대낮』부터이다. 시집을 간행한 이후 그는 대구에서 발행되고 있던 시 전문 문예지 《죽순》에 네 편의 작품을 발표했다.[12] 신동집은 회고록에서 시집 파기의 이유를 책에 오식(誤植)이 많은 데다 서문이 후기로 둔갑하는 등 책의 편집이 엉망임을 확인하고, 창작 활동

시집 『대낮』(1948. 8)의 표지

을 너무 안이하게 생각한 자신을 반성하며 결심 끝에 책들을 몽땅 파기했다고 적었다.[13] 시집을 파기한 후 피나는 문학 수업을 한 끝에 6년 후인

---

12) 신동집은 《죽순》 10(1949. 4)에 「待春」과 「뒷골목」을, 《죽순》 11(1949. 7)에 「길」과 「앞으로의 하늘」을 발표했지만 이 작품들은 시집에 수록되지 않는다.

13) 신동집, 「광복 이후(문학 수업 시절), 『나의 詩論, 나의 광세』, 24~25쪽. 신동집은 이 글에서 자신이 문학 공부를 하게 된 과정과 그 무렵의 일들에 대해 적었는데, 글에 따르면 그가 문학에 관심을 갖기 시작한 것은 광복 2년 전인 일본에서 중학을 다니던 시기였고, 이후 평양의 일본 군대에 복무하면서 대학을 문과로 진학하기 위해 국내에서 출간된 문

1954년에 『서정의 유형』을 발간하고, 자신의 본격적인 작품 활동의 시작을 이 시집으로 삼았지만 여러 지면에서 『대낮』의 간행을 밝힌 바 있다.

신동집에 국한할 일은 아니지만 시인이 시집에 수록하지 않은 작품이나 유고(遺稿)를 연구 대상에 포함시킬 것인가의 문제는 상이한 입장이 있겠지만, 한 시인의 시 세계 전체에 대한 이해를 위해서는 이들을 연구 영역에 포함하는 게 타당하다고 생각된다. 특히 신동엽의 경우 시집으로 출간된 데다 이것이 문예지에 작품을 발표하는 계기가 되었다는 점에서 그러하다. 이미 언급한 대로 시인이 편집상의 실수와 잘못을 파기의 직접적인 이유로 들었고 실제로는 작품 수준에 대한 자의식의 발로에서 시집의 파기를 실행했을 테지만, 『대낮』에는 신동집의 초기 시 의식이 담겨 있을 뿐만 아니라 이 시집이 발간되던 당대에 대한 시인의 인식을 확인할 수 있다는 점에서 『대낮』에 대한 검토는 꼭 필요해 보인다. 한편으로 이 시집에 대한 검토가 없었던 것은 오히려 기이해 보이기도 한다.

총 2부로 나뉘어 총 32편의 작품이 수록된 『대낮』은 지역 출판사인 교문사에서 1948년 8월, 500부 한정판으로 간행되었는데 표지의 삽화는 지역의 고등학교에 재직하던 백태호 화백이, 서문은 당시 대구 계성고에서 교편을 잡고 있던 박목월 시인이 맡았다.

시집의 표제작이면서 4편의 연작으로 시집의 서두에 자리한 「대낮」은 이 시집의 배경과 전체적인 톤을 단적으로 보여 주는 작품이다. 실제로 6년 뒤에 발간한 『서정의 유형』과는 상이한 언어와 양상을 드러내는데 이 시들에 편재한 정념은 슬픔과 고통이다.

학 서적을 닥치는 대로 읽기 시작했으며 노자영을 비롯해 김동인, 정지용, 김기림, 서정주, 헤르만 헤세, 토마스 만, 앙드레 지드, 폴 발레리, 다양한 프랑스 시집 등을 탐독했다고 회고했다. 자비로 출판한 『대낮』은 경성대학교 예과를 2년 수료한 여름에 간행했는데 교정을 비롯한 출판 관련 일을 집안 아랫사람에게 맡겨 두고 여름휴가를 다녀오고 난 뒤 시집의 실물을 보고 파기를 결심했다고 한다.

대낮이로다/ 슬퍼어든 목 놓아/ 울어 봄이 좋아라/ 갈러진 소리 소리/ 가슴에 퍼지는 대낮// 가진 꿈 그림자/ 스스로의 중심에 오무라들고/ 날아 가는 하늘/ 스스로의 푸름에 말러들어// 대낮에 님은 도라가도다/ 내 슬픔 炎腸과/ 더불어 타는 대낮/ 더벅더벅/ 울음을 치며/ 님은 도라가도다

—「대낮 I」 전문

젊은이야 바야흐로 대낮임을 일러라/ 멀리 구비는 江面에/ 납〔鉛〕물 녹 는 대낮임을 일러라/ 탄식하는 동무와 아우/ 흐느끼는 누이들에게// 젊은 이야 지금이 바로 대낮임을 일러라/ 나의 발밑과 너의 位置에서/ 새로 輻射 하는 대낮임을 일러라/ 깔앉는 이웃들과/ 까무는 다시 나의 肉体에게/ 젊 음아 지금이 바로 대낮임을 씀해 다오

—「대낮 IV」 전문

'대낮 연작'의 전체적 내용을 살펴볼 때 이 시들의 배경이 되고 있는 '대 낮'의 정황은 이중적 성격을 띠고 있다. 하나는 "목 놓아" 우는 봄이자 "바야흐로" 기다리던 세계라는 것, 그러나 그 '대낮'은 한편으로 "갈러진 소리 소리"가 "가슴에 퍼지는" 세계이고, "가진 꿈 그림자"와 "날아가는 하늘"이 "스스로의 중심"과 "푸름"에 "오무라들고" "말러들어" 버린 부정 적인 세계이다. 이 '대낮'의 부정성은 '갈러짐'과 "스스로의 중심", 그리고 "스스로의 푸름"에서 기인한다. 문제가 외부에 있는 게 아니라 내부에 있 다는 점이다. 「대낮 IV」에서 "젊은 이", 즉 '젊음'을 향해 지금이 '대낮'임을 알리고 고하는 것은 '대낮'의 본질이 '젊음'에 어울리는 세계라는 것, 다시 말해 대낮은 "가진 꿈"을 펼치고 '하늘의 비상'이 이루어지는 세계여야 한 다는 것, 그러나 실재하는 '대낮'은 슬픔과 울음이 가득하고 생명력을 태 우는 불모의 세계이다.

그것은 물감도 아니요 음성도 아니요/ 오로지 막다른 한 개 몸집일러

라// 그것은 신물 돋는 胃病 때문에도 아니요/ 영절 잃은 愛戀 때문에도 아니요// 腦 골창을 배어드는 대낮이/ 대낮이 바로 난감한 까닭외다// 아 바람이 일어 줄 그늘은 없는가/ 네 肉体가 太陽을 막아 줄 그늘은 없는가

—「대낮 II」 전문

대낮은 곪아 가니라/ 모 — 든 아름다운 그러한 것 대신에/ 누렇이/ 누렇이 化해 가는 누이들의 얼골을 데불고/ 숨가뿜인 양 안타가히 대낮은 곪아 가니라// 누 — 런/ 해바라기의 다시 色彩처럼/ 대낮의 가슴에다 고개 묻는 아우여 너의 슬픔아/ 대낮의 아름다움을 바라던 날이/ 그를 믿었던 날이 언제이드냐// 누이여 아우여/ 눈물 솟거든 목 놓고 울어라/ 울음소리를 하늘 넘으로/ 슬픔 넘으로 放射하는 대낮이란다

—「대낮 III」 전문

「대낮 III」은 그 '대낮'이 "바라던 날"이자 "믿었던 날"이었다는 사실이다. 그런데 문제는 그렇게 바라던 대낮이 막상 도래했는데, 기대하고 바라던 그 대낮에 "아름다움"이 부재하다는 점, 오히려 대낮이 "뇌 골창을 배어드는" 고통스러운 원인이라는 점이다. "대낮이 바로 난감하"다는 화자의 고백은 그토록 바라던, 당도한 세계가 오히려 혼란스럽기 때문이다. 화자가 "태양을 막아 줄 그늘"을 찾고 "바람이 일어"나게 할 그늘을 찾는 것은, 어둠이 사라진 대낮의 세계가 오히려 고통과 슬픔을 가중시키는 원인이라는 인식에서 기인한다. 그러한 점에서 '곪아 가는 대낮'의 형상은 소망하던 세계의 도래가 부패해 가고 있는 현실을 단적으로 형상화한 것이라고 하겠다.

'대낮 연작'의 정황들을 구성해 보면, 이 시가 안타깝게 형상화고 있는 '대낮'은 이 시집에 수록된 작품들이 한창 쓰일 무렵의 현실을 반영한 상징으로 보인다. 일제강점기로부터 해방되어 맘껏 꿈을 펼치고 공동체의 미래를 설계할 해방 직후의 상황은 온갖 논의와 극단적인 행동들이 범람

함으로써 오히려 극한 고통과 슬픔의 원인이 되었다는 현실 진단이 이 시의 인식 속에 가로놓여 있는 듯하다. 강렬한 햇빛이 "방사하는 대낮"의 형상은 해방 직후의 혼란스러운 조선의 현실을 단적으로 현시하는 상징인 셈이다. "방사하는 대낮"이 "바로 난감한 까닭"이라는 이 아이러니는 해방 직후의 현실에 대한 시인의 인식을 적나라하게 현시한다.

> 미치었다 미치었다/ 胡蝶마저 미치어서 날르는 고장/ 꽃그늘은 윗태 윗태 설레이고/ 사람들 瞳孔엔 複眼이 박혀/ 요염히 눈매 웃는 春婦를 향해// 거꾸로 곤두서서 運命들은 걸어간다/ 아 ─ / 風景은 틀어져 찬란히 쏟아지려 하고/ 추도다 추도다/ 天地 HALL 속이 미치어서 춤추도다
>
> ─「歷史」 전문

> 하늘에 매운 바람 희여무리 쓸리고/ 落魄한 감〔柿〕가지가 鳴咽하는 하로 아침/ 내 靑春 멋도록 닫을 遺言 한마디 없이/ 抒情은 요염히 노래 오무듯 까물었다// 언제드나 달덩이같이 피던/ 한아름 合唱으로 부푸던 抒情……/ 追憶이 가랑닢 되어 굴러가는 하로 아침/ 抒情은 落魄한 감가지에 목을 매어/ 하이얀 美人의 죽음처럼 끊어 갔다
>
> ─「抒情의 죽음」 전문

시인은 혼란스러운 해방된 조국의 현실을 "호접마저 미치어서 날르는 고장"으로 형상화하면서 시대적 현실을 제대로 직시하지 못한 채 운명의 나락을 향해 가는 타락한 사람들의 모습을 '복안의 동공'을 가진 이들로 그리고 있다. 신동집의 시편들에 등장하는 잠자리는 사태를 제대로 볼 줄 모르는 '복안의 동공'을 가진 존재이다. 시인은 "동공엔 복안이 박"힌 채 "미치어서 춤추"는 자들로 미만한 "천지 HALL 속"을 조국의 역사적 현실로 형상화한다. 당대 현실에 대한 통렬한 비판 의식이 '대낮 연작'의 형상들에 자리하고 있는 셈이다. 이는 해방 공간을 더 이상 서정이 자리할 수

없는 '서정의 죽음'의 공간으로 인식하는 근거가 되고 있는 것이다. 시인은 "한아름 합창으로 부푸던 서정이" "낙백한 감가지에 목을 맨" "하이얀 미인의 죽음처럼 끊어 갔다"라고 당대 현실을 형상화한다. 더 이상 '서정'이 가능하지 않은 끔찍한 반미학적 현실을 고발한 것이다.

> (중략) 黎明의 하늘이 저리 붉게 타는데/ 너 머리칼이 어지롭다 얼골이 창백하고나/ 간밤의 취해처럼 개이질 않았느냐// 내 도라간 밤의 추억을 위하여 모든 讚詞와 더부러/ 눈물을 받히노라// 오 귀를 기우려 보럼/ 우리들 轉身의 때가/ 자락소리 으늑히 걸어오잖나/ 뭇새는 재재기며 날아 오르고/ 노을은 황급히 너를 부르는도다/ 사랑한다니……/ 서로 들이 한 번이라도 바꾸어 본 적이 있었나/ 그러므로/ 새벽 이슬을 밟고/ 제대로의 길을 간다 할지라도/ 아 얼마나 외로울지라도/ 견딜 수 있노라/ 꿋꿋이 바랄수 있노라// 님아 왜 우느냐/ 대낮을 위하여/ 밝은 날이 틋는데/ 허이연 두 갈레 길이/ 風景을 살리었는데// 뭇세는 재재기며 날아 오르고/ 소리소리의 습唱은/ 가슴 안에 노을 되어 瀰滿하는도다/ 아 ―/ 轉身의 때여 다시 새벽이여
>
> ―「대낮이 오기 전 밤과 다시 새벽 (二)」 부분

시집에 수록된 작품 중 가장 분량이 긴 경우에 속하는 이 시는 전체적으로 주정적 성격이 강한 작품이다. 시의 내용은 진정한 "대낮을 위하여" "대낮이 오기 전" '새벽의 시간'이 필요하다는 것, 그것은 앞서 "태양을 막아 줄 그늘" "바람이 일어 줄 그늘"(「대낮 II」)의 시간이라고 할 수 있다. "뭇세가 재재기며 날아 오르고" "소리소리의 합창"이 "가슴 안에 노을 되어 미만한", 이 아름답고 풍요로운 세계의 도래를 위해 필요한 것은, "서로 들이 한 번이라도" 몸을 바꾸는 일, 바로 '전신'이다. 그러한 점에서 "대낮이 오기 전" 필요한 "다시 새벽"의 시간은 '사랑한다'는 우리들의 "전신의 때"인 셈이다.

『대낮』은 해방 공간인 당대 현실에 대한 시인의 정념과 인식, 그리고 전

망이 시 전편에 드리워진 시집이다. 이는 이후의 신동집의 시집에서 쉽게 찾아볼 수 없는 시적 양상들이 담겨 있다. 1954년에 출간된 『서정의 유형』이 한국전쟁기에 겪은 반생명의 현실을 그리고, 이후의 시집들이 이를 존재론적 관점에서 확대·심화한 주지주의 계열의 시적 태도를 개진했다면, 『대낮』은 당대 현실에 대한 고통과 고뇌를 직접, 그리고 전면적으로 다룬 주정적 시편의 성격을 띠고 있다.

첫 시집이지만 시인 스스로가 수거하여 파기하고 대개의 연구자들이 건너뛴 『대낮』에는 이후의 신동집의 시에서 누락된, 현실에 대한 적극적인 인식과 역사적 전망이 자리하고 있다. 이는 해방 공간에 대한 당대의 시적 형상화라는 측면에서도 꽤 의미 있는 성취일 뿐만 아니라 신동집의 시 세계 전체를 살피는 데도 뜻밖의 참조점을 제공해 준다. 존재 탐구의 시인으로 평가받는 신동집 시의 첫 출발이 매우 강한 현실 인식과 역사에의 관심을 노정하고 있다는 점은 그의 시 세계를 새롭게 볼 수 있는 의미 있는 단서라고 판단된다. 시인 스스로가 회수하고 파기한, 누락된 '대낮의 감각'은 사라진 것인가, 아니면 몸을 바꾼 것인가. 연구자들의 좀 더 꼼꼼한 탐색, 새로운 시선이 필요해 보인다.

참고 문헌

신동집, 『대낮』, 교문사, 1948

_____, 『申瞳集詩全集』, 영학출판사, 1984

_____, 『申瞳集詩全集 II』, 인문당, 1991

_____, 『안드로메타』, 대일출판사, 1992

_____, 『牧人의 일기장』, 대일출판사, 1993

_____, 『詩人의 출발』, 혜화당, 1993

_____, 『그리운 숲이여』, 영하출판사, 1994

신동집, 『나의 詩論, 나의 팡세』, 청학사, 1992

_____, 『예술가의 삶 5 · 신동집』, 혜화당, 1993

죽순시인구락부, 《죽순》 10 · 11, 수창인쇄소, 1949. 4/7

최진송, 「1950년대 전후 한국 현대시의 전개 양상」, 동아대 박사 논문, 1994

김은영, 「1950년대 시의 유형과 특성에 관한 연구」, 아주대 석사 논문, 1995

김영주, 「한국 전후시의 죽음 의식 연구」, 숙명여대 박사 논문, 1999

홍정숙, 「申瞳集 詩의 죽음 의식 연구」, 동아대 석사 논문, 2002

이성영, 「신동집 초기 시 연구」, 울산대교육대학원 석사 논문, 2009

이태동, 「시의 궤적(상) · (하) ─ 신동집의 세계」, 《시문학》, 1974. 1~2

박진환, 「탈향과 귀향, 그 회귀의 미학 ─ 신동집론」, 《현대시학》, 1981. 6

권영진, 「신동집 시 연구 ─ 불의 이미지를 중심으로」, 《홍익어문》 7, 홍익어문
　　연구회, 1988

이은애, 「탈향과 귀환의 미학 ─ 신동집론」, 김용직 외, 『한국 현대시 연구』,

민음사, 1989

이한호, 「신동집 시 연구 — 1·2·3」, 《비평문학》 7·8·9, 1991~1993

이지선, 「신동집 연구 — 1960년대 작품을 중심으로」, 《건국어문학》 23·24, 건국대국문학연구회, 1999

최영호, 「1950년대 신동집 초기 시 연구」, 《현대문학이론연구》 32, 2007

김우창, 「신동집의 근업시초」, 《현대문학》, 1976. 5

채수영, 『신동집 시 연구: 회귀 의식의 궤적』, 대일출판사, 1987

이영걸, 『신동집과 영미 시』, 탑출판사, 1989

최영호, 「관심과 초월의 중간 세계: 신동집의 초기 시」, 송하춘·이남호 편, 『1950년대의 시인들』, 나남, 1994

문혜원, 『한국 현대시와 모더니즘』, 신구문화사, 1996

신동집 생애 연보

1924년   3월 5일, 대구 중구 인교동 215번지에서 부친 신인철(申仁徹),
                모친 최악이(崔岳伊)의 장남, 고려의 개국공신 신숭겸(申崇謙)
                의 35대손으로 태어남(음력 정월 그믐). 본관은 평산(平山), 아
                호는 현당(玄堂). 집안은 반상반농(半商半農)으로 중산층임.

1928년(5세)   두 살 터울의 동생이 죽음. 죽은 동생의 얼굴에 대한 기억을
                간직하고 있음.

1931년(8세)   대구 수창공립보통학교에 입학함. 포목점을 하던 집안이 경제
                적으로 큰 어려움을 겪음. 6학년 때 계산동성당 담을 공유한
                집으로 이사함.

1937년(14세)   대구 수창공립보통학교를 졸업함. 성적은 반에서 10등 정도였
                음. 숙부님이 대구 고등보통학교 5년 때 동맹 휴교로 당시 일
                인 미술 교사를 구타해 퇴학 당한 사건이 뇌리에 깊이 새겨져
                있음.

1938년(15세)   대구고보 입학에 실패한 후 일본 산구현 방부시 다다량중학
                (多多良中學)에 입학함. 2학년 2학기 이후 줄곧 수석을 했지만
                졸업식에서는 일본 정책상 일본 학생이 수석을 차지함.

1943년(20세)   졸업 후 상급 학교 입학시험을 치렀지만 낙방함. 슈베르트,
                베토벤 등의 음악에 심취, 길림, 간도 등을 여행, 한동안 낭인
                생활을 함. 입학시험을 앞두고 이과에서 문과로 변경한 이후
                문학에 관심을 갖게 됨. 일본에서 학교를 다닌 탓에 내면에
                우리말에 대한 열등감이 있었음. 동서양의 문학 책들을 다수

읽었음.

1944년(21세)	징병제도 제1기로 평양으로 끌려감. 5개월 만에 귀가함. 이 무렵 『백록담』, 『기상도』, 『화사집』 등을 접함. 이 무렵 동서양의 문학작품들을 남독했음.
1945년(22세)	광복 후 경성대학 예문과(豫文科) 갑류(甲類)에 편입(서울대 전신), 고 양주동·방종현 선생에게 사사(師事)함. 향가문학을 처음으로 배움.
1948년(25세)	예과를 수료한 여름 돌연 시집 『대낮』을 대구 교문사에서 자비 출간하고 이후 파기함. 시집 출판 비용은 조부의 도움을 받음. 출판기념회를 서울의대 기숙사 식당에서 개최함. 단편소설도 상당수 창작함. 시집 발간 이후 미당을 만남. 이윤수 선생의 주선으로 한일극장 별관에서 이효상·황규포·신동집의 3인 합동 출판 기념회를 개최함. 서울대학교 본과 정치학과에 편입.
1950년(27세)	봄에 대구중학교에서 영어와 독일어를 가르침. 이 무렵 하이데거의 『휠덜린과 시의 본질』과 실존주의 철학에 깊이 침윤됨. 6·25전쟁 당시 통역 장교로 군에 입대함. 주로 진해의 육군사관학교 정훈감실, 고급부관학교에서 복무함. 고급부관학교 근무시 교장 김종문(金宗文) 대령으로부터 영국의 천재 시인 딜런 토머스의 죽음 소식을 들은 이후 토머스의 영향을 받음.
1951년(28세)	서울대학교 문리대 정치과 졸업함.
1954년(31세)	스무 편의 작품을 묶어 시집 『서정의 유형』을 영웅출판사에서 간행함.
1955년(32세)	아시아자유문학상(3. 5)을 수상함. 군 위신을 선양했다는 이유로 국방장관 표창상을 받음. 대구 고급부관학교장인 김종문 대령을 통해 딜런 토머스의 저작에 심취함. 번역서 『괴테의 일생』, 『헤르만 헤세 선집(크놀프)』를 간행함. 미당의 『귀촉

도』를 읽고 개안의 체험을 함.

1955~1969년	청구대학교(현 영남대학교) 영문과 교수를 역임함. 릴케, 횔덜린, 예이츠 등에 심취함.
1958년(35세)	시집『제2의 서시』(한국출판사)를 간행함.
1960~1961년	미국 인디애나 대학원 영문과에서 수학함(현대 영미시). 하와이 대학에서 오리엔테이션 이후 인디애나 대학으로 건너감.
1961~1970년	효성여자대학교 강사(현 대구가톨릭대학교)를 역임함.
1963년(40세)	시집『모순의 물』(영웅출판사)을 간행함.
1965년(42세)	시집『들끓는 모음』(신구문화사)을 간행함. 모리스 블랑쇼에 영향을 받기 시작함.
1968년(45세)	시집『빈 콜라병』(형설출판사)을 간행함.
1970년(47세)	계명대학교 영문과 교수를 역임함(~1986). 시집『새벽녘의 사람』(형설출판사)을 간행함. 시오올 리트케와 친숙해짐.
1971년(48세)	시집『귀환』(한국시인협회)을 간행함.
1973년(50세)	시집『송신』(학문사), 『휘트먼 역시집』(정음사)을 간행함.
1974년(51세)	시 선집『신동집 시선』(학문사)을 간행함.
1975년(52세)	시집『행인』(한얼문고)을 간행함.
1976년(53세)	시선집『미완의 밤』(신라출판사)을 간행함.
1977년(54세)	시집『해 뜨는 법』(학문사)을 간행함.
1979년(56세)	시집『세 사람의 바다』(청운출판사), 시 선집『장기판』(문학예술사)을 간행함.
1980~1982년	동국대학교 경주캠퍼스 강사를 역임함.
1980~1983년	현대시인협회 명예회장을 역임함.
1981년(50세)	시집『진혼·반격』(일지사), 번역 시집『휘트먼 역시집』(대운당)을 간행함. 대한민국 문화예술상을 수상함.
1983년(52세)	시집『암호(暗號)』(학문사), 시 선집『신동집 시선(申瞳集詩選)』(탐구당)을 간행함. 2월, 대한민국예술원 회원에 피선됨.

9월, 고혈압으로 쓰러짐.

1984년(53세)	시 전집 『신동집 시 전집』(영학출판사)을 간행함.
1985년(54세)	경북대학교에서 명예문학박사학위 받음.
1986년(55세)	시집 『송별』(문학세계사)을 간행함.
1987년(56세)	시집 『여로』(문학세계사)를 간행함.
1988년(57세)	시집 『귀환자』(백문사)를 간행함.
1989년(58세)	시집 『자전』(인문당), 시 선집 『누가 묻거든』(종로서적)을 간행함.
1990년(59세)	시집 『백조의 노래』(신원문화사), 시 선집 『고독은 자라』(혜원출판사)를 간행함.
1991년(60세)	시집 『귀향·이향』(오상출판사), 시 전집 『신동집 시 전집 II』(인문당)를 간행함.
1992년(61세)	시집 『안드로메타』(대일출판사), 수상집 『나의 시론, 나의 광세』(청학사)를 간행함.
1993년(62세)	시집 『목인의 일기장』(대일출판사), 『시인(詩人)의 출발』(혜화당), 수상집 『예술가의 삶 5·신동집』(혜화당)을 간행함.
1994년(63세)	시집 『그리운 숲이여』(영하출판사)를 간행함.
2003년(72세)	8월 20일, 지병인 고혈압으로 타계함.

신동집 작품 연보

발표일	분류	제목	발표지
1948. 8	시집	대낮	교문사
1949. 4	시	待春/뒷골목	죽순
1949. 7	시	길/앞으로의 하늘	죽순
1954. 12	시집	抒情의 流刑	영웅출판사
1955	번역시집	괴테의 一生	신조사
1955	번역시집	헤르만 헤세 선집(크눌프)	영웅출판사
1958	시집	제二의 序詩	한국출판사
1963	시집	矛盾의 물	영웅출판사
1965	시집	들끓는 母音	신구문화사
1968	시집	빈 콜라병	형설출판사
1970	시집	새벽녘의 사람	형설출판사
1971	시집	歸還	한국시인협회
1973	시집	送信	학문사
1973	번역시집	휘트먼 역시집	정음사
1974	시 선집	申瞳集詩選	학문사
1975	시집	行人	한얼문고
1976	시 선집	未完의 밤	신라출판사
1977	시집	해 뜨는 법	학문사
1979	시집	세 사람의 바다	청운출판사

발표일	분류	제목	발표지
1979	시 선집	장기판	문학예술사
1981	시집	鎭魂·反擊	일지사
1981	번역시집	휘트먼 역시집	대운당
1983	시집	暗號	학문사
1983	시 선집	申瞳集詩選	탐구당
1984	시 전집	申東曄詩全集	영학출판사
1986	시집	送別	문학세계사
1987	시집	旅路	문학세계사
1988	시집	歸還者	백문사
1989	시집	自傳	인문당
1989. 8	시 선집	누가 묻거든	종로서적
1990	시집	白鳥의 노래	신원문화사
1990. 7	시 선집	고독은 자라	혜원출판사
1991	시집	歸鄕·離鄕	오상출판사
1991. 11	시 전집	신동집 시 전집 II	인문당
1992. 8	시집	안드로메타	대일출판사
1992. 9	수상집	나의 詩論, 나의 광세	청학사
1993. 3	시집	牧人의 일기장	대일출판사
1993. 9	시집	詩人의 출발	혜화당
1993. 8	수상집	예술가의 삶 5·신동집	혜화당
1994. 11	시집	그리운 숲이여	영하출판사

작성자 김문주 영남대 교수

로컬리티에서 아메리카까지

1950~1960년대 차범석 희곡의 전통과 현대

이상우 | 고려대 교수

1 머리말

극작가 차범석은 한국 현대 희곡사뿐 아니라 현대 연극사에서 매우 중요한 위상을 차지하고 있다. 1955년 신춘문예를 통해 극작가로 입문해 2005년 희곡 「무정해협」에 이르기까지 50년 넘게 극작에 전념했다. 공식 등단 이전인 1950년대 초반부터 고향 목포에서 향토 극작가로서 희곡을 창작한 것을 감안한다면 그의 극작 활동 기간은 54년에 이른다고 할 수 있다. 1951년 「별은 밤마다」부터 2005년 「무정해협」에 이르기까지 그가 쓴 희곡은 총 69편에 이르며 유실된 5편을 제외하고 현재 64편의 희곡이 남아 있다.[1] 우리 현대 희곡사에서 54년에 이르는 극작 활동 기간, 그리고

---

1) 차범석이 쓴 69편의 희곡 중에 현존하는 64편의 희곡은 유민영·전성희 편, 『차범석 전집』(태학사, 2018) 1~8권에 수록되어 있다. 이는 악극, 무용극, 뮤지컬, 오페라, 텔레비전 드라마 등 타 장르는 제외하고 희곡 작품 수만 산정한 것이다.

총 69편에 달하는 희곡 작품 수를 가진 극작가를 찾아보기 어렵다는 점에서 차범석의 희곡사적 위상은 각별하다.

한국 현대 연극사에서 차지하는 차범석의 위상 또한 주목을 요한다. 그는 1946년 연희전문학교 문과에 입학해 종합대학으로 승격한 연희대학교에 극예술연구회(연희극회)를 만들고, 1949년에 제1회 전국남녀대학연극경연대회에 참가하며 해방 직후 대학극의 성립에 기여했다. 6·25전쟁으로 고향 목포로 귀향해 중학교 교사로 재직하며 목포의 학교 연극, 향토 연극의 싹을 틔우는 데 공헌했다. 1950년대 중반 신춘문예를 통해 극작가로 입문한 뒤에 상경, 1956년 제작극회를 결성하고 기성 극단 신협에 맞서 소극장 연극 운동을 전개했다. 제작극회 활동을 통해 아마추어적 소극장 운동에 한계를 절감하고 1963년 연극의 전문화, 대중화를 표방하며 극단 산하를 창단해 20년간 극단을 이끌며 사실주의 연극의 발전을 이끌었다. 1950년대 소극장 운동 단체 제작극회, 그리고 1960~1970년대 전문 극단 산하를 창설하고 주도한 차범석의 연극 활동은 한국 현대 연극사에 괄목할 만한 족적이라고 할 수 있을 것이다.

그러나 이러한 희곡사, 연극사적 의미에도 불구하고 그동안 차범석 연구는 그리 활발하게 이루어지지 못했다.[2] 차범석의 극단 산하 활동 시기에 발표된 신봉승, 천승준의 차범석론이 선구적 연구에 해당하나 본격 작가 연구라기보다 작품 해설 수준에 머문다.[3] 차범석에 대한 학술적 연구는 1980년대 후반부터 시작되어 1990년대에 점진적으로 발전했다. 「밀주」부터 「학이여 사랑일레라」까지 차범석 작품 세계를 정리한 유민영의 극작가론을 비롯해 이경복, 정철, 강용준 등의 석사 논문이 1990년을 전후한

---

2) 대표적 사례로 2010년 한국극예술학회가 펴낸 『한국 극작가 총서』(연극과 인간, 2010)에 차범석이 빠진 채 김우진, 유치진, 함세덕, 송영, 채만식, 오영진, 이근삼, 오태석, 이강백 등 9명만으로 극작가 연구 총서가 만들어진 사실을 꼽을 수 있다. 이는 다른 작가에 비해 그만큼 차범석 연구가 2000년대까지 미진했다는 사실을 반증하는 것이라 할 수 있다.

3) 신봉승, 「불모지의 풍속도: 차범석론」, 『현대 한국문학 전집 (9)』(신구문화사, 1966). 천승준, 「파국의 드라마 ── 「불모지」, 「산불」」, 위의 책.

시점에 잇따라 발표되면서 차범석 연구의 기초가 놓였다.[4] 이후 1990년대 이후 학술적 차원의 차범석 연구가 본격화되기 시작하여 김일영, 김상열, 이홍우, 손화숙, 홍창수, 정호순 등의 논문이 이어졌고, 무천극예술학회가 엮은 『차범석 희곡 연구』(중문, 1999)가 출간되면서 학계에 차범석 작가 연구의 필요성이 새삼 환기되었다고 할 수 있다. 2000년대 이후 차범석 연구는 보다 활발해져 이승희, 김향, 김경남, 이영석, 김기란, 신영미 등에 의해 일련의 연구가 이루어졌는데, 김향의 차범석 박사 논문 및 연구서[5]는 그러한 연구 성과의 하나로 평가된다.

2018년 유민영, 전성희가 엮은 총 12권 분량의 『차범석 전집』(태학사)이 출간되어 1차적 자료 정리가 이루어짐으로써 이제 차범석 작가 연구는 한층 더 심화될 수 있는 지평이 마련되었다. 더욱이 1924년 11월에 목포에서 출생한 극작가 차범석은 올해로 탄생 100주년을 맞게 된다. 그러한 맥락에서 극작가, 연극인으로서 현대 연극사의 거목이라 할 수 있는 차범석에 대한 새로운 평가가 필요한 시점이다. 이 글은 그러한 취지에서 차범석 극작 활동 기간 중에 「불모지」, 「껍질이 째지는 아픔 없이는」, 「청기와집」, 「갈매기떼」, 「열대어」, 「장미의 성」 등 그의 대표 작품들이 양산된 1950~1960년대의 작품(제작극회 시기, 극단 산하 전반기)에 주목하여 그 극작 세계의 미학적 특징과 세계관을 분석하고자 한다. 특히 이 시기 차범석 희곡에 나타난 주목할 만한 특징은 구세대와 신세대의 세대 갈등 양상이 두드러지게 나타난다는 점, 세대 갈등의 양상이 전통과 현대의 대립 구조로 드러난다는 점, 그리고 그것은 향토성(로컬리티) 대 미국화(아메리카니즘)의 갈등 양상으로 집약된다는 점에 있다고 판단할 수 있다. 이 글은

---

4) 유민영, 「변천하는 사회의 풍속도: 차범석론」, 『한국 현역 극작가론 (2)』(예니, 1988); 이경복, 「차범석 희곡 연구」, 이화여대 석사 논문, 1988; 정철, 「차범석 희곡 연구」, 조선대 석사 논문, 1989; 강용준, 「희곡 「산불」의 드라마투르기 분석 연구」, 경희대 교육대학원 석사 논문, 1991.

5) 김향, 「차범석 희곡의 극적 재현 방식의 변모 과정」, 연세대 박사 논문, 2008; 김향, 『현대 연극 문화와 차범석 희곡』(연극과 인간, 2010).

이러한 차범석 희곡의 특징을 작품 분석을 통해 논구해 나가는 데 집중하고자 한다.

2 로컬리티로 시작된 창작의 여정

차범석은 1955년 조선일보 신춘문예에 희곡 「밀주」가 가작 입선하면서 극작가로 등단한다. 1924년생 차범석으로서는 30대 초반의 늦깎이 등단이라고 할 수 있을 것이다. 그러나 그의 실제적인 극작가 활동의 시발점은 희곡 「귀향」이 조선일보 신춘문예에 당선된 1956년으로 보는 것이 정확할 것이다. 조선일보 신춘문예 당선으로 인해 그가 고향 목포에서 5년간의 교사 생활을 청산하고 서울로 상경해 극단 제작극회를 기반으로 본격적인 극작 및 연극 활동을 시작하는 결정적 계기가 되었기 때문이다. 1956년부터 시작된 차범석의 연극 활동 시기는 크게 (1) 제작극회 시기(1956~1963), (2) 극단 산하 시기(1963~1983), (3) 산하 이후 시기(1983~2003)로 나누어 보는 것이 일반적 시각이라 할 수 있지만 그의 극작가로서의 정체성은 공식적 등단 이전인 1950년대 전반기 고향 목포 교사 시절에 형성되었다고 할 수 있다. 서울에서 연희대학교 영문학과 재학 중 '연희극회'(연세대 극회 전신)를 결성해서 대학극[6]에 몰두했던 차범석은 6·25전쟁 발발로 고향 목포로 피란하여 목포중학교 교사로 재직하며 희곡을 습작, 상연하며 목포의 '향토 극작가'로 활동했다.

전쟁 와중인 1951년 처녀 희곡 「별은 밤마다」(2막)로 목포문화협회 예술제에 참가한 것을 시작으로 1950년대 전반에 「닭」(1막)(1952), 「제4의 벽」

---

6)   차범석, 신태민, 김병규 등이 창설한 연희극회는 소포클레스 작 「오이디푸스 왕」(차범석 번역, 연출)을 레퍼토리로 1949년 10월 한국연극학회(회장 유치진)가 주최한 제1회 전국 남녀대학연극경연대회에 참가하여 우수상(단체)과 연출상을 수상했다. 최우수상(단체)은 피란델로의 「천지」로 참가한 고려대 극회가 차지했다.(차범석, 『떠도는 산하』(형제문화, 1998), 189~19쪽)

(1막)(1952), 「저주」(1막)(1952), 「윤씨 일가」(3막)(1953), 「잔재」(3막)(1953), 「달 뜨는 무렵」(1953), 「백의」(3막)(1954) 등의 희곡을 연달아 창작했다.[7] 목포 시절에 그가 쓴 희곡들은 잡지 《월간 갈매기》(「별은 밤마다」, 「윤씨 일가」, 「잔재」), 《월간 전우》(「닭」, 「제4의 벽」)에 게재되거나, 목포문화협회 예술제(「별은 밤마다」), 목포중학교 예술제(「저주」, 「달 뜨는 무렵」, 「백의」) 등 지역, 학교 예술제를 통해 상연되었다. 목포 지역민, 학생들과 밀착되어 희곡을 창작, 상연한 5년간의 경험은 그의 공식 등단작 「밀주」, 「귀향」에 나타난 로컬리티의 정서로 집약되어 있다.

그의 처녀작 「별은 밤마다」는 전쟁기에 창작된 희곡이어서인지 공산주의 이념의 허구성에 회의를 품고 빨치산 유격대에서 이탈한 대원 송춘식과 백인선의 탈출기를 그린 반공 성향의 작품이다. 유부남 송춘식과 처녀 백인선은 빨치산 활동 중에 사랑하는 연인 사이가 되어 죽을 고비를 넘기고 빨치산 구역에서 탈출하는 데 성공하나 항구도시에 이미 처자가 있는 춘식의 집에 차마 들어가지 못하고 주저하다가 인선은 자살하고 춘식은 경찰서에 자수하러 가는 것으로 결말을 맺는다. 비인간적 공산주의자의 손아귀에서 극적으로 벗어났으나 애정 삼각 갈등의 파고를 넘지 못하고 비극적 결말로 끝맺는 전형적 반공 멜로드라마의 특징을 보여 주는 작품으로 계몽적 요소가 강해서 전시(戰時) 지역예술제 공연작으로 채택된 것으로 보인다. 작품의 공간이 지리산이 연상되는 산악 지대(1막)와 목포로 추정되는 항구도시(2막)여서 지역민에게 향토적 친연성이 느껴질 수 있는 작품이다.

「밀주」와 「귀향」에 녹아 있는 로컬리티 정서는 '향토 극작가' 시기 차범석 희곡의 정체성을 단적으로 반영한다. 「밀주」는 6·25전쟁 직후 흑산도의 어느 빈촌을 배경으로 전후 혼란을 틈타 가난한 섬마을에 나타난 가

---

7) 차범석이 목포중학교 교사 시절에 창작한 희곡은 「밀주」, 「귀향」까지 총 10편으로 추산되나 현재 대본이 남아 있는 작품은 「별은 밤마다」, 「저주」, 「윤씨 일가」, 「밀주」, 「귀향」 등 5편에 불과하다.(유민영·전성희 편, 『차범석 전집 (1)』, 앞의 책)

짜 밀주 단속원의 사기 행각 소동을 다룬 작품이다. 가짜 단속원들은 '국가 초비상 시국'에 밀주를 만들어 먹는 행위가 식량 절약이라는 국가 시책을 위반하는 범죄라며 벌금 20만 환을 내라고 어민들을 겁박한다.

> 갑: 김도순, 황장돌, 그리고 이순만, 지금까지 적발된 자는 이상 여섯 집인데 이십 호 남짓한 이 마을에서 이미 여섯 집이 밀주업을 일삼고 있다는 사실로 미뤄 볼 때, 이 '견주미' 이민들은 거의 전부가 밀주업자라는 것은 명백한 사실이란 말이야!
> 이장: 죄송합니다…….
> 갑: (웅변조로) 이 국가 초비상 시국에 식량의 절약은 긴급지사의 긴급지사인데 이와 같이 공공연하게 밀주에 허비하며 더구나 항상 온 이민의 거울이 되고 지도자가 되어야 할 이장 자신이 이런 사실을 보고도 못 본 체하다니 그 진의가 나변에 있는가 심히 이해 곤란입니다.
> 이장: (머리를 긁으며) 뭐라 여쭐 말이 없으랍녀. 예…….[8]

가짜 단속원들은 단속에 협조하지 않는 마을 사람들을 '공무집행방해죄'로 엄중 처단하겠다고 협박하는 한편 "지금 이 자리에서 곧 해결 지을 수 있는 방법"이 있음을 암시하며 밀주를 눈감아 주는 조건으로 향응과 뇌물을 요구한다. 가난하고 무지한 섬마을 주민들이 가짜 단속원 두 명에게 속수무책으로 당하고 있을 때 마침 제대 군인 효석이 귀향하여 가짜 단속원의 정체를 밝혀내고 응징한다. 효석의 갑작스러운 등장으로 사태가 종결되는 '데우스 엑스 마키나'(deus ex machina) 기법[9]의 결말 구조는 습작기 차범석 극작술의 한계를 보여 주지만 남도 특유의 향토색이 배어 있는 전후 사회상을 반영한 풍자적 사실극의 면모를 드러낸 점은 성공적이다.

---

8) 차범석, 「밀주」, 『차범석 전집 (1)』, 위의 책, 128~129쪽.
9) 이영석, 「1950년대 '현대극'으로서 사실주의 연극의 양상」, 《한국극예술연구》 47집, 2015, 91쪽.

차범석의 공식 데뷔작에서 이미 "연극은 사회의 거울"[10])이라는 작가 자신의 사실주의 창작관이 잘 반영되고 있음을 알 수 있다.

「귀향」역시 향토적 정서가 배어 있는 희곡으로 차범석이 목포에서 창작한 마지막 향토 희곡에 해당한다. 6·25전쟁 직후 남해안의 어느 시골 마을을 배경으로 6·25전쟁에 징용으로 끌려간 남편의 부재로 인해 빚어진 애정 삼각 갈등의 치정극을 그린 작품이다. 전쟁에 끌려가 4년간 소식이 끊긴 남편(상기)의 부재로 그의 아내 필례네는 생계를 돌봐 주는 박 주사의 유혹에 빠지고 이를 질투한 박 주사의 처에 의해 살해당한다. 때마침 고향으로 돌아온 상기는 자신이 아내와 자식을 모두 잃었다는 사실로 인해 충격에 빠진다는 결말을 갖고 있다. 민속놀이 강강수월래를 소재로 적극 활용해 향토색을 잘 드러낸 작품이지만 「밀주」에 이어 주인공의 돌연한 귀향으로 갈등을 해결하는 우연적 결말 구조의 미숙한 극작술에서 여전히 벗어나지 못함을 알 수 있다.

1956년 「귀향」이 당선된 후 자신감을 얻은 차범석은 목포 생활을 접고 서울로 상경해 제작극회를 무대로 활동하면서 로컬리티 대신 도시화, 산업화, 문명화 문제에 주목하게 된다. 「불모지」(1957), 「계산기」(1958), 「성난 기계」(1959), 「껍질이 째지는 아픔 없이는」(1960), 「공중비행」(1962) 등과 같이 도시 서민이나 중산층의 도회적 일상과 사회 현실을 그린 희곡들이 그러한 특징을 잘 보여 준다. 그럼에도 그의 로컬리티에 대한 관심은 불씨가 꺼지지 않고 지속된다. 「산불」(1962), 「청기와집」(1964), 「갈매기떼」(1963)와 같이 남도의 시골 마을이나 항구를 배경으로 향토 지역민의 삶을 묘파한 작품에서 그의 극작술은 절정의 기량을 발휘하기도 했음은 물론이다.[11]) 특히 「산불」은 '해방 이후 리얼리즘 희곡의 최고봉'[12])으로 평가받으며 오

---

10) 차범석, 「무엇을 어떻게 쓸 것인가」, 『현대 한국문학 전집 (9)』, 496쪽.

11) 경상도 시골 마을을 배경으로 몰락 지주 일가의 갱생의 삶을 다룬 새마을 연극 「활화산」(1974)도 이 계열에 속하는 작품이라 할 수 있다.

12) 유민영, 앞의 글(1988), 219쪽.

늘날까지 차범석의 대표작으로 꼽히는 점을 보면 고향 목포에 뿌리를 둔 로컬리티의 세계는 차범석 희곡 창작의 근본 토대와 같은 것이라 해도 과언이 아니다.

1962년 국립극단이 공연한 「산불」은 연극 이외에도 영화, 뮤지컬, 오페라, 창극 등 다양한 매체로 변환[13]되었을 만큼 한국을 대표하는 교과서적인 극 텍스트로 주목받아 왔다. 차범석 개인적으로도 「산불」 공연의 성공에 힘입어 자신이 1956년부터 몸담았던 제작극회의 아마추어적 딜레탕티즘과 결별하고 전문 극단 산하를 창단하는 동력을 얻었다는 점에서 「산불」이 갖는 의미가 매우 크다. 「산불」은 6·25전쟁기 '소백산맥 줄기에 있는 촌락'(지리산 산골 마을)을 배경으로 남자들이 대거 전쟁에 끌려가 소식이 끊긴 산골 마을에서 여성들만 남아 전쟁과 가난에 시달리는 현실을 그리고 있다. 그 와중에 전쟁과 가난 이면에 남성의 부재로 인한 여성들의 억압된 성적 욕망에 주목했다는 점에 「산불」의 매체, 장르, 시대를 넘어서는 보편성이 있다. 점례의 남편은 인민군을 피해 도망친 뒤 소식이 끊긴 상태고, 사월의 남편은 빨갱이로 몰려 총살당했다. 전쟁은 그녀들의 남편을 앗아 갔고, 그로 인해 젊은 점례와 사월은 성적 욕망의 문제로 고통을 겪고 있다. 그러던 차 빨치산 유격대에서 탈출해 마을로 도망 온 공비 규복은 점례와 사월의 인도주의적 보호 대상이면서 동시에 성적 욕망 충족의 대상이 된다.[14]

---

13) 1977년 조문진 각색, 김수용 감독 연출로 영화 「산불」이 제작, 상영되었고, 1999년 11월 국립오페라단이 창작 오페라 「산불」을 차범석 대본, 정회갑 작곡, 박수길 연출로 장충동 국립극장(1999. 11. 11~14)에서 상연했다.(「국립오페라단의 창작 오페라 「산불」」,《연합뉴스》, 1999. 11. 8) 차범석 타계 1주기를 맞아 2007년 7월 차범석의 「산불」을 칠레의 극작가 아리엘 도르프만이 현대적 우화로 각색하고 영국 출신의 폴 게링턴이 연출한 뮤지컬 「댄싱 섀도우」가 예술의 전당 오페라극장(2007. 7. 8~8. 30)에서 상연되었다.(「「댄싱 섀도우」, 뮤지컬로 거듭난 「산불」」,《뉴시스》, 2007. 6. 15) 2007년 12월 국립창극단이 박성환 연출, 안숙선 작창으로 창극 「산불」을 국립극장 달오름극장(2007. 12. 21~30)에서 상연한 뒤 여러 차례 재공연되었다.(「「산불」, 판소리와 만나 창극으로 거듭난다」,《세계일보》, 2007. 12. 14)

사월: 우리에게 그만큼 벌을 줬으면 됐지. (울먹거리며) 이상 벌을 받아야겠어? 응?

점례: 그렇지만 우리가 잘못을 저지른 것만은 빤하니까 별수 없어?

사월: (눈빛이 벌겋게 타오르며) 한 사내를 둘이서 좋아한다는 게 잘못일까?

점례: (고민을 깨물며) 이만저만 잘못이 아니지. 더구나 죄를 지은 사내를 지금까지 숨겨 놓고서. 아, 어떻게 하면 좋을지 난, 난 뭐가 뭔지 모르겠어…… (하며 운다).

사월: (무섭게 쏘아보며) 점례가 모르면 누가 알아?

점례: 이제 멀지 않아 국군이 이 산을 둘러싸게 되면 그이도 어느 때고 붙잡히게 될 게 아냐?

사월: 그래? 아니, 그게 사실이야, 점례?

점례: 천왕봉에 숨어 있는 빨갱이들을 깡그리 없애 버리기 위해서 산에 불을 놓는다는 소문도 있으니…….

사월: 불을? (다시 가까워지는 비행기 소리)[15]

국군 토벌대의 공비 포위 공격 속에 공비 규복을 대나무 숲에 숨기고 함께 공유해 온 점례와 사월은 점점 불안과 공포에 압박감을 느끼게 된다. 이때 사월의 임신 소식이 알려지면서 여성들로만 이루어진 산골 마을은 의문의 임신 사실로 충격에 휩싸인다. 결국 규복이 토벌대에 사살당하고 사월이 자살하고 규복의 은신처인 대나무 숲이 불타면서 점례의 공비 은닉과 외도 사실은 모두 '완전 범죄'[16]로 감추어지지만 그와 더불어 그녀의 희망도 사라지고 만다. 「산불」을 통해 로컬의 세계를 배경으로 전쟁,

14) 김기란은 점례가 친구이자 동병상련의 고통을 겪고 있는 사월에게 규복을 양보하는 행위를 남성들이 일으킨 전쟁에서 여성이 보여 줄 수 있는 '모성애이자 인간애의 발로'라고 해석했다.(김기란, 「차범석 「산불」에 나타나는 멜로드라마의 양식적 특징 독해」, 《한국연극학》 81호, 2022, 20~21쪽)

15) 차범석, 「산불」, 『대리인』(선명문화사, 1969), 62쪽.

16) 이승희, 「1960년대 차범석 희곡 연구」, 《한국극예술연구》 11집, 2000, 219쪽.

가난, 욕망의 문제를 치열하게 다룸으로써 전후 한국 사회의 정체성을 사실적으로 반영하면서, 동시에 남성 부재 상황에서 여성의 성적 욕망 문제라는 흥미로운 멜로드라마의 공식성을 발견한 차범석은 '연극의 대중화'를 기치로 내걸고 극단 산하를 창단하면서 극작술의 새로운 단계로 나아가게 된다.

3 도시 문명과 정치 현실

1956년 서울에 상경한 차범석은 여고 교사 생활보다 연극에 뜻을 두고 1949년 대학연극경연대회에 참가한 '대학극회' 출신들을 규합하여 새로운 극단 창단을 도모했다. 고려대 극회 출신 김경옥, 최창봉, 노희엽, 연희대 극회 출신 구선모, 서울대 약대 출신 조동화, 숙명여대 극회 출신 김혜경, 김지숙 등을 만나 대학 극회의 연장선상에서 극단을 창단하기로 결의하고, 일본 미술계의 '제작회(制作會)'에서 착안해 제작극회라는 이름의 극단을 창단했다. 제작극회는 1950년대가 극단 신협의 독주 시대였으므로 기성 극단 신협에 맞서는 젊은 극단으로서의 자기 정체성 확립에 설립 목표를 두었다.[17] 이후 차범석, 최창봉, 김경옥, 조동화, 노희엽, 구선모 등 대학극회 동인에 최상현, 오사량, 임희재, 전근영, 최백산 등 새로운 동인을 보강한[18] 제작극회는 전문 극단 신협과 차별성을 두어 비직업적 소극장 운동을 추구했다. 제작극회의 창작극 레퍼토리는 차범석과 김경옥의 극작을 통해 조달되었는데, 차범석의 희곡 「불모지」(1957), 「공상도시」(1958), 「껍질이 째지는 아픔 없이는」(1960) 등이 상연되면서 차범석은 제작극회를 대표하는 간판 극작가이자 연출가로 자리매김했다.[19]

---

17) 차범석, 『예술가의 삶, 차범석』(혜화당, 1993), 176~177쪽.

18) 차범석, 『한국 소극장 운동사』(연극과 인간, 2004), 84쪽.

19) 제작극회는 1956년 7월부터 1963년 6월까지 7년간 총 11회에 걸쳐 공연했다. 이 중에 차범석 희곡은 제3회 「공상도시」(오사량 연출, 서울문리사대 강당, 1958. 3. 29~30), 제4회

서울 상경 이후 차범석 희곡에서는 로컬리티의 색채가 확연하게 사라지고, 무대가 대부분 도시(서울) 공간으로 바뀐 점이 눈에 띄게 달라진 변화이다.「불모지」의 무대는 번화한 상가로 둘러싸인 최 노인의 낡은 집이며,「공상도시」의 무대는 서울 주택가 소설가 양하영의 집 응접실이며,「껍질이 째지는 아픔 없이는」의 무대는 서울 주택가 국회의원 강기수의 집 응접실이다. 희곡「계산기」의 무대는 중산층의 새로운 주거지인 서울 외곽의 후생주택이다.

먼저 제작극회 시기 차범석의 대표작으로 꼽히는「불모지」를 보자.「불모지」는 날로 진행되는 도시화로 인해 빌딩 상가로 둘러싸이고 점점 그늘져 가는 최 노인의 서울 도심지 낡은 집을 무대로 사건이 펼쳐진다.

어머니: (마루 끝에 앉으며) 정말…… 근 50년 동안에 이웃 얼굴 바뀌고 저렇게 집이 들어서는 걸 보면 세상 변해 가는 모양이 환하게 보이는 것 같아요, 제가 당신에게 시집왔을 때만 하드라도 어디 우리 이웃에 우리 집 담을 넘어서는 집이 있었던가요?

최 노인: 사실이야! 빌어먹을 것! (좌우의 높은 집들을 쏘아보며) 무슨 집들이 저 따위가 있어! 게다가 저것들 등살에 우린 일 년 열두 달 햇볕 구경이라곤 못 하게 되었지! 당신도 알겠지만 옛날에 우리 집이 어디 이랬소?

경운: (웃으며) 아버지두…… 세상이 밤낮으로 변해 가는 시대인데요…….

최 노인: 변하는 것두 좋구 둔갑하는 것도 상관하지 않지만 글쎄 염치들이 있어야지 염치가.

경운: 왜요?

최 노인: 제깟 놈들이 돈을 벌었으면 벌었지 온 장안 사람들에게 내 보라

「불모지」(김경옥 연출, 서울문리사대 강당, 1958. 7. 26~28), 제10회「껍질이 째지는 아픔 없이는」(허규 연출, 국립극장, 1961. 4. 21~25) 작품으로 총 3회 상연되었다. 차범석에 이어 김경옥 희곡은 제5회「제물」(차범석 연출, 1958. 12. 7), 제11회「산여인」(이원경 연출, 1963. 6. 27~30) 두 차례 공연되었다.(김경남,「차범석의「태양을 향하여」개작 양상 연구」,《한민족어문학》60집, 2012, 359쪽 참조)

는 듯이 저따위로 층층이 쌓아 올릴 줄만 알고 이웃이 어떻게 피해를 입고 있다는 걸 모르니 말이다![20]

전후 도시 재건에 의해 서울 도심이 밀집화되어 높은 건물이 들어서자 최 노인의 낡은 구옥은 일조권 침해를 받아 주거 환경이 점차 열악해진다. 게다가 최 노인의 생업인 전통 혼구(婚具) 대여업은 신식 결혼식이 유행하게 되자 갈수록 운영이 어려워지는 데다가 실업 상태인 제대군인 장남 경수와 '한국의 킴 노박'(영화배우)을 꿈꾸며 허영심에 들떠 있는 장녀 경애로 인해 삶이 개선될 희망이 보이지 않는다. 서울 도심의 낡은 집을 팔고 근교의 후생주택으로 이사해 쪼들린 생계를 개선해 보려는 계획은 가족 간의 불화로 무산된다. 설상가상으로 취업난에 절망한 경수는 권총 강도 행각을 벌이다가 체포되고, 가짜 영화사에 사기를 당해 돈과 순결을 잃은 경애는 자살하고 만다. 빌딩 그늘에 가려 풀 한 포기 자라지 못하는 최 노인의 텃밭(화단)처럼 전후 사회의 피폐함에 최 노인의 자식들도 제대로 피지 못하고 시들고 마는 것이다. 그늘진 도심 구옥의 최 노인 텃밭이 불모지가 된 것처럼 '자식 농사' 실패로 최 노인 가정도 황폐한 불모지가 되어 버린 것이다.

「계산기」의 가족 서사는 「불모지」의 가족 서사와 대조적인 양상을 보인다. 「불모지」에서 최노인 가족이 근교 후생주택으로 이주하는 데 실패한 도심 구옥의 가족 몰락 서사라고 한다면, 「계산기」는 근교 후생주택에 살고 있는 중산층 가족의 유보된 몰락 서사라고 할 수 있다. 「계산기」의 가장은 기업에 근무하는 회계 사원인데, 회사가 조만간 미국에서 계산기를 도입할 계획이어서 사내에 회계 사원의 감원 선풍이 있을 것이라는 소문이 나돈다. 아내는 패물을 팔아 상사 부인에게 뇌물로 인사 청탁을 하려고 하는데, 미국 계산기 도입은 헛소문임이 밝혀지고 오히려 가장이 경

---

20) 차범석, 「불모지」, 『껍질이 째지는 아픔 없이는』(정신사, 1960), 72~73쪽.

리계장으로 승진하면서 계산기 도입은 결국 해프닝으로 끝나고 만다. "그러나 이대로 가다간 멀지 않아서 사람도 한 개의 계산기가 되고 말 거야."[21]라는 가장의 말은 근대 문명의 암담한 미래를 예견하는 섬뜩한 전언으로 다가온다. 「불모지」, 「계산기」를 통해 차범석은 전후 사회의 혼란과 피폐한 현실을 근대화, 산업화의 단면인 도시적 일상을 통해 비판했다는 점에 특징이 있다.

흥미로운 지점은 「불모지」에서 '불모지'와 같이 기대처럼 잘 자라지 못한 최 노인의 장남, 장녀를 통해 전후 사회의 어두운 현실을 은유적으로 표현하고 있다는 점이다. 장남 경수를 통해 전쟁 직후 사회에 복귀해 적응하지 못하는 제대군인 문제를, 그리고 장녀 경애를 통해 전후 미국 대중문화의 무분별한 도입으로 인해 빚어지는 아메리카니즘 문제를 다루고 있다. 즉, 차범석은 희곡을 통해 전후 사회 문제의 큰 줄기를 제대군인의 사회 부적응 문제와 아메리카니즘의 무분별한 확산으로 압축해 파악하고 있는 셈이다. 「계산기」에서 미국발 계산기 도입 문제는 비록 헛소동으로 끝나지만 근대화, 산업화가 우리 삶에 가져올 인간 소외의 암울한 전망을 제기했다는 점에서 문제적이다.

4·19혁명을 겪으면서 1950년대 전후 사회에 나타난 도시화, 산업화가 가져온 전통적 일상의 붕괴 문제를 지적해 온 차범석의 작가 의식에 큰 변화가 나타나기 시작했다. 제작극회 시대 차범석 최초의 본격 장막극[22] 「껍질이 째지는 아픔 없이는」(4막, 1961)은 국립극장 초청작으로 4·19혁명 이후 사회적 변혁의 흐름을 반영해 정치 현실에 대한 차범석의 비판 의식이 극명하게 드러난 작품이다. 제작극회 시기에 주로 전후 도시화, 근대화 과정에 나타난 문명 비판에 주력해 왔던 것에 비해 「껍질이 째지는 아픔 없이

---

21) 차범석, 「계산기」, 『껍질이 째지는 아픔 없이는』(정신사, 1960), 125쪽.

22) 제작극회 시대 차범석이 쓴 장막극으로 2막극 「불모지」가 있으나 작품 분량이 단막극에 비해 큰 차이가 없고 전문 극단이 공연하기에 소품이기에 본격 장막극으로 보기 어렵다.

는」은 4·19의 혁명적 분위기에 동조하여 도시화, 근대화 문제의 심층에 자리 잡은 정치적 모순에 강한 문제 제기를 했다는 점에서 의의가 있다.

작품은 4·19혁명 직전 보수당원인 국회의원 강기수 가정의 응접실을 배경으로 사건이 전개된다. 야당인 보수당 국회의원 강기수는 정권 교체의 희망을 품고 있지만 야당 대통령 후보 오한석 박사가 급서하면서 정치적 소신이 일거에 흔들린다. 피아니스트를 꿈꾸는 아들 대영의 미국 유학, 대학생 둘째 딸 유미의 정략결혼 등 가족의 번영과 정치자금 등 금전적 이득을 위해 강기수는 정치적 도의와 소신을 버리고 탈당해 일당독재로 부정부패를 일삼고 부정선거를 자행하는 집권 여당 공화당 국회의원으로 변신한다. 이 와중에 부정선거 규탄 시위가 일어나자 혼탁한 정치 현실에 눈을 뜬 대영과 유미는 자신들의 기득권에 해당하는 미국 유학과 정략결혼을 거부하며 아버지 강기수에 저항한다.

정아: 이 녀석아! 며칠 안 있으면 미국 갈 녀석이 손가락을 잘라서 혈서를 써? 이래 가지고 어떻게 피아노를 치겠단 말이냐?

대영: (다시 천천히 붕대를 감으며) 그러니까 유학은 다음 기회로 밀겠다고 했잖아요.

기수: (엄하게) 안 된다! 예정대로 떠나거라!

대영: 안 가겠어요! 이 눈으로 모든 것이 무너지고 모든 것이 새로 돋아나는 것을 보고 싶어요. 그것 없이는 나는 미국에 갈 자격도 없는 몸입니다!

기수: 무엇을 보겠다는 거냐?

대영: 그건 두고 봐야죠. 싸워서 빼앗아야 하는 것이라면 나도 목숨을 걸어야 할 테니까요! (하며 불쑥 자리에서 일어선다. 거리의 우렁찬 만세와 노래 소리가 훨씬 가깝게 들려온다. 이와 함께 "부정선거 다시 하자" "독재 정권 물러가라" "자유 없는 나라에 민주주의 없다"라는 구호가 들린다)

정아: (대영의 팔을 붙들며) 안 된다! 너만은 나가서는 안 돼! 대영아 제발 이 에미 말을 들어라!

대영: 어머니 우리 학교에서도 전원 데모에 나가기로 했으니까 가야 돼요![23]

강기수의 아들 대영과 딸 유미는 부모의 만류에도 불구하고 부정선거 반대 시위 대열에 합류하기 위해 함께 거리로 나선다. 부정한 권력에 야합하며 사사로운 이익을 추구하는 부모 세대(구세대)의 오류를 부정하고 자신의 기득권을 희생하면서까지 정치적 정의를 추구하는 자녀 세대(신세대)를 통해 미래의 희망을 보여 주는 세대론적 대비가 잘 나타나는 대목이다. 이러한 세대론적 대비는 이전의 차범석 희곡에서는 보기 어려운 것이었다. 「불모지」, 「계산기」를 보아도 신구 세대의 대비는 뚜렷히 나타나지만 작가는 어느 한쪽에 일방적으로 손을 들어 주지 않는다. 「불모지」에서 최 노인에 비해 그의 자식인 경수, 경애에게 희망이 보이지 않는 것이나 「계산기」에서 사무직 노동에 부업으로 양계까지 하는 부모 세대에 비하면 음악과 춤에 빠져 있고 부모 돈을 편취하는 대학생 아들 동철에게 어떠한 우월함도 찾아보기 어렵다. 이에 비하면 「껍질이 째지는……」의 부패한 구세대/바람직한 신세대라는 차범석 희곡의 새로운 구도는 젊은 대학생들의 시위에 의해 부패한 이승만 정권이 무너지는 4·19혁명의 경험을 통해 차범석이 젊은 세대에게 희망을 발견한 데에서 비롯된 것으로 보인다.

차범석의 정치의식은 「공중비행」(1962)에서도 이어진다. 철학 전공 교수 주 박사는 전임 정권에서 장관 고문 비서로 일하다가 새로 바뀐 정권에서 다시 장관 비서실장으로 근무하는 등 손바닥 뒤집듯 정당과 정권을 옮겨 다닌다. 그러면서도 정치적 신념의 부재를 부끄러워하지 않는다. 아내 유 여사와 아들 윤석은 한술 더 떠서 주 박사의 정치적 '공중그네' 타기를 부추기며 위생차 허가권 청탁을 들어주고 무역회사로부터 뇌물을 받자고 요구하며 주 박사를 압박한다. 자유당 정권 치하의 부정부패, 비리, 청탁,

---

23) 차범석, 「껍질이 째지는 아픔 없이는」, 『껍질이 째지는 아픔 없이는』, 68~69쪽.

사리사욕이 만연한 혼탁한 정치 현실을 폭로하며 정치 풍자극의 세계를 제시한 작품이다.

그러나 이러한 차범석 희곡의 정치 의식은 더 이상 지속되지 못했다. 4·19혁명의 불꽃은 채 1년 만에 꺼져 버렸고, 박정희 군사정부는 각종 사회통제 법령과 검열제도를 통해 정치 비판의 통로를 봉쇄해 나갔기 때문이다.[24] 정치권력에 대한 비판을 '불온' 행위로 규정하며 억압하기 시작하자 차범석은 정치 현실에 대한 관심을 접고, 모럴과 풍속의 문제로 관심을 돌리기 시작했다. 즉, 정치적 금기(정치적 '불온')의 통로가 차단되자 윤리적 금기(풍속적 '외설')에 대한 도전에서 새로운 창작의 길을 모색하게 된 것이다. 정치적 불온에 대한 억압을 견디지 못하고, 윤리와 풍속의 문제로 창작의 방향을 쉽사리 전환한 것은 4·19혁명 직후에 나타난 차범석의 정치 의식이 일시적이며 표피적 한계에 머물렀다는 사실을 반증하는 것이다.

4 남성 부재와 억압된 성적 욕망

1961년 3월 차범석은 서울 상경 이후 5년간 몸담았던 덕성여고 교사를 사직하고 문화방송(MBC) 연예과장으로 취업하며 방송계에 진출한다. 1951년 목포중학교 교사를 시작으로 10여 년간의 교사 생활을 청산하고 방송직이라는 새로운 직역(職域)으로 전신하게 된 것이다. 이후 그는 CM 과장, 제작부장, 편성부국장 등을 거치며 1971년까지 약 10년간 방송국에 근무한다. 제작극회 시기부터 극단 산하 전반기에 이르기까지 생계의 방편은 학교와 방송국에서 해결하며 연극을 병행해 왔다. 그런데 흥미로운

---

24) 이봉범, 「불온과 외설 — 1960년대 문학 예술의 존재 방식」,《반교어문연구》 36집, 2014, 449~452쪽. 5·16 이후 사회통제의 법적 기초는 반공법 제정(1961. 7), 출판사 및 인쇄소의 등록에 관한 법률 제정(1961. 12), 영화법 제정(1962. 1), 경범죄처벌법 개정(1963. 7), 방송법 제정(1963. 12) 등을 통해 나타난다.

점은 학교 교사 재직 시기와 방송국 재직 시기에 미묘한 차이가 나타난다는 점이다. 특히 방송국 취업 이후 그의 희곡 창작 경향과 연극관에 상당한 변화가 드러나는데, 교사(덕성여고) 재직 시절 차범석의 연극 활동은 '제작극회'를 기반으로 한 아마추어적 소극장 운동의 성격을 가졌다고 한다면 방송국(문화방송) 재직 시절 차범석의 연극 활동은 '극단 산하'를 기반으로 한 대극장 장막극 중심의 연극 대중화, 전문화를 추구했다고 볼 수 있다. 1961년 방송국 입문 이후에 나타난 이러한 연극관의 변화가 직업적 전문 극단 산하의 창단을 이끌었고, 그에 걸맞은 작품 경향의 변모를 초래했다고 판단된다.

확실히 1961년 이후 차범석 희곡 경향은 대극장 연극 중심의 장막극 체제로 변화한다. 「태양을 향하여」(4막, 국립극단, 1961), 「산불」(5막, 국립극단, 1962), 「갈매기떼」(4막, 신협, 1963) 등과 같은 일련의 대극장용 장막극 작품이 제작극회가 아닌 국립극단, 신협에 의해 상연되었다는 점은 이 시기 차범석의 희곡 창작 경향이 아마추어적 소극장 운동을 지향한 제작극회 동인들과 이미 어긋나고 있음을 말해 준다. 차범석은 제작극회 제13회 공연작으로 자신의 반대에도 불구하고 일부 회원들의 고집에 의해 김경옥 작 「산여인」으로 결정되자 제작극회의 딜레탕트적 동인제 운영 방식에 회의를 느끼고 탈퇴를 결심한다.[25] 차범석이 제작극회 탈퇴를 결심하게 된 배경에는 일부 동인들과의 불협화음 이외에 「태양을 향하여」, 「산불」, 「갈매기떼」 등 자신의 일련의 장막극들이 거둔 흥행 성공도 크게 작용했다. 「산불」 공연이 성공한 이후 이해랑의 의뢰를 받고 극단 신협 재기 공연작으로 창작된 「갈매기떼」가 1963년 6월 명동국립극장에서 개막하자마자 공전의 대성공을 거두고, 목포, 광주 등 지방 공연에서도 인산인해를 이루자 새로운 극단의 창단이라는 결단을 내린 것이다.[26]

1963년 9월 29일 극단 산하(山河)는 영문학자이자 번역자 오화섭(연세

---

25) 차범석, 『떠도는 산하』(형제문화, 1998), 268쪽.
26) 위의 책, 270~272쪽.

대 교수)을 대표로 내세우고 차범석, 이기하, 표재순, 임희재, 하유상, 김유성, 오현경, 김성옥, 이순재, 이낙훈, 강효실, 천선녀 등을 단원으로 구성해 창단되었다. 여기에는 차범석, 김유성 등 제작극회 동인과 이기하, 오현경, 김성옥, 이순재, 이낙훈 등 실험극장의 이탈 동인을 주축으로 해서 창단 단원이 이루어졌기에 1950년대(제작극회)와 1960년대(실험극장)의 대표적 소극장 연극 운동 동인제 극단의 결합이라는 창단의 의미가 있다고 할수 있다. 그럼에도 불구하고 극단 산하는 '차범석의 극단'이라는 이미지가 강했고, "보다 광범하게 관객을 얻고 관객에게 연극의 즐거움과 가치를 보다 넓게 전파시키자는 생각"으로 '연극의 대중화'라는 슬로건을 표방했기에 연극의 상업화라는 오해와 비난을 받기도 했다.[27]

극단 산하는 창단 10년 동안 총 20회의 공연을 통해 12편의 창작극을 상연했는데, 이 중에 차범석 작품이 「청기와집」(제2회, 1964), 「열대어」(제5회, 1966), 「산불」(제7회, 1966), 「장미의 성」(제10회, 1968), 「대리인」(제13회, 1969), 「왕교수의 작업」(제15~16회, 1970~1971), 「약산의 진달래」(제20회, 1974) 등 총 8편에 이를 만큼 극단 산하에서 차범석의 비중은 절대적이었다.[28] 극단 산하 창단부터 10년간, 즉 극단 산하 전반기(1963~1973)는 차범석 극작 활동의 최고 전성기라고 할 수 있을 것이다.

이 시기 차범석 희곡의 특징은 외관상 다채로운 양상을 보인다. 장막극 창작 초창기라는 점, 연극의 대중성 추구 출발기라는 점, 여성, 소수자의 억압된 성적 욕망에 주목한 시기라는 점에 중요한 특징이 있다. 즉, 극단 산하 전반기 차범석 희곡의 특징을 요약하자면 '여성, 소수자의 성적 욕망을 소재로 한 대중 취향의 장막극'이라는 점으로 집약할 수 있을 것이다. 이러한 점에서 극단 산하 전반기 공연작 중에 특히 「산불」, 「청기와집」, 「열대어」, 「장미의 성」, 「왕교수의 직업」, 「환상여행」(국립극단, 1972) 등은 주목을 요한다. 「산불」, 「청기와집」, 「장미의 성」, 「환상여행」은 여성의 억

---

27) 차범석, 「10년 전의 그 꿈을」, 『극단 산하 10년사』(극단 산하, 1974), 2~3쪽.
28) 위의 책, 40~45쪽.

압된 성적 욕망의 문제를 다뤘다는 점에서 무척 흥미롭다. 「산불」의 경우 6·25전쟁기 징집, 징용, 전사, 처형, 행불 등 여러 이유로 남성들이 부재한 지리산 산골 마을에 남아 생존을 영위하는 여성 인물들에게 억압된 성적 욕망의 해소 기회가 다가왔을 때 욕망과 윤리 사이의 갈등에서 그들이 어떻게 행동할 것인지에 대해 제시한 작품이었음에 대해 앞서 살펴본 바 있다. 욕망과 윤리 사이의 갈등이라는 소재는 연극의 대중성을 지향하는 극단 산하의 슬로건에 부합하는 작품이었으므로 「산불」은 재공연작인데도 극단 산하의 레퍼토리 목록에 포함된 것으로 보인다.

「청기와집」(1964)은 농촌의 몰락 지주 하대덕 가문 3대의 서사를 통해 기울어 가는 옛 명문가에서 빚어지는 여성들의 비애를 다루고 있다. 몰락 지주 하대덕에게 과거의 영광이 다시 재현될 가능성은 거의 보이지 않는다. 일제강점기에 대학을 다닌 장남 기용은 일정한 직업이 없이 정당만 따라다닐 뿐 생계에 전혀 도움을 주지 못할 뿐 아니라 설상가상 서울에서 첩을 두고 생활하고 있다. 둘째 아들은 6·25전쟁 때 납북되어 소식을 알 수 없는 상태이며, 경제학도 대학생 손주 재철은 총명하지만 허약 체질이라 장래가 불투명해 보인다. 그러던 차에 하대덕과 소작인 딸 일용네 사이에서 낳은 서자 일용이가 가출한 지 10여 년 만에 말끔한 '양복쟁이' 차림으로 고향에 돌아온다. 하대덕은 기대에 부풀었으나 일용이 지명수배 중인 사기범으로 밝혀져 경찰에 체포되어 끌려가고 일용네의 분노와 저주 속에 청기와집은 다시 침울함에 빠진다.

이 극은 외견상 하대덕을 중심으로 한 3대에 걸친 남성 중심의 서사로 읽히는 듯하지만 심층을 들여다보면 3대에 걸친 여성들의 억압된 성적 욕망의 서사로 점철되고 있음을 알 수 있다. 하대덕에게는 현재 부인인 후처 이씨 이외에 일용네라는 또 다른 후처 격의 여자가 있다. 소작인의 딸이자 부엌데기 일용네에게 서자 일용을 낳았으나 일용은 자식으로 인정받지 못해 겉돌고, 일용네도 후처로 인정받지 못하고 부엌데기 취급을 받는 신세다. 장남 하기용의 아내 정원은 서울에 첩 살림을 하는 남편으로부터 사랑받지 못한 채 몰락 지주 집안의 맏며느리라는 자부심 하나만 믿고 살고 있을 뿐이다. 6·25전쟁 때 납북되어 소식이 끊긴 차남의 아내 옥녀는 여전히 젊은 여성이지만 새로운 삶을 찾지 못하고 자신의 욕망을 참고 견디며 하대덕 집안의 둘째 며느리로 남아 있다. 객지 생활 10여 년 만에 집으로 돌아온 일용은 형수뻘 되는 옥녀에게 호의를 보이며 자신과 함께 서울로 가면 갱생할 수 있도록 돕겠다며 유혹한다.

> 일용: (거닐며) 낡은 청기와집에서 낡은 윤리나 부덕을 무슨 훈장처럼 자랑하는 형수씨는 거짓말쟁이죠. 사실은 연애도 하고 싶고 재혼도 하고 싶지만 양반집 며느리로서는 차마 못 하겠다는 게 아니에요. 그렇죠?
>
> 옥녀: (신경질적으로 어깨를 부르르 떨며) 그만, 그만해요! 나를 위로한다고 해 놓고서 나를 조롱하는군! 아…… (하며 두 손으로 얼굴을 싼다).
>
> 일용: (자기의 행동에 약간의 후회를 느끼며) 죄송해요, 형수! 그렇지만 저는 앞으로 형수만은 행복하게 해 드리겠어요. 제 일만 잘되면 약속하겠어요.
>
> 옥녀: (감동되어) 정말 나를 잊지 않고…….
>
> 일용: 예, 굳세게 사셔야죠. 죽은 승용 형님을 위해서보다 형수 자신을 위해서 새로운 출발을 하세요.
>
> 옥녀: 내가 그렇게 할 수 있을까?[29]

일용의 따뜻한 위안과 배려에 오랫동안 억눌러 온 옥녀의 억압된 욕망이 드러나려 할 때 일용이 지명수배 사기범으로 체포되어 끌려가면서 그녀의 욕망은 또다시 억압되고 만다. 이러한 점에서 옥녀는 「산불」에서 규복의 출현으로 인해 억압된 욕망이 실현될 뻔하다가 다시 좌절되고 마는 점례의 새로운 인물형 변주로 볼 수 있다. 과거에 번영을 누린 고풍스러운 청기와집은 3대를 이어 온 남성 가부장들이 존재하는 공간이지만, 여성들

---

29) 차범석, 「청기와집」, 『대리인』(선명문화사, 1969), 104쪽.

의 입장에서 볼 때 청기와집의 남성들은 있어도 없는 것과 마찬가지인 존재들이기에 남성 부재의 공간이라고 할 수 있다.

「장미의 성」(1968)[30] 역시 청기와집과 유사한 욕망의 유예 공간이라 할 수 있다. 여류 조각가 윤병희가 소유한 거대한 장미정원을 갖춘 서울 교외(관악산) 저택은 만인의 부러움과 호기심 대상이 되는 신비로운 공간이지만 내막을 알고 보면 남성 부재로 인한 억압된 욕망으로 고통을 겪는 상처의 공간이다. 외관상으로 보면 조각가 윤병희는 성공한 여류 명사로 언론의 조명을 받지만, 그것은 겉으로 화려한 장미꽃이 날카로운 가시를 품고 있는 것처럼 상처투성이의 아픔을 갖고 있는 인물이다. 한때 촉망받는 천재 화가였던 남편 배영도가 동성애 대상인 미군 장교를 따라 가정을 저버리고 미국으로 가 버렸기 때문이다. 정확히 말하자면 윤병희가 남편의 동성애 사실을 알고 남편을 쫓아낸 것이고, 쫓겨난 배영도는 동성애 대상을 찾아 미국으로 건너간 것이다. 윤병희는 딸 윤상애에게도 아버지 배영도의 존재를 감춘 채 장미의 성(城)에 비밀의 장막을 쳐 놓고 고고한 여류 명사로 살아간다.

> 병희: 김 선생님! (마음의 화평을 되찾으려고 애쓰며) 아까도 제가 말씀 드렸지만 그이가 한 여성을 사랑했던들 저는 이렇게 참혹한 생각으로 세월을 보내지는 않았을 거에요.
>
> 한기: 그럼 여자가 아니었습니까?
>
> 병희: 그이가 따라간 사람은 미국 군인이었어요. (낮게) 캡틴 맥클레이!
>
> 한기: (너무나 뜻밖의 사실에 압도되어) 맥클레이 대위?
>
> 병희: (길게 숨을 뱉고) 그리고 그가 바로 그 사람을 내 곁에서 떠나가게 한 사랑의 마술사였죠. (체념한 사람처럼) 이제 모든 것을 아셨지요?
>
> 한기: 음! (하며 모든 비밀을 눈치 차린 듯 고개를 끄덕인다)

---

30) 「장미의 성」은 1968년 10월 10~14일 표재순 연출로 국립극장에서 상연되었고, 《현대문학》(1968. 11~1969. 2)에 게재되었다. 제3회 삼일연극상 대상을 수상했다.

(중략)

　한기: 윤 여사! 그런 비밀이 숨어 있는 줄은 몰랐군요.

　병희: **철저한 비밀**이었지요. 우리 식구들도 모르는 혈육에게는 더구나 입
밖에 낼 수 없는 **불결과 굴욕** 때문에 저는 대리석처럼 차게 굳어질 수밖에
없어요. 그 반항 의식이 바로 저 「능욕」이라는 작품을 낳게 한 거에요.[31] (강
조는 인용자)

　윤병희와 미술 평론가 김한기의 대화를 통해서 나타나듯이, 윤병희는
남성 부재의 공간인 장미의 성에 하나의 왕국을 구축하고 추한 존재인 남
성에 대한 '불결과 굴욕'의 감정을 장미정원의 화려함 밑에 철저한 비밀로
감추며 살고 있다. 추한 존재 = 남성이라는 이미지는 동성애자인 남편 배
영도와 그 동성애 연인 맥클레이 대위로 인해 구성된 것임은 말할 나위도
없다. 그러나 장미정원으로 둘러싸인 그녀의 여류 조각가로서 성공 신화
의 성채는 모두 위선과 허위로 구축된 것임이 차츰 드러난다. 그녀가 배영
도를 닮은 청년을 상애의 가정교사로 들이고, '능욕'이라고 이름 붙인 자
신의 조각을 애무하고, 자신이 키우는 두 마리의 검은 개를 목욕시키며
자신의 성적 욕망을 해소하고 있었다는 사실이 밝혀지자 딸 상애는 충격
에 빠져 윤병희가 아끼는 개들을 사냥총으로 사살해 버리고 만다. 동성애
자라는 이유로 배영도를 쫓아냈던 윤병희 역시 자신의 욕망 충족을 위해
이상성애(異狀性愛)도 불사하는 위선자라는 점에서 윤리적으로 더 나은
점이 전혀 없다는 충격적 사실이 폭로되는 것이다.

　「장미의 성」에서 성소수자의 동성애 문제를 다룬 차범석은 「열대어」
(1966)[32]를 통해 국제결혼으로 인한 인종 문제를 다루었다. 양병섭 원장
의 아들 진우는 미국 유학 중에 같은 대학에서 만난 흑인 여성 그로리아
와 몰래 결혼하고 귀국해서 가족을 충격에 빠지게 만든다. 독실한 기독교

---

31) 차범석, 「장미의 성」, 『대리인』, 266~267쪽.
32) 「열대어」는 1966년 4월 6~10일 표재순 연출로 국립극장에서 상연되었다.

신자인 어머니 이마리아는 딸과 합세해 흑인 여성을 며느리로 받아들이는 것을 단호히 거부하며 아들과 갈등을 겪는다. 그로리아는 자신이 흑인이라는 이유로 냉대와 멸시를 받는다고 생각하고 점점 히스테리컬한 반응을 보이다 마침내 광기를 드러내며 열대어가 담긴 어항을 부수면서 시댁의 보수적 윤리의식에 강하게 저항한다.

「열대어」의 혼사(婚事) 장애 구조에 기반을 둔 멜로드라마 구조는 임선규의 「사랑에 속고 돈에 울고」와 크게 다를 바가 없어 보인다. 「사랑에 속고 돈에 울고」의 시어머니/기생 며느리(홍도)의 갈등 구조가 「열대어」에서는 시어머니/흑인 며느리(그로리아)로 재구조화된 것으로 볼 수 있는 것이다. 또 한 가지 흥미로운 점은 결코 화해할 수 없는 신구 세대의 윤리의식은 공간적 구분을 통해 시각화된다는 점이다.

(무대) 한적한 주택가에 있는 양내과 의원의 일부.
마루를 사이에 두고 두 칸 반 넓이의 **온돌방**과 그보다는 훨씬 넓어 보이는 **양실**이 무대의 대부분을 차지하고 있다.
양실은 원래가 '썬룸'으로 쓰였던 걸 방으로 개조하였으며 삼면이 유리창으로 칸을 막아서인지 밝고 훤한 햇볕이 방 안에 가득 찼다.
유리창엔 화사스런 커텐이 드리워져 있으며 연극이 진행되는 동안 필요에 따라 칸막이 구실을 하게끔 되어 있다.[33] (강조는 인용자)

그로리아: 양? 어디 가요?
진우: 그로리아.
그로리아: 여보. 나 다 들었어요. 다…….
진우: 걱정 말어. 나는 무슨 일이 있어도 이 한국 땅에다가 그로리아를 버리지 않을 테니까. 나를 믿어요.

---

33) 차범석, 「열대어」, 『대리인』, 141쪽.

그로리아: (감격과 비애에 얼룩진 표정으로) 여보! (하며 품에 안긴다)

진우: 갑시다. 우리 두 사람만의 어항 속으로 돌아가요.

하며 양실로 들어간다.

멀리 야간열차의 기적 소리가 서글프다.[34)]

양병섭 원장과 이마리아 부부의 공간은 전통적 윤리를 상징하는 '온돌방'으로 재현되고, 미국에서 온 진우와 그로리아 부부의 공간은 서구(현대)적 윤리를 상징하는 '양실(洋室)'로 설정되어 있다. 양병섭과 이마리아의 아들 진우가 부모에게 외면당한 미국인 아내 그로리아에게 양실로 돌아가며 "우리 두 사람만의 어항 속으로" 돌아가자고 한 표현은 매우 의미심장하다. 이인종(異人種) 간의 결혼을 불온시하는 보수적 윤리 환경에서 이인종 부부의 실존 공간은 폐쇄된 어항과 같은 공간일 수밖에 없을 것이다. 전통적 윤리의식과 현대적 윤리의식의 대결 구도를 온돌방과 양실로 양분한 시각적 분리의 설정은 무대 구조물을 통해 관객에게 감각적으로 다가왔을 것이다.

5 아메리카라는 은유: 결론을 대신하여

「열대어」의 무대에 나타난 온돌방과 양실의 대위 구조는 차범석 희곡의 근본적 갈등 구조가 전통과 현대의 대립에 있음을 극명하게 보여 주는 것이다. 이미 1950년대 희곡 「불모지」에 잘 나타나는 것처럼 전통 혼구(婚具) 대여업을 하며 가계를 꾸리는 최 노인으로 대표되는 구세대는 변화하는 도시화, 근대화의 세태에 적응하지 못하고 절망한다. 최 노인과 대립하는 신세대의 미래가 어둡고 암담하기는 마찬가지다. '한국의 킴 노박'을 꿈

---

34) 위의 책, 188쪽.

꾸며 영화배우가 되려던 딸 경애는 사기를 당해 자살하고, 전쟁에서 돌아온 제대군인 아들 경수는 권총 강도를 기도하다가 경찰에 잡혀 끌려간다. 도시화, 근대화에 적응한 신세대의 현대적 삶이 피폐하기는 마찬가지인 것이다. 「열대어」에서 전통적 가치관을 고수하며 흑인 며느리를 배척하는 구세대나 현대적 가치관을 주장하며 이인종 간의 결혼을 밀어붙이는 신세대 모두 화해의 접점을 찾을 수 없는 파멸의 길로 가는 결말을 보여 주고 있다. 「장미의 성」의 경우는 윤병희와 배영도의 갈등이 세대 갈등 양상을 보여 주는 것은 아니지만 이성애의 전통적 모럴 대 동성애의 반(反)전통적 모럴 사이의 윤리적 갈등이 드러나는데, 전통적 모럴의 입장이든 반전통적 모럴의 입장이든 허위와 위선의 태도에 벗어나지 못하는 한 패배자이기는 마찬가지다.

차범석 희곡의 전통 대 현대의 대립 구조에서는 승자도 없고 패자도 없다. 전통적 가치와 윤리를 고수하는 자는 시대의 변화에 적응하지 못해 패배할 뿐이며, 현대적(반전통적) 가치와 윤리를 주창하는 자는 기성 질서와 사회 현실의 거대한 장벽에 막혀 좌초되고 만다. 차범석은 '뒷전으로 사라져 가는' 전자와 '좌절하며 쓰러지는' 후자에게 모두 안타까운 연민과 동정의 태도를 보이고 있다. 흥미로운 점은 우리 사회에 가치관과 윤리의식의 갈등과 대립을 불러일으키는 '현대성'의 존재가 차범석 희곡에서는 대부분 '미국'(아메리카)으로부터 건너온다는 것이다.

「불모지」에서 최 노인의 딸 경애를 죽음으로 몰아넣는 할리우드발(發) 영화배우의 꿈(한국의 킴 노박)도, 「계산기」에서 선량한 회계원의 집안에 감원 선풍의 공포를 불어넣은 계산기도, 「열대어」에서 평화로운 양병섭 원장 가정을 혼란으로 빠트리는 미국 유학생 아들과 흑인 며느리 그로리아도, 「장미의 성」에서 조각가 윤병희의 남편 천재 화가 배영도를 빼앗고 행복한 가정을 파탄으로 이끈 동성애자 미군 장교 맥클레이 대위도, 「왕교수의 직업」에서 히피족이 되어 돌아온 미국 유학생 아들 왕수다도 모두 '아메리카'를 통해 들어온 존재들이다. 즉, 차범석은 우리 사회의 가치와 윤리 질서에 파문을 일으켜 신구 세대 간에 갈등, 대립을 초래하는 현대성의 상징적 존재를 아메리카로 표상하고 있는 것으로 보인다. 전통적 윤리와 가치 질서에 파문을 불러일으키는 새로운 윤리와 가치 질서가 대체로 첨단의 현대성을 지닌 자유 문명국가 '아메리카'로부터 발원하기 때문일 것이다.

문제는 현대성의 발원지 미국(아메리카)을 보는 차범석의 태도가 이중적이라는 점이다. 반공 동맹국, 자유민주주의, 대중민주주의라는 체제, 제도 면에서 아메리카니즘에 대해 긍정적 관점을 보이지만, 자유분방, 사치, 허영, 방종, 향락, 퇴폐라는 문화, 윤리 면에서는 아메리카니즘에 대해 부정적 관점을 보이는 양가적 태도가 나타난다는 것이다. 이는 2차 대전 직후 미국 점령 및 통치 아래 있었던 국가에서 일반적으로 나타난 현상으로 한국뿐 아니라 전후 일본에서도 아메리카니즘은 보수, 진보를 막론하고 지식인 사이에서 일본적 전통, 문화, 가치와 충돌하는 아메리카니즘에 대한 비판이 나타나게 된다. 가령, 일본 보수 지식인들은 평화헌법, 민주주의 등의 가치를 통해 일본의 전후 체제를 미국 식으로 규율하는 방식에 대해 불만을 갖고, 이에 거리를 두고 일본의 주체적 방식을 주장하는 태도를 보였고, 진보 지식인들은 반공 동맹, 자유시장주의를 거부하지만 평화헌법, 인권과 민주주의와 같은 미국적 규율에 대해서는 동의의 입장을 보였다.[35]

차범석의 아메리카니즘에 대한 문제의식은 대체로 일본의 보수 지식인들의 태도에 가까운 것이라고 볼 수 있다. 이러한 아메리카니즘에 대한 이중적 태도는 차범석을 비롯한 동시대 다른 작가들에게도 자주 엿볼 수 있는 현상이다. 미국에서 펼쳐지는 한국인들의 연애담을 소재로 한 김말봉의 장편소설 『방초탑』(《여원》, 1957. 2~1958. 2)에서 인물들의 자유분방하고 방탕한 미국식 연애 방식에 대해 작가는 비판적 태도를 보이는데, 이들 중

---

35) 장인성, 「일본 보수 지식인의 전후/탈전후 의식과 '아메리카'」, 《국제정치논총》 59집, 2019, 245쪽.

에 작가는 동양적 미덕에 서구적 매너와 교양을 조화롭게 겸비한 인물인 장정실에 대해서는 우호적 입장을 보여 준다.[36] 작가는 이러한 태도를 통해 미국적(서구적)인 것을 한국적 가치와 전통에 맞게 소화하고 내면화해야 함을 역설하고 있는 것이다. 아메리카니즘에 대한 차범석의 입장도 동시대 작가 김말봉의 태도와 유사한 것이라고 볼 수 있다. 1950~1960년대 한국문학에 나타나는 아메리카니즘에 대한 이중적 태도는 이 시기 일본 대중소설과 여성 연애소설이 한국 작가에 영향을 미쳤던바,[37] 이러한 과정에서 미국화 현상이 전통적 풍속, 윤리에 끼친 부정적 영향에 대한 비판의식이 공유, 확산되었을 것이라고 보인다.

차범석 희곡 중에 신구 세대의 갈등에서 낡은 세대의 몰락과 새로운 세대의 희망을 확연하게 구분해 보여 준 작품으로 4·19혁명의 정신이 반영된 「껍질이 째지는 아픔 없이는」이 돋보이는데, 여기서 신세대 주인공인 음대생 대영이 피아니스트를 꿈꾸며 미국 유학을 준비하다 결국 '미국행'을 포기하고 부정선거 반대 시위 대열에 합류하는 결말은 매우 의미심장하다. 미국이 현대성의 총아라 할지라도 오늘 한국 사회의 문제 해결의 방안은 '아메리카'가 아니라 '지금 이곳'의 현실에서 찾아야 하는 것이라는 차범석의 리얼리스트로서의 현실 인식을 보여 주는 대목이기 때문이다.

그러나 아쉬운 점은 「껍질이 째지는 아픔 없이는」에 나타난 날카로운 리얼리스트적 정치의식이 5·16군사정변의 등장으로 얼마 가지 못하고 수그러들고 말았다는 점이다. 더 정확하게 말하자면 4·19혁명의 좌절과 5·16군사정변에 의한 군사정권의 등장이라는 엄혹한 정치 현실에 차범석이 작가로서 적극적으로 대응하지 못하고 소극적으로 현실을 수리했다는 것이

---

36) 임정연, 「1950년대 새로운 '통속'으로서의 아메리카니즘과 '교양' 메커니즘」,《현대문학이론연구》63집, 2015, 344쪽.

37) 손혜민, 「'전후' 여성 연애 서사와 청년 대중문화 — 1960년대 일본 대중소설과 여성 연애소설의 상호 텍스트성을 중심으로」,《현대문학의 연구》79호, 2023 참조.

다. 이는 사실주의 극작가로서 차범석이 지닌 뼈아픈 현실 인식의 한계라
고 할 수 있을 것이다.

참고 문헌

단행본 및 자료

차범석, 『껍질이 째지는 아픔 없이는』, 정신사, 1960

차범석, 「청기와집」, 『대리인』, 선명문화사, 1969

차범석, 『예술가의 삶, 차범석』, 혜화당, 1993

차범석, 『떠도는 산하』, 형제문화, 1998

차범석, 『한국 소극장 연극사』, 연극과 인간, 2004

유민영·전성희 편, 『차범석 전집 (1~12)』, 태학사, 2018

극단 산하 편, 『극단 산하 10년사』, 극단 산하, 1974

김향, 『현대 연극 문화와 차범석 희곡』, 연극과 인간, 2010

논문

신봉승, 「불모지의 풍속도: 차범석론」, 『현대 한국문학 전집 (9)』, 신구문화사, 1966

천승준, 「파국의 드라마: 「불모지」, 「산불」」, 『현대 한국문학 전집 (9)』, 신구문화사, 1966

차범석, 「무엇을 어떻게 쓸 것인가」, 『현대 한국문학 전집 (9)』, 신구문화사, 1966

유민영, 「변천하는 사회의 풍속도: 차범석론」, 『한국 현역 극작가론 (2)』, 예니, 1988

정호순, 「차범석의 리얼리즘 희곡 연구 ― 1950년대 작품을 중심으로」, 《한국 극예술연구》 8집, 1998

이승희, 「1960년대 차범석 희곡 연구」, 《한국극예술연구》 11집, 2000

김향, 「차범석 희곡의 극적 재현 방식의 변모 과정」, 연세대 박사 논문, 2008

김경남, 「차범석의 「태양을 향하여」 개작 양상 연구」, 《한민족어문학》 60집, 2012

이봉범, 「불온과 외설 ── 1960년대 문학 예술의 존재 방식」, 《반교어문연구》 36집, 2014

손혜민, 「잡지 《문화세계》 연구」, 《한국근대문학연구》 29호, 2014

이영석, 「1950년대 '현대극'으로서 사실주의 연극의 양상」, 《한국극예술연구》 47집, 2015

임정연, 「1950년대 새로운 '통속'으로서의 아메리카니즘과 '교양' 메커니즘」, 《현대문학이론연구》 63집, 2015

구민아, 「점령기 일본의 '도회 희극'에 나타난 전후 민주주의와 아메리카니즘」, 《씨네포럼》 27호, 2017

장인성, 「일본 보수 지식인의 전후/탈전후 의식과 '아메리카'」, 《국제정치논총》 59집, 2019

최상민, 「『껍질이 째지는 아픔 없이는』 재고」, 《문화와 융합》 47집, 2020

김기란, 「차범석 「산불」에 나타나는 멜로드라마의 양식적 특징 독해」, 《한국연극학》 81호, 2022

손혜민, 「'전후' 여성 연애 서사와 청년 대중문화 ── 1960년대 일본 대중소설과 여성 연애소설의 상호 텍스트성을 중심으로」, 《현대문학의 연구》 79호, 2023

1924년	11월 15일, 전남 목포시 북교동 184번지에서 부친 차남진, 모친 김남우 사이에서 3남 2녀 중 차남으로 출생.
1932년	목포제일보통학교(현재 북교초등학교) 입학.
1938년	광주고등보통학교(현재 광주제일고등학교) 입학.
1942년	광주서중(광주고보에서 개명) 졸업. 대학 진학에 실패하고, 2년간 일본 도쿄에서 대입 재수 생활을 하다가 귀국함.
1944년	광주사범학교 강습과 입학.
1945년	3월, 목포 북교초등학교에 2종 훈도(교사)로 근무. 6월, 일본군에 징집되어 제주도에서 복무 중 해방을 맞음. 8월, 북교초등학교 복직.
1946년	9월, 연희전문학교 문과 입학.
1947년	9월, 학제 변경에 따라 연희대학교 영문학과에 편입함. 연희극예술연구회(연희극회)를 조직하여 대학극 활동을 시작함.
1949년	10월, 연희극회를 이끌고 연극 「오이디푸스 왕」(번역, 연출)으로 제1회 전국대학연극경연대회에 참가하여 단체 우수상, 연출상을 수상함. 대학연극경연대회에 참가한 각 대학 극회 동인 김경옥, 최창봉, 조동화, 김지숙 등과 함께 '대학극회'를 조직함.
1950년	6·25전쟁 발발로 학업을 포기하고 목포로 피난함. 이후 5년간 목포중학교 교사로 근무함.
1951년	처녀작 「별은 밤마다」를 목포문화협회 주최 예술제에서 상연

함. 장남 순환 출생.

1952년	목포 해군 경비부 정훈실에서 발간한 잡지 《전우》에 희곡 「닭」(1막), 「제4의 벽」(1막)을 발표.
1953년	월간지 《갈매기》에 희곡 「윤씨 일가」(3막)와 「잔재」(3막)를 발표함. 장녀 혜영 출생.
1955년	《조선일보》 신춘문예에 희곡 「밀주」가 가작 입선함. 차녀 혜진 출생.
1956년	《조선일보》 신춘문예에 희곡 「귀향」이 당선됨. 소설가 박화성의 소개로 서울 덕성여고로 직장을 옮김. 5월, 김경옥·최창봉·구선모·조동화·노희엽·최상현 등과 함께 제작극회를 창단. 차남 순주 출생.
1957년	「불모지」(《문학예술》 1957. 9) 발표.
1958년	「계산기」(《현대문학》 1958. 3·4) 등을 발표. 「불모지」, 「공상도시」를 제작극회에서 공연함. 삼남 순규 출생.
1959년	「성난 기계」(《사상계》 1959. 2) 발표.
1960년	희곡집 『껍질이 째지는 아픔 없이는』(정신사)을 출간.
1961년	3월, 덕성여고를 사임하고, 문화방송 연예과장 취임. 이후 CM과장, 제작부장, 편성부국장을 역임함. 「껍질이 째지는 아픔 없이는」(4막)을 제작극회에서 공연함. 「태양을 향하여」(4막)를 국립극단에서 공연함.
1962년	「산불」(5막)을 국립극단에서 공연함.
1963년	6월, 극단 신협 재기 기념으로 「갈매기떼」를 공연함. 9월 28일, 오화섭·이기하·하유상·김성옥·이순재·김유성·오현경 등을 동인으로 극단 산하를 창단.
1964년	「청기와집」(4막)을 잡지 《세대》(1964. 2)에 발표.
1965년	국제펜클럽 중앙위원으로 피선. 국제 펜대회 뉴욕회의에 한국 대표로 참가. 연세대 영문학과 4학년에 복학함.

1966년	「열대어」를 극단 산하에서 공연함. 연세대학교 영문학과 졸업.
1968년	한국연극협회 이사장에 취임. 「장미의 성」(4막)을 극단 산하에서 공연함.
1969년	희곡집 『대리인』(선명문화사) 출간. MBC TV 개국 준비 요원으로 일본 NHK에서 2개월간 연수 교육을 받음. 「대리인」(4막)을 극단 산하에서 공연함.
1970년	「왕교수의 직업」(5막)을 극단 산하에서 공연함.
1971년	문화방송(MBC) 사임. 간염으로 입원 치료함.
1972년	『환상여행』(10장)을 국립극단에서 공연함.
1973년	『새마을연극 희곡 선집』(세운문화사)을 출간함. 한국문화예술진흥원 이사 선임.
1974년	「약산의 진달래」(5막), 「새야새야 파랑새야」(2막 7장)를 극단 산하에서 공연함. 「활화산」(5막 6장)을 국립극단에서 공연함.
1975년	희곡집 『환상여행』(어문각)을 출간함. 제2회 반공문학상 수상.
1976년	「손탁호텔」(5막)을 국립극단에서 공연함.
1977년	「화조」(9장)를 극단 광장에서 공연함. 「학살의 숲」(4막)을 국립극단에서 공연함.
1980년	MBC TV 드라마 「전원일기」를 1년간 집필.
1981년	「학이여 사랑일레라」(12장)를 여인극장이 공연함. 대한민국연극제에서 희곡상을 수상함. 대한민국 예술원 정회원 피선.
1982년	희곡집 『학이여 사랑일레라』(어문각)를 출간함. 대한민국 예술원상 수상.
1983년	극단 산하를 해산함. 청주대학교 예술대학 연극영화학과 출강. 제7회 동랑연극상 수상. 제4회 방송대상 라디오 극본상 수상. 서울극작가그룹 회장에 선임됨.
1984년	청주대학교 예술대학장 취임. 회갑 기념 수필집 『거부하는 몸짓으로 사랑했노라』(범우사) 출간.

1985년	희곡집 『산불』(범우사) 출간.
1986년	서울 88예술단 단장에 취임함.
1987년	평론집 『동시대의 연극 인식』(범우사) 출간. 「꿈하늘」(18장)을 국립극단에서 공연함.
1988년	청주대학교 교수협의회 초대 회장으로 취임.
1989년	청주대학교 교수직 사임. 서울예술대학 극작가 교수로 취임.
1990년	야마네 마사코 수기 『머나먼 여로』(서울신문사)를 번역 출판함.
1991년	'연극의 해' 집행위원장에 선임됨.
1992년	희곡집 『식민지의 아침』(학고방) 출간. 「청계마을의 우화」(5막)를 극단 세미에서 공연. 「안네 프랑크의 장미」(9장)를 국립극단에서 공연함.
1993년	제3회 이해랑 연극상 수상. 회고록 『예술가의 삶, 차범석』(혜화당) 출간. 희곡 「산불」을 '한국현대연극의 재발견 시리즈'로 극단 연우무대에서 공연함.
1994년	고희기념 수필집 『목포행 완행열차의 추억』(융성출판) 출간. 「바람 분다 문 열어라」(7장)를 극단 신시에서 공연함.
1995년	대한민국 예술원 부회장에 피선됨. 서울예술대학 교수직을 사임함.
1998년	한국문예진흥원 원장에 취임. 자서전 『떠도는 산하』(형제문화) 출간.
2001년	「그 여자의 작은 행복론」(8장)을 극단 산울림에서 공연함.
2002년	대한민국 예술원 회장 취임.
2003년	희곡집 『옥단어!』(푸른사상사) 출간. 「옥단어」(10장)를 극단 연희단거리패에서 공연함.
2006년	6월, 향년 82세로 별세.

차범석 작품 연보

발표일	분류	제목	발표지
1951	연극	별은 밤마다	갈매기, 목포문화 협회 예술제 공연
1952	희곡	닭/제4의 벽	전우
1952	연극	저주	목포중학교 제1회 예술제 공연
1953	희곡	윤씨 일가/잔재	갈매기
1953	연극	달 뜨는 무렵	목포중학교 제2회 예술제 공연
1954	연극	백의	목포중학교 제3회 예술제 공연
1955. 1. 1	희곡	밀주	조선일보
1956. 1. 4~6	희곡	귀향	조선일보
1957. 2	희곡	무적	문학예술
1957. 9	희곡	불모지	문학예술
1957. 12	희곡	사등차	자유문학
1958	희곡	공상도시	『희곡 5인 선집』, 성문각
1958. 3 · 4	희곡	계산기	현대문학
1958. 7. 26~28	연극	불모지	제작극회 공연

발표일	분류	제목	발표지
1958. 3. 29~30	연극	공상도시	제작극회 공연
1959. 2	희곡	성난 기계	사상계
1959. 4	희곡	나는 살아야 한다	신문예
1960	희곡집	껍질이 째지는 아픔 없이는	정신사
1960. 5	희곡	분수	사상계
1961. 4. 21~25	연극	껍질이 째지는 아픔 없이는	제작극회 공연
1961. 10. 5~9	연극	태양을 향하여	국립극단 공연
1962. 12	희곡	공중비행	사상계
1962. 12. 25~29	연극	산불	국립극단 공연
1963. 5~7	희곡	산불	현대문학
1963. 6. 6	연극	갈매기떼	극단 신협 공연
1964. 2	희곡	청기와집	세대
1964. 3. 27~31	연극	청기와집	극단 산하 공연
1965. 6. 3~7	연극	풍운아 나운규	드라마센터 공연
1966. 4. 6~10	연극	열대어	극단 산하 공연
1968. 10. 10~14	연극	장미의 성	극단 산하 공연
1968. 11 ~1969. 2	희곡	장미의 성	현대문학
1969	희곡집	대리인	선명문화사
1969. 7	희곡	안개소리	월간문학
1969. 9	연극	대리인	극단 산하 공연
1970. 9. 9~13	연극	왕교수의 직업	극단 산하 공연
1970. 10~1971. 1	희곡	왕교수의 직업	현대문학
1971. 11 ~1972. 1	희곡	환상여행	현대문학

발표일	분류	제목	발표지
1972. 2. 1~7	연극	환상여행	국립극단 공연
1973	편저	새마을연극 희곡 선집	세운문화사
1973. 2	희곡	위자료	현대문학
1974. 4. 4~8	연극	약산의 진달래	극단 산하 공연
1974. 11. 7~11	연극	새야새야 파랑새야	극단 산하 공연
1974. 2. 26~3. 6	연극	활화산	국립극단 공연
1975	희곡집	환상여행	어문각
1976. 1	희곡	간주곡	한국연극
1976. 6. 10~13	연극	손탁호텔	국립극단 공연
1977. 1	희곡	화조	한국연극
1977. 9. 9~14	연극	화조	극단 광장 공연
1977. 11. 24~28	연극	학살의 숲	국립극단 공연
1978. 1~3	희곡	학살의 숲	현대문학
1980	극본	전원일기	MBC
1981. 9. 30 ~10. 5	연극	학이여 사랑일레라	여인극장 공연
1982	희곡집	학이여 사랑일레라	어문각
1984	수필집	거부하는 몸짓으로 사랑했노라	범우사
1985	희곡집	산불	범우사
1986. 7	희곡	식민지의 아침	예술계
1987	평론집	동시대의 연극 인식	범우사
1987. 3. 18~27	연극	꿈하늘	국립극단 공연
1989. 9. 8~13	연극	사막의 이슬	극단 대하 공연
1992	희곡집	식민지의 아침	학고방
1992. 9. 6~9	연극	안네 프랑크의 장미	국립극단 공연

발표일	분류	제목	발표지
1992. 9. 9~14	연극	청계마을의 우화	극단 세미 공연
1993	자서전	예술가의 삶, 차범석	혜화당
1994	수필집	목포행 완행열차	융성출판
1994. 9. 13~19	연극	바람 분다 문 열어라	극단 신시
1998	자서전	떠도는 산하	형제문화
2000	희곡집	통곡의 땅	가람기획
2001. 10. 30 ~11. 25	연극	그 여자의 작은 행복론	극단 산울림
2003	희곡집	옥단어!	푸른사상사
2003. 12. 13~20	연극	옥단어	극단 연희단거리패
2004	학술서	한국 소극장 연극사	연극과 인간
2005. 4. 8~24	연극	무정해협	서울시극단 공연 (원제「침묵의 해협」에서 개제)
2018	희곡	바다는 넘치지 않는다/악어새	『차범석 전집 (8)』, 태학사

작성자 이상우 고려대 교수

(비)동시성의 심상지리와 '현실의 문학'

최일수와 1950년대 한국문학의 비평적 좌표

최진석 | 서울과학기술대학교 교수

1 최일수, 한국 현대 비평의 기획

1955년 「현대문학과 민족의식」으로 평단에 첫발을 디딘 최일수에 대한 조명은 비교적 최근에 이루어진 편이다.[1] 2000년을 전후해 비로소 활성화된 최일수 비평에 관한 연구는 다양한 관점에서 이루어졌는데, 그 주요한 경향은 세 가지 정도로 나누어 볼 만하다. 첫째, 전후 한국문학장과 지식장을 풍미하던 실존주의적 휴머니즘에 대해 비판적 입장 개진,[2] 둘째, 문

---

1) 1996년 연세대 박사 학위 논문으로 제출된 한수영의 「1950년대 한국 문예비평론 연구: 민족문학론, 실존주의문학론, 모더니즘론을 중심으로」가 나오기 전까지 최일수의 1950년대 비평에 대해서는 박헌호의 「50년대 비평의 성격과 민족문학론으로의 도정」이 유일한 것으로 간주된다. 한수영, 「비평가 최일수와 그의 '민족문학론'에 대하여」, 한수영 엮음, 『최일수 선집』(현대문학, 2012), 468쪽.

2) 나종석, 「1950년대 한국에서의 실존주의 논쟁과 사회비평의 가능성 — 최일수의 '민족적 리얼리즘'을 중심으로」, 《가톨릭철학》 16, 한국가톨릭철학회, 2011.

학의 현대성에 관한 성찰,[3] 셋째, 민족문학의 이론적 정초[4] 등이 그것이다.[5] 특히 마지막의 경우, 그의 비평적 주제가 일제강점기에 싹튼 민족문학론과 1970년대의 민족문학론을 연결하는 잠재적 교량으로 기능했다는 점이 강조되었고, 이는 한국 현대문학비평의 연속성을 다지는 중요한 고리로 간주된다. 그 외에도, 활동 초기부터 모습을 드러낸 세계문학에 대한 주목 역시 중요하다.[6] 최일수 비평에 쏟아진 이 같은 관심과 열기는 비단 비평가 개인에 대한 조명일 뿐 아니라 1950년대 비평사의 새로운 발견이기도 했다.[7]

하지만 최일수를 둘러싼 이 같은 논의는 어느 정도 일단락되는 느낌이다. 이는 1960년대에 접어들며 그의 비평 활동이 다소 둔화되고, 민족문학론 역시 현저한 진전을 보여 주지 못했다는 평가가 내려지는 탓이다.

---

3) 전승주, 「1950년대 비평에서의 '현대성' 인식」,《어문연구》 30(3), 한국어문교육연구회, 2002; 박필현, 「최일수 비평의 '현대성'과 새로운 '공통성'」,《한국문예비평연구》 24, 한국현대문예비평학회, 2007.

4) 한수영, 「최일수 연구: 1950년대 비평과 새로운 민족문학론의 구상」,《민족문학사연구》 10, 민족문학사학회, 1997; 이상갑, 「민족과 국가, 그리고 세계 — 최일수의 민족문학론」,《상허학보》 9, 상허학회, 2002; 이나영, 「1950년대 최일수 민족문학론 연구」,《문화와융합》 25, 한국문화와융합학회, 2003; 전승주, 「1950년대 한국문학비평 연구 — '전통론'과 '민족문학론'을 중심으로」,《역사비평》 68, 역사비평사, 2004.

5) 이 세 주제는 최일수 연구에서 공통적으로 거론되기에 상당 부분 겹친다.

6) 임지연, 「1950년대 최일수의 세계문학론 연구」,《비평문학》 60, 한국비평문학회, 2016.

7) 정학재, 「최일수 문학비평 연구 — 1950년대 비평담론의 장을 중심으로」,《한국언어문화》 22, 한국언어문화학회, 2002; 하상일, 「1950~1960년대 최일수 문학비평 연구」,《한국문학논총》 40, 한국문학회, 2005; 손자영, 「최일수 문학비평 연구 — 1950년대 '문학장'과 '차질'의 논리를 중심으로」,《이화어문논집》 27, 이화어문학회, 2009. 최일수의 비평을 종합적 측면에서 고찰하고 구조적 논리를 밝히는 글도 꼽아 볼 만하다. 이명원, 「최일수 문학비평 연구」, 성균관대 박사 학위 논문, 2005; 황선희·이경수, 「최일수 비평의 내적 논리와 그 의미」,《우리문학연구》 74, 2022. 1950년대 문학과 비평에 대한 가장 부정적인 입안자는 김현이었다. 전후의 이 시기는 전통의 부재를 처음으로 인식한 세대가 나타났고, 서구에 대한 모방에서 크게 나아가지 못했다. 김현, 「테러리즘의 문학 — 50년대 문학 소고」,『현대 한국문학의 이론/사회와 윤리』(문학과지성사, 1991), 240~257쪽.

실제로 1960년대 비평의 주요한 길목에서 그의 이름은 잘 보이지 않고,[8] 1970년대의 진보적 민족문학론과 맺는 접점도 미약하다는 것이 중평이다.[9] 더욱이 등단 후 20년 후에야 상재된 첫 번째 평론집 『현실의 문학』(형설출판사, 1976)과 뒤이은 『민족문학신론』(동천사, 1983) 및 『분단헐기와 고루살기의 문학』(원방각, 1993)은 평력 40년에 비할 때 너무 약소하여 그의 활동을 시대적 의의 이상으로 규정짓기 어렵게 한다. 결과적으로 최일수의 비평은 1950년대의 비평사적 맥락 및 이후의 단초라는 점에서만 의미화되는 형편이다.

이런 평가의 배면에는 등단 초기부터 최일수가 야심차게 제기한 다양한 주제들, 곧 실존주의와 휴머니즘 비판, 전통과 현대의 구분, 현대성과 세계성의 의미 규정, 민족문학과 세계문학의 방향 등이 강령적으로만 던져졌을 뿐 구체적인 비평을 통해 해결되지 못했다는 인식이 깔려 있다. 예컨대 분단 극복과 세계문학으로 나아가는 도정 속에 민족문학이 정초되어야 한다는 그의 주장에는 정언명령적 강령만 있지 실제적인 해결 방안은 나타나지 않았다는 비판이 그렇다.[10] 또한, 근현대 동서양의 문학과 세계문학사를 종횡하는 최일수의 비평은 거시적이고 장대한 안목을 갖지만 미시적이고 구체적인 세목에는 취약하며, 그런 만큼 추상적이라는 진단도 포함된다.[11] 이에 일정 부분 동의하면서도, 근현대문학이 본격 출범한 지 반

---

8) 1960년대에 최일수는 방송극본, 시극 등으로 관심을 확장했는데, 이는 1950년대 민족문학론과 민주주의론의 연장으로 파악되지만, 문학비평 본연의 관심사와 상대적으로 거리감을 둘 수밖에 없다. 김유미, 「1950~1960년대 최일수의 시극론을 통해 본 전통과 현대의 길항」, 《한국연극학》 76, 한국연극학회, 2020, 8~10쪽.

9) 이현식, 「다시 생각해 보는 민족과 민족문학 — 최일수, 백낙청, 채광석의 민족문제 인식을 중심으로」, 《현대문학의 연구》 13, 한국문학연구학회, 1999, 229쪽. 최일수의 민족문학론에 대한 주목이 1970~1980년대 리얼리즘과 민족문학론의 역투사 효과는 아닌지 의문이 던져지기도 한다. 김건우, 『사상계와 1950년대 문학』(소명출판, 2003), 15~16쪽.

10) 박필현, 「최일수 비평의 '현대성'과 새로운 '공통성'」, 342쪽. 한편, 이어령은 최일수를 '조연현의 대변인'으로 기억하며, 통일이라는 목적론에 경도된 이분법적 비평가로 규정했다. 강진호 외, 『증언으로서의 문학사』(깊은샘, 2003), 87~88쪽.

세기도 지나지 않았고, 전쟁의 폐허로 인해 운신의 폭이 극히 좁았던 1950년 대의 상황을 고려하지 않을 수 없다. 어쩌면 최일수의 비평은, 그가 예감했던 그대로 '새로운 시대'의 개시로서 의미를 지니며, 이로부터 태동할 창작과 비평의 새로운 흐름을 형성하는 형성기에 해당할지 모른다. 관건은 그에게 1950년대가 어떠한 의미로 결정화되었는지, 새로운 한국문학의 현실을 예기했다면 어떤 논리 속에 구축되었는지 가늠해 보는 데 있다.

'폐허의 철저성'은 1950년대 한국이 마주한 불가피한 현실성 자체였다.[12] 이런 현실의 부정성을 염두에 두며 우리가 검토할 것은 최일수 비평이 기댄 인식의 구조, 즉 당대 문학의 근거로서 1950년대가 열어 놓은 역사적 감각의 토대이다. 그가 추구했던 '현대성'은 당대의 '세계성'에 대한 감각과 뗄 수 없이 연결되어 있었다. 그는 '폐허'의 밑바닥에서 멀리 세계를 바라보고, 그로부터 가능한 한국문학의 향방을 짚어 보려 했다. 그것은 세계사와 한국사, 세계문학사와 한국문학사가 맺는 동시성의 감각이었다. 한국이 서구와 동일한 시공간에서 문학적 진전을 수행함으로써 현대성을 형성한다는 심상지리(imagined geographies)의 발상이 그 밑바탕에 깔려 있었다. 이 같은 동시성에 대한 믿음이야말로 최일수가 구상했던 1950년대 한국문학의 전망과 비평적 좌표의 근거를 이룬다.

이 글의 목적은 1950년대 최일수의 비평이 당대 현실에 대한 전향적 인식에서 비롯되었으며, 이는 세계사와 한국사의 동시성에 관한 심상지리에 기초해 있음을 보여 주는 데 있다. 한국문학의 현대성은 세계성을 매개로 구성되는 미래적 전망 속에 나타나고, 세계문학에 대한 지향은 한국문학

---

11) 예컨대 최일수는 헤밍웨이의 『노인과 바다』가 "탁월한 예술 소설의 공식"을 갖고 있음에도, 사회성과 모럴을 결여한 작품으로 보았다. 황선희·이경수, 「최일수 비평의 내적 논리와 그 의미」, 199쪽; "최일수의 세계문학론은 '장소' 없는 세계문학이며, '세계' 없는 세계문학이다." 임지연, 「1950년대 최일수의 세계문학론 연구」, 198~199쪽.

12) 김윤식, 「1950년대 한국문예비평의 세 가지 양상」, 『한국현대문학비평사론』(서울대출판부, 2000), 103쪽. 전후의 1950년대란 "모든 논리를 등지고 불치의 감탄사로" 말하지 않을 수 없는 시대였다. 고은, 『1950년대』(청하, 1989), 19쪽.

의 현대화를 담보하기 위한 이념적 배경으로 작용한다. 세계와 한국을 동시에 포착하고, 이로부터 '현실'을 새로이 정초하려는 최일수의 기획은 당대 역사에 대한 새로운 인식과 감각의 산물이었다. 이 탐구의 과정을 통해 우리는 서구적 근대성을 넘어서는 한국적 현대성의 출발점으로서 50년대 한국문학을 정초하려던 최일수의 기획을 엿볼 수 있을 것이다.

2 근대성, 비동시성의 동시성이라는 교착

역사에 대한 최일수의 인식과 감각을 검토하기 위해, 먼저 근대성의 동아시아적 경로를 되짚어 볼 필요가 있다. 잘 알려져 있듯, 근대성이란 서구 역사의 특정 시기에 나타난 세계관과 세계에 대한 상상 및 전유적 시각 전반을 일컫는다. 15~17세기에 걸친 지리상의 발견은 그 출발점으로서 유럽 제국의 식민주의적 진출을 촉발했다. 중동의 이슬람 지역은 고대부터, 중국으로 표상되는 아시아는 중세 이래로 널리 알려져 있었으나, 지리상의 발견과 식민주의가 추동한 유럽의 근대는 이전까지 알려지지 않았던 새로운 지구상의 영역들을 발견하도록 이끌었다.[13] 비유럽 세계라는 새로운 공간은 유럽 바깥의 지역에도 유럽인과 비슷한 인간종이 살고 있음을 알려 주었고, 유럽과는 판이한 삶의 생태가 존재함을 깨닫게 해 주었다.

하지만 유럽은 처음부터 비유럽을 자신과 동질적이거나 동등한 주체로 받아들이지 않았다. 근대 과학과 기술의 우월성에 기반한 유럽은 스스로를 문명적 존재로 자인했던 반면, 비유럽은 공간적으로 격절되어 있고 시간적으로 지체된 비등가적 존재로 표상되었다. 근대성은 유럽이 공간적

---

13) 심상지리, 즉 세계에 대한 지리적 관념 및 상상은 실제 물리적 감각을 통해 구체화된다. 가령 13~14세기를 세계사 성립의 기점으로 보는 입장은 당대 몽골제국의 유라시아 정복에 근거한다. 오카다 히데히로, 이진복 옮김, 『세계사의 탄생』(황금가지, 2002). 유사한 맥락에서 '근대 세계사'는 유럽이 비유럽 지역을 '발견'하며 생겨난 '발명'의 산물이라 할 만하다.

차이와 더불어 시간적 차이를 통해 자신과 타자를 발견/발명하는 과정이었다. 이러한 시·공간적 차이는 지리상의 발견을 통해 하나의 세계로 통합되며, 문명화의 정도에 따라 절합된다. 관건은 이 같은 세계의 비동시성을 어떻게 동시적인 시간성의 축 위에 정렬시킬 것인가에 두어졌다.[14] 비유럽 세계의 다양성은 유럽을 기준으로 삼는 단일한 관점과 지각, 감각에 의해 탈영토화되고 또한 재영토화되어야 했다.

단일한 세계 속에 공존하는 다양한 시차는 유럽 문명을 진보의 첨단이자 기준점으로 설정하는 방식으로 정렬된다. 진보(문명)와 퇴행(야만)의 양극적 분할이 그것이다. 18~19세기 동안 식민주의와 제국주의를 추진했던 유럽은 자신과 비유럽 사이의 시간적 차이, 즉 비동시성의 동시성을 '세계사'를 개념화함으로써 해결했다. 다시 말해, 세계는 진보를 향한 하나의 시간축에서 전개되는 이질적인 공간들의 분산으로 설명되고, 이들을 하나로 엮는 것이 인류사적 사명을 담지한 유럽의 사명으로 규정되었다. 이때 세계사와 함께 '인류사'라는 개념은 지구를 관통하는 공통의 시간적 축일 뿐 아니라 근대 유럽의 폭력적 지배를 합리화하는 이념적 기조로 제시된다.[15] 유럽인과 비유럽인은 비동시적 시간을 살아가는 동시대 인류의 각이한 요소들이다. 유럽이 주도하는 현대성(Modernity)은 진보의 첨단에 선 문명적 특질을 가리키며, 진보와 정체, 퇴행의 역사적 분할을 정렬시키는 통합축으로 기능한다. 물론, 이는 철학적 관념인 동시에 정치적 이념이었다.[16] 근대성이라는 문명의 외피 이면에는 정복과 지배, 통치의 정치학

---

14) 18세기 이래 서구 역사철학의 태동은 바로 이처럼 단일한 시간축 위에 흩어진 세계성의 구성에서 비롯되었다. 제럴드 휘트로, 이종인 옮김, 『시간의 문화사』(영림카디널, 1997), 9장.

15) 라인하르트 코젤렉, 황선애 옮김, 『코젤렉의 개념사 사전 2 — 진보』(푸른역사, 2010), 94쪽; 에밀 앙게른, 유헌식 옮김, 『역사철학』(민음사, 1997), 106쪽. 이는 '단 하나의 유일한 역사'라는 보편사의 기조와 일치한다. Georg Hegel, *The Philosophy of History*, trans. J. Sibree(Prometheus Books, 1991), p. 10.

16) 코젤렉, 『코젤렉의 개념사 사전 2』, 122~123쪽.

이 함축되어 있었다.

근대성의 시차, 곧 비동시성의 동시성을 극복하는 것은 동아시아가 직면했던 '근대의 기획'에서 가장 중요한 문제였다. 유럽 즉 '서구'를 척도로 삼는 단일한 시간성을 보편적인 것으로 설정하고, 비서구의 시간을 그에 통합시켜 자기 발전의 정도를 측정하려는 시도가 여기 해당한다. 근대 일본의 사상이 세계사를 문명과 반개, 야만이라는 발전 단계로 나누고, 유럽과 아시아, 아프리카를 일렬로 배열했던 것은 이 같은 보편성의 구조를 여실히 보여 준다.[17] 삼분할된 비동시성의 세계'들'이 통합되는 단일한 시간적 동시성의 지향점이 서구에 있으며, 이렇게 근대성은 곧 보편성으로 이념화되었다. 19세기 말부터 급격히 전개된 동아시아의 근대화는, 동도서기(東道西器)와 중체서용(中體西用), 화혼양재(和魂洋材)라는 구호와는 반대로, 서구적 근대의 보편성을 따라잡는 시간적 경주에 가까웠다.[18]

세계사의 시간적 분절과 단계화는 불균질한 공간적 상상을 낳는다. 심상지리는 역사적 격차에 따른 상이한 지역성을 지구라는 모판 위에 구상화한 이미지이다.[19] 오리엔탈리즘에 관한 논의에서 잘 알려져 있듯, 심상지리 즉 상상의 지리학은 주체(서양)를 정체화할 뿐만 아니라 타자(동양) 역시 정체화하는 개념적 도구를 가리킨다.[20] 근대 동아시아인은 서구에 비친 이미지를 통해 자신의 정체성을 형성했고, 보편에 대한 특수이자 역사의 후발 주자로서 자기의 역사철학적 위치를 가늠해야 했다. 이는 시간적으로는 후위에 있던 타자가 전위로 이동하며 주체가 되는 과정인 동시

---

17) 후쿠자와 유키치, 정명환 옮김, 『문명론의 개략』(홍성사, 1986), 21쪽. 세계사의 삼분할은 "세계의 국민이 모두 인정하는 것"이고, "분명한 사실"이자 "속일 수 없는 확증"으로 정당화된다. 역사의 시간적 배분은 "인류가 거쳐가게 되어 있는 단계"이기에 필연적이다.

18) 고사카 시로, 최재목 외 옮김, 『근대라는 아포리아』(이학사, 2007), 1~3장.

19) 이렇게 상상적으로 구성된 세계상은 현실에 대해 실제의 세계상보다 훨씬 강력한 영향력을 행사한다. 주체에게 가상의 시공간을 제시함으로써 현실을 경험하게 만들기 때문이다. Rose Mucignat, *Realism and Space in the Novel, 1795~1869*(Ashgate, 2013), ch. 1.

20) 에드워드 사이드, 박홍규 옮김, 『오리엔탈리즘』(교보문고, 2011), 126~127쪽.

에, 공간적으로 주변부에 산재하던 타자가 중심부로 이동함으로써 주체화 되는 여정을 뜻한다. 근대 동아시아인의 심상지리는 타자화된 자기를 주체로 변모시키기 위해 동원한 개념적 세계상에 다름 아니다.[21]

세계사적 보편성의 이론에서 전위와 후위, 주체와 타자는 고정불변하는 요소가 아니다. 거꾸로, 후진성은 이점을 갖는다. 후위는 전위의 성공과 실패를 학습함으로써 시간적 격차를 압축하고 공간적 차이를 축소할 가능성을 지닌다.[22] 이러한 도약을 성립시키는 요인은 혁명이나 전쟁과 같은 파국적 사건이다. 근대화의 후발 주자로서 일본은 20세기 초엽 서구를 따라잡는 데 성공했다고 자신했으나,[23] 2차 대전의 패배는 그것을 실패로 돌려 놓았다. 역설적으로, 세계대전은 서구의 근대성이 파탄에 직면하게 만듦으로써 후위의 타자들이 주체로 나설 수 있는 여지를 열었다. 비동시성의 동시성은 '동시성의 동시성'이라는, 후위의 주자가 마침내 전위와 발걸음을 나란히 하게 되었다는 상상을 낳고, 그로써 후위를 전위와 등가적인 중심이자 주체로 표상하도록 만든다.

최일수가 활동하던 1950년대는 어떤 심상지리적 좌표에 놓여 있었을까? 세계와의 동시적 연동에 대한 인식과 감각에 주의를 기울이며, 우리는 다음 세 가지를 고려해야 한다. 첫째, 서구를 현대성의 첨단으로 설정했던 근대의 시간 감각은 세계대전의 파국을 거치며 극복 불가능한 차이

---

21) '상상의 공동체'는 이러한 심상지리적 구도의 잘 알려진 사례이다. 신문과 잡지, 문학작품 등을 통해 사회의 실존을 상정하고, 문명화의 정도를 파악하는 것은 19세기 후반부터 아시아 전역에서 벌어졌던 공통적 현상이었다. 그것은 서구와 벌어진 시간적 격차를 좁히며, 근대 문명과의 거리감을 제거하는 과정을 말한다. 좁게는 하나의 '국가'를 상상하여 국민/민족을 탄생시키면서, 넓게는 국가들의 공동체로서 '세계'를 착상하는 개념적 틀거리가 그것이다. 베네딕트 앤더슨, 윤형숙 옮김, 『상상의 공동체』(나남, 2002).

22) Leon Trotsky, *The Russian Revolution*, trans. M. Eastman(Doubleday Anchor Books, 1959), pp. 2~3.

23) 히로마쓰 와타루, 김항 옮김, 『근대초극론』(민음사, 2003), 20쪽. 2차대전기 일본 국가주의는 서구와 일본, 즉 보편과 특수 관계의 역전을 상정했으나, 여전히 보편을 전제하고 일본을 상대화한다는 점에서 근대성의 기조와 다르지 않다. 같은 책, 52~55쪽.

가 아니라 세계사적 동시성의 감각으로 재편되었다. 둘째, 전후의 폐허를 상징하는 '영도의 좌표'는[24] 서구와 한국이 동일한 세계 속에 연속적으로 놓여 있다는 관념을 불러일으켰다. 이는 서구와 한국이 공통적으로 포함된 '세계'의 공간적 연속성을 성립시킨다. 셋째, 근대적 시간과 공간이 해체된 자리에 새로운 역사 관념으로서 세계사를 떠올리게 되었다. 서구와 한국은 동일한 시간성(현대성)의 경주를 하게 되었고, 어떤 점에서는 근대의 후위였던 한국이 서구보다 더 나은 진전을 이룰 수 있으리라는 기대가 여기 배태된다. 최일수가 바라보았던 당대의 한국문학은 이런 점들이 복합적으로 작동함으로써 좌표화되었다. '현실의 문학'은 새롭게 분절되고, 이전과 다른 방식으로 재구조화된 시공간 즉 세계사의 감각을 통해 제기된 비평적 의제였다. 이제 그 세부적인 내용을 살펴보도록 하자.

3 현대성, 세계사적 동시성의 감각

1950년대, 특히 전쟁과 분단 이후 한국의 상황은 '재건에 대한 의지'로 통칭된다. 해방되자마자 겪은 전쟁의 폐허는 새로운 국가와 국민('국민국가') 만들기라는 기획을 재가동하게 했고,[25] 자립적이고 주체적인 시발점은 이를 위한 필수 조건이었다. 일본을 거쳐 근대를 맞은 20세기 전반과 달리, 20세기 후반에 접어든 한국은 세계와 직접 대면하게 되었고, 이는 독립적이고 자족적인 바탕에서 이루어져야 했던 탓이다. 하지만 해방 후 3년간 미군정의 통치를 받은 한국은 전쟁 이후에도 미국의 영향력에 강력하게 노출되는 것이 불가피했다. 무엇보다도, 냉전 체제가 서서히 막을 올리며 미·소 양대 진영이 대립하게 된 국제 정세에서 한국이 선택할 수 있는 자립적이고 주체적인 길은 매우 협소한 것이었다.

---

24) 김윤식, 『한국현대문학사』(일지사, 1992), 275쪽.
25) 장세진, 『상상된 아메리카』(푸른역사, 2012), 33~34쪽.

세계주의는 이 같은 상황에서 표출된 지적 출구의 하나로,[26] 세계사적 동시성의 감각을 포괄한다. 주체적 시야를 가로막던 일제의 장막 너머로, 세계의 흐름을 있는 그대로 바라볼 수 있는 지평이 열린 것이다. 냉전의 이데올로기적 굴절을 거칠 수밖에 없으나,[27] 일본이라는 '번역'을 거치지 않은 채 근대성의 대표 주자인 미국을 직접 마주할 수 있다는 사실은 그 자체로 세계주의의 일환으로 간주될 만했다.[28] 바꿔 말해, 세계성의 담지 자로서 미국은 그 자체로 근대성과 등가적으로 여겨졌고, 미국의 정치·경제·문화 일반을 받아들인다는 것은 식민지에서 왜곡·정체되었던 근대화 기획의 연속이자 그 이상을 뜻했다.[29] '현대성'은, 비록 착시와 환상에 기댄 것일지라도, 세계와의 직접적인 만남이 가능해졌다는 감각적 경험의 산물이었다. 이것은 문학과 문화 영역에서 다음과 같이 요약된다.

첫째, '세계 공통의, 전 세계적인 것에의 지향'을 담보로 미국적 가치의 보편주의적 수용. '세계=일본'이었던 식민지 시대의 표상 구조는 '세계=미국'의 구도로 이전되고, 국민국가 형성을 통해 냉전기의 세계 체제에 포섭

---

26) 박성창, 『글로컬 시대의 한국문학』(민음사, 2009), 83~84쪽. 1950년대의 비평은 한편으로 '충격적인 휴지기'로 불릴 만큼 공백 지대처럼 보이지만, 다른 한편으로 두 번째 '개화기'에 비견될 만큼 다양한 서구 문학이 전면적으로 유입되는 양상을 보였다. 이 시기 세계에 대한 지향은 서구에 대한 오랜 지향과 불가분하게 뒤얽힌 것이었다. 강경화, 『한국 문학비평의 인식과 담론의 실현화 연구』(태학사, 1999), 71~72쪽.

27) 이봉범, 「1950년대 검열과 문화 지형」, 권보드래 외, 『아프레걸 사상계를 읽다. 1950년대 문화와 자유의 통제』(동국대학교 출판부, 2009), 13~57쪽.

28) 1910년 한일병합 후 일본은 1차대전에 참전하여 승전국이 되었다. 이 과정에서 조선인은 간접적으로나마 세계를 인지하고 세계사에 자신이 포함된다는 점을 깨달았다. 세계사적 동시성을 경험하여 보편사와 인류사의 감각을 얻은 것이다. 하지만 2등 시민이자 민족으로서 조선인의 세계 경험은 간접적이고 관념적 수준에 머물 뿐이었다. 김동식, 「진화·후진성·1차 세계대전 ──《학지광》을 중심으로」, 박헌호 편저, 『백 년 동안의 진보』(소명출판, 2015), 113~114쪽.

29) "미국 중심의 세계 무대에서 활동할 수 있다는 것은 세계성과 현대성을 동시에 자의식으로 가질 수 있다는 환상을 갖게 한다." 전기철, 『한국 전후 문예비평 연구』(국학자료원, 1994), 149~150쪽.

된다.[30) 둘째, 서구화된 근대성을 보편주의의 핵심으로 파악함으로써 사상과 문학 등의 적극 도입.[31) 문학에 있어서는 서구 정전의 번역과 그에 따른 글쓰기의 변화가 여기 포함된다.《문학예술》,《문화세계》,《사상계》,《현대문학》등 문예지 운동의 사례를 새겨 볼 만하다.[32) 셋째, '아시아(동양)= 후진성'의 도식을 극복하기 위한 세계주의의 주체적 전유. 그러나 이 기획에는 선진/후진의 양극성이 선험적으로 기입되어 있기에, 세계주의는 근대성 담론과 유사한 구도를 취할 수밖에 없다.[33) 이는 1950년대의 세계주의가 세계에 대한 자립적이고 주체적인 태도에서 형성된 것이 아니라 관념적이고 추상적인 수준에서 주어진 것임을 시사한다. 그것은 서구와 비서구의 차이에 기반한 근대성의 오랜 구도가 귀환한 것과 다르지 않았다.

막연한 서구 추수주의나 전통으로의 회귀에 반대했던 최일수는 1950년대가 당면한 역사적 의미가 무엇인지 포착하려 했다. '세계사적 동시성'이라 부를 법한 이 역사의 새로운 국면은 단지 서구와 동일한 달력을 쓰는 정도로 정당화되지 않는다. 만약 그렇다면, 한국이 탑승한 시대의 흐름은 근대성이 시발한 이래의 그것, 전위로서의 서구가 앞장서고 후위에 동

---

30) 이은주, 「1950년대 문학비평의 세계주의와 미국적 가치 지향의 상관성 ─ 김동리의 세계문학 논의를 중심으로」,《상허학보》18, 상허학회 2006, 11~13쪽.

31) 전후 문단을 풍미한 실존주의와 휴머니즘의 도입이 여기 해당될 것이다. '인류애'라는 보편적 가치로 포장되었으나 고립된 개인주의와 정치적 행동의 불구성 등은 이들을 추상적이고 공허한 것으로 만들었다. 전승주, 「1950년대 비평에서의 '현대성' 인식」, 175~178쪽; 손자영, 「최일수 문학비평 연구」, 49~52쪽; 나종석, 「1950년대 한국에서의 실존주의 논쟁과 사회비평의 가능성」, 163~165쪽.

32) '세계=보편=미국'의 개념틀에서 '정전'은 미국적 관점에 강하게 노출될 수밖에 없다. 손혜민, 「잡지《문화세계》연구 ─ 전후 문화주의, 세계주의, 그리고 아메리카니즘」,《한국근대문학연구》29, 한국근대문학회, 2014, 64쪽; 김복순, 「'세계성'의 전유와 현대문학 상상의 인식 장치」,《어문연구》43(1), 한국어문교육연구회, 2015, 156쪽. 서구 근대에 대한 반발로서 1950년대 전통주의에 대해서는 다음을 참조하라. 정학재, 「최일수 문학비평 연구」, 344~350쪽; 하상일, 「1950~1960년대 최일수 문학비평 연구」, 217~219쪽.

33) 정영진, 「1950년대 세계주의와 현대성 연구 ─ 강력한 주체성과 봉쇄된 개성」,《겨레어문학》44, 겨레어문학회 2010, 285~286쪽.

아시아의 여러 나라들이 뒤따르는 형상을 벗어나지 못할 것이다. 이런 상황이라면 제아무리 미국적 세계 질서에 편승하고 서구의 정전을 수입한다 해도, 또 세계주의를 거창하게 표방한다 해도 자신이 근대성의 명백한 후위 주자임을 모면할 수 없다. 갑작스레 맞이한 해방과 전쟁의 시대적 격절만큼이나 서구인들을 뒤흔들었던 경험을 살펴보고, 그로부터 파생된 인식과 감각의 세계적 변동을 탐색해야 한다. 세계사라는 심상지리를 수동적으로 받아들이는 대신, 주체적으로 구성해야 할 필요가 있는 것이다. 세계성에 대한 그의 관심은 등단작에서부터 표명되었는데, 과연 「현대문학과 민족의식」은 다음과 같이 시작하고 있다.

> 20세기 전반기의 현대문학은 1차 세계대전에 따르는 역사적 전환기를 계기로 하여 전 세대의 유산인 근대문학을 지양하고 정적인 관조의 세계로부터 행동하는 인간 사회로 이향하였다. 그리하여 자연 묘사에서 사회 묘사로 인간성의 생리적 분석으로부터 사회적 가치판단과 심상의 세계로 그 문학적인 원천이 옮겨졌다.
> 그런데 이에 비하여 후반기의 현대문학은 역시 문학사의 계기적 과정이 되었던 2차 세계대전을 전후하여 시민사회적인 자유주의 문학이 집단적인 민족문학과 더불어 '파시즘'의 위협으로부터 민주주의를 발전시키려는 특수한 역사적 시대정신을 그 배경으로 하였다.[34]

이 문장은 근대성의 끝, 지금-여기로 표시되는 현대성이란 무엇인가를 묻고 답하는 역사철학적 테제에 값한다. 시대의 새로운 절합을 시도하는 최일수는 'Modern'을 '현대'와 '근대'로 구별함으로써 지금-여기의 현재적 좌표를 정립한다. 절합의 계기는 전쟁으로, 세계사적 차원에서 그것은 우선 두 차례의 세계대전을 가리킨다. 1차 대전 이전은 근대와 연속적이지

---

34) 최일수, 「현대문학과 민족의식」(1955), 『현실의 문학』(형설출판사, 1976), 9쪽.

만, 1차 대전 이후는 '현대'로 표명되는 다른 시대사적 성격을 갖는다. 그리고 현대는 다시 한번 분절되는바, 1차 대전 이후의 '전반기 현대'와 2차 대전 이후의 '후반기 현대'로 나누어지는 것이다. 이런 분절은 전쟁을 통해 서구인들의 심리 구조에서 생긴 변화에 기인한다. 문학은 이를 잘 보여주는 매체로서, 최일수에게 세계문학이 중요했던 이유를 방증한다.

지금 우리의 관심을 끄는 것은 두 번의 분절에 담긴 내용보다,[35] 분절이 초래한 역사적 의미이다. 근대성은 실험과학과 합리주의 정신에 의해 구축된 인간과 사회의 특징을 말한다. 유럽이 선도했던 근대성은 19세기 후반의 제국주의로 진화하며 전 지구를 식민화했고, 발달된 현대 무기를 통해 대량 학살과 문명 파괴로 치달았다. 휴머니즘으로 상징되는 근대 문명의 고고한 정신성은 두 차례의 학살과 파괴를 통과하며 스스로를 부정했고, 그 위상을 실추시키고 말았다. 그것은 근대성의 파산이자 현대가 당면한 위기를 가리키는데, 1950년대에 한국은 물론 전 세계적에서 유행했던 실존주의의 배경이 되는 '황무지 의식'이 이로부터 나왔다. 근대 문명이 쌓아 올린 물질적 성과는 물론이고, 정신적 고도마저 무너뜨린 전쟁의 참화는 'Modern'의 시간을 영점으로 환원시키고 바닥에서부터 다시 출발할 것을 명령했던 것이다. 최일수가 주목하는 지점이 여기다. 동아시아 근대의 역사는 앞서 출발한 서구의 역사를 추격해 따라잡는 데 목표를 두었는데, 이제 갑자기 서구의 역사가 원점으로 돌아와 버렸다는 것. 서구 근대성이 좌초한 자리에 우리는 지금 당도해 있다는 것. 역사의 영점이라는 의미에서 세계사는 공통의 출발선 앞에 놓여 있다는 것. 그렇게 근대성이 지배하던 세계사가 허물어지고, 또 다른 세계사가 펼쳐지는 무대로 우리가 나서게 되었다는 것.

놀랍게도, 한국전쟁이 남겨 놓은 '영도의 좌표'는 어쩌면 두 번의 전쟁으로 영락한 서구의 영점과 동일한 것일지 모른다. 언제나 전위의 자리에

---

35) 전반기 현대와 후반기 현대가 드러내는 내용적 차이에 대해서는 임지연, 「1950년대 최일수의 세계문학론 연구」, 190쪽의 표를 참고하라.

서 오만하게 후위를 돌아보았던 서구는 이제 '우리' 즉 아시아와 동렬의 선상에서 어깨를 나란히 하고 뛰어야 할 처지가 되었다. 근대가 노정했던 시간적·공간적 차이는 무화되고, 현대라는 동일한 시공간 속에 세계가 한데 놓인 것이다. 세계문학은 이와 같은 현대성의 공간을 표상하는 심상지리라 할 만하다. 이제 세계 각국의 문학은 전위를 모범 삼아 모방하고 뒤따르는 선후 관계가 아니라, 각각의 역사적 상황이 제기하는 요구에 맞춰 각자의 방식으로 창작에 나서야 한다. 세계사의 동시성은 곧 세계문학사의 동시성에 다름 아니다. 최일수의 민족문학론은 이 같은 세계사적 동시성의 감각 아니고서는 그 출발점을 말하기 어렵다.

복잡다단한 민족적 현실은 아직도 현대사의 주축을 이루고 있다. 이처럼, 한편으로는 세계화의 과정이, 다른 한편으로 민족화의 과정이 서로 정반대의 방향으로 나아가고 있다. 그러나 이러한 상반 관계에도 불구하고 현대사는 민족성과 세계성이 동시적으로 존립하고 있는 시대이기도 한 것이다. (……) 문제는 세계문학사적인 동시성이다. 국제적인 시야에서 본 새로운 민족문학을 창조하는 일이다.[36]

4 세계성, 세계문학의 심상지리

세계대전의 참화가 아무리 극심하다 해도, 식민지 상태에 놓여 있던 한국인들에게 그것은 간접적인 역사 경험에 가까웠다. 태평양전쟁의 장기화로 더욱 가혹해진 일제의 수탈이 일차적인 현실이었고, 궁핍과 수탈, 강제 징용, 그리고 강요된 죽음의 출구는 종전이 아니라 해방으로 표시되었던 까닭이다. 반면, 해방 후 직면하게 된 한국전쟁은 민족사의 큰 위기이자 불행이라는 언표 이상의 직접적 경험의 차원에 놓여 있었고, 동족상잔의

---

36) 최일수, 「현실의 문학」, 『현실의 문학』(형설출판사, 1976), 39, 43쪽. 1968년 4월과 1969년 9월 《현대문학》에 연재될 때는 「분단의 문학」이 표제였다.

비극과 삶의 완전한 파괴는 온몸으로 감당해야 할 사건으로 다가왔다. 전쟁은 이 땅의 어느 누구도 원치 않았던 폐허의 감각을 흩뿌려 놓은 것이었다. 따라서 세계대전이 남긴 영점과 한국전쟁이 남긴 영점은, 적어도 실감의 차원에서는 동일하지 않다. 그런 만큼 전후의 세계사적 동시성이란 외적으로 떠맡겨진 것일 뿐, 스스로 적극적인 행위를 통해 쟁취한 것은 아니었다. 1950년대 최일수가 마주한 비평적 과제는 주체적인 시각과 토대에 의거해 세계사적 동시성과 현대성의 의미를 확정짓는 데 있었다.

현대성을 둘러싼 논쟁은 이를 잘 보여 준다. 세계사적 동시성은 역사적 특질, 최일수의 용어를 빌리면 '차질(差質)'을 통해 규명하지 않는다면 단순히 시간 단위를 연대기적 평면에 투사하는 데 지나지 않는다. 그런 의미에서 현대는 역사적 특질을 통해 해명되어야 할 특별한 시대에 해당한다. 달리 말해, 현대는 그냥 주어지는 것이나 떠맡겨지는 것이 아니라 지금-여기의 시공에서 의미를 부여하는 방식으로 정의되어야 한다. 최일수에 따르면, 『후반기』 동인으로 모더니즘 운동에 참여했던 이봉래는 현대가 단지 동시대를 가리키는 '당대'에 불과한 게 아니라 '근대의 계승자'임을 명확히 했다는 점에서 정확한 판단을 내렸다. 이는 현대가 근대와 연속적이지만 구별되는 또 다른 자질로 의미화될 수 있음을 암시한다.[37] 하지만 식민지 시대는 서구에서 이룩한 과학과 합리주의를 이 땅에서 충분히 발전시키지 못하게 만들었고, 그에 따라 지향점으로서의 근대성은 우리에게 도달하지 못한 채 텅 비게 되었으며, 현대라는 것 역시 텅 빈 기호가 되고 말았다는 이봉래의 주장에는 명확한 반대를 표시한다.[38] 최일수에게 식민지 시대의 왜곡된 근대성을 지적하는 것 외에도 중요한 것은, "주어진 역사적 단계의 특수성을 먼저 차질하고 그 기저력이 되는 문학적 정신을 찾아"보는 데 있기 때문이다.[39]

---

37) 최일수, 「현대문학의 근본 특질」(1956), 『현실의 문학』, 134쪽.
38) 전승주, 「1950년대 비평에서의 '현대성' 인식」, 179~180쪽.
39) 최일수, 「현대문학의 근본 특질」, 135쪽.

만약 개별 문학이 직면한 "역사적 단계의 특수성"을 성찰하지 않는다면, 모든 시대는 한낱 지난 시대의 연장선에 놓인 과도기에 불과할 것이다. 바꿔 말해, 이전과 이후가 질적으로 차이나지 않는다면, 우리는 시대의 흐름에서 그 어떤 특수성도 분별해 낼 수 없다. 식민지 시대든 해방 이후든 자체의 특질을 갖지 못한다면 동일한 시간의 평면 위에서 아무렇게나 부유하는 기호일 따름이다. 하지만 앞서 살펴보았듯, 최일수는 1차 대전 이후와 2차 대전 이후의 세계를 상이한 질적 차이 속에 구분했으며, 각각을 '전반기 현대'와 '후반기 현대'로 나누었다. "근대 이전의 문학과 차질되는 하나의 뚜렷한 질적 위치가 확립되었을 때는 이미 이를 과도기라 부를 수는 없다."[40] 단순한 이행기인 과도기를 넘어설 때, 이전과 구별되는 질적 차이로 현상하는 새로운 단계가 등장할 때 역사는 개신된다. 현대가 근대의 연장선에 있는 동일성의 시간이 아니라 새롭게 규정되는 시대, "새로운 것을 창현하면서 그것을 옹호하고 형성해야 할 시대"라는 주장은 여기서 힘을 얻는다.[41] 요컨대 역사는 주어지거나 떠맡겨지는 게 아니라 형성되는 시간성의 운동이라 해야 옳다.

세계사의 동시성과 세계문학이라는 논제 역시 이 같은 맥락에서 세심하게 고찰되어야 한다. 세계는 막연한 수동성의 경험이 아니다. 그것은 주체의 능동적이고 적극적인 행위를 통해 경험되고 의미화되는 형성적 대상이다. 그러므로 현대의 문학은 근대문학이 그러하였듯 전위의 문학을 모방하고 뒤따르는 것이 아니라 민족적인 고유성에 입각한 새로운 문학성을 창안해야 한다. 세계사적 동시성으로서 세계문학사의 동시성이란 이처럼 세계를 배경으로 삼아 개별 민족문학이 전진하는 사건을 가리킨다.

현대문학사는 오랫동안 세계문학의 정상에 군림해 오던 서구 문학의 전

---

40) 위의 글, 136쪽.
41) 위의 글, 139쪽. 현재를 형성기로 규정하며, 최일수가 비판한 또 다른 대상은 조지훈의 전통론이었다. 이나영, 「1950년대 최일수 민족문학론 연구」, 371쪽.

근대적 특권을 박탈해 버리고 세계문학의 다원화 과정을 걸으면서 (……) 이처럼 현대사가 이미 워싱턴이나 런던이나 파리에서만 이루어지는 시대가 아니다. 그렇다고 한 나라만이 깊숙한 울안에 도사리고 앉아서 창작을 하는 시대는 더욱 아니다. 문제는 세계문학사적인 동시성이다.[42]

여기서 우리는 세계문학의 내포와 외연을 조심스레 짚어 보아야 한다. 당연하게도, 세계문학은 각국의 민족문학을 산술적으로 취합한 결과물이 아니다. 최일수에게 중요한 것은 '세계'라는 연속적 시공간이 갖는 의미이다. 먼저 내포적 측면을 살펴보자. 근대 이전까지 지역별로 독자적으로 산재해 있던 민족들은 근대를 경유하여 현대에 이르자 세계라는 하나의 구체적인 시공간 속에 포괄되었다. 이로부터 세계는 각각의 민족이 주관적으로 경험하는 독자적 의미 단위가 아니라 객관적이고 공통적인 의미를 산출하는 장으로 변모한다. 세계성이 그것이다.

세계성이란 원래가 인간 혹은 민족이 가지는 내면적인 경험과 관련되는 것이며 또한 그것은 인간이 영위하고 있는 사회생활의 독자적인 한정성을 통하여 역사적인 것으로 나타나 그것이 곧 전반적으로 일관된 객관적인 흐름이 되는 것이다.

때문에 그것은 현대 서구 문학처럼 찬란하고 선진적인 문학에만 집중되는 것이 아니라 그 찬란한 선진 문학으로부터 절대적인 영향을 받고 자라나고 있는 후진 문학이라 하더라도 또한 과거 우리 문학처럼 식민지 본국으로부터 그 영향을 일방적으로만 강요받았던 후진 민족의 문학에 있어서라도 그 내용에 사회와 그 역사적 현실을 배경으로 이를 표현하고 있는 한 그것은 벌써 작으나마 하나의 세계문학의 일환으로서의 공통성을 띠우고 있다고 보아야 할 것이다.[43]

---

42) 최일수, 「현실의 문학」, 42~43쪽.
43) 최일수, 「민족문학과 세계문학」, 102쪽.

비록 세계사의 새로운 영점에서 시작하더라도, 기존의 전통을 염두에 둔다면 서구 문학이 갖는 일정한 특권을 부정할 수는 없다. 하지만 근대문학에서 항상 일방적으로 작용하던 영향 관계는 현대의 문학에 이르러 양방향적인 것으로 변화될 여지를 갖는다. 개별 문학은 세계문학사라는 거대한 심상지리 속에 포함되어 있으며, 시간과 공간의 차이를 내재적인 것으로 받아들이는 이곳에서는 그 어떤 영향 관계도 일방향적이지 않다.[44] 세계성은 세계문학사의 내적 요소인 개별 문학들이 서로에게 동등하게 작용하는 새로운 역사적 단계의 특질이다.[45]

이로부터 자연스레 세계문학의 외연 또한 이 용어의 통상적인 정의를 벗어난다. 대개 '세계문학'은 각국의 민족문학을 한데 모은 집합을 가리키는 단어이다. 그러나 이런 의미의 세계문학은, 제국주의 시대의 인류학이 그런 것처럼 서구문학의 우월성을 선험적으로 기입한 채 비서구 세계의 문학을 유사성의 정도에 따라 하위 배치하는 경우가 대부분이다. 다른 한편, 세계문학은 세계적 수준에 오른 문학이라는 의미를 갖기도 한다. 하지만 세계적 수준의 객관적 척도가 주어지지 않는다면 그것이 대체 무엇을 뜻하는지 알기 어렵고, 많은 경우 서구와 비서구의 위계에 따라 정렬된다는 점에서 전자의 의미를 답습하게 마련이다. 최일수는 이런 분류를 거부하며, 통상적인 '세계문학' 대신 '문학의 세계성'을 내세운다.

우리와 같은 동남아의 후진 문학의 입장에서 본다면 (······) 우리가 대국

---

44) '내재성'은 들뢰즈의 용어로 모든 요소가 서로에게 영향을 끼칠 수 있는 관계를 말한다. 이에 대립하는 것이 초월성인데, 신과 인간의 관계에서 보듯 초월적 관계는 일방적으로만 작동하는 힘을 뜻한다. 근대 세계문학이 서구에서 비서구로 흐르는 일방향성을 전제했기에 초월적이라면, 현대의 세계문학은 양방향적 힘을 인정하기에 내재적이다. 질 들뢰즈, 박정태 옮김, 『들뢰즈가 만든 철학사』(이학사, 2007), 124쪽.

45) 최일수의 세계문학론은 부분적으로 라이프니츠의 모나드론을 모델화했지만, 오히려 이로 인해 이상주의적이고 목적론적으로 보인다. 임지연, 「1950년대 최일수의 세계문학론 연구」, 193~195쪽.

이든 소국이든 고사간에 동양에 있어서 모든 민족문학들은 우리들보다 앞서서 수행한 서구의 근대문학에서 커다란 영향을 받았다는 사실은 너무나도 엄연한 일이다. 그럼에도 불구하고 서구와 동양과의 사이에는 그 발전의 '템포'에 있어서는 대비가 안 된다 하더라도 역사적 발전의 과정이 두 번 다시 그대로 반복되지 않는다는 법칙과 또 선후진국 사이에는 서로 상이한 독자적 과정이 있기 때문이다. 뿐만 아니라 고유성을 초월해 버릴 수 없는 특수한 상황이 이에 덧붙여 커다란 차질로서 가로놓여 있기 때문이다. 즉 다시 말하면 우리 민족문학에는 우리에게만이 존재하고 있는 이른바 문학의 세계성을 특수하게 지니고 있다는 것이다.[46]

"문학의 세계성"은 민족적 특수성에 근거하여 문학적으로 창안된 새로운 내용, 그것을 통해 세계문학사에 합류할 수 있는 잠재성을 가리킨다. 그것은 근대문학의 사례처럼 서구의 관습과 제도, 생활을 모방함으로써 문학사의 후위를 차지하려는 시도가 아니다. 거꾸로 "특수한 상황"에서 비롯된 "커다란 차질"은 "선후진국"의 위계를 뛰어넘는 "상이한 독자적 과정"을 야기하고, 그로써 문학의 세계성을 발현시키게 된다. 이 점에서 문학의 세계성은 세계문학과 개념적 차이를 갖는다.[47] 다소간 난해하게 느껴지는 이 문장에서 주목할 지점은 선진국과 후진국에 무관한 "독자적 과정"에 대한 언급이다. 문학성의 근대적 위계를 넘어서는 독자적 과정이란 무엇을 말하는가?

그것은 아마도 '후진성의 이점' 같은 것이 아닐까? 다시 전위와 후위의 근대적 시차 이론을 돌이켜 보면, 후위가 전위를 앞지르거나 적어도 동렬에 서기 위해서는 도약의 계기가 필요하다. 한국전쟁이 서구와 등가적인 영도의 좌표를 제공했음은 앞서 지적했다. 그런데 도약에는 그런 파국

---

46) 최일수, 「민족문학과 세계문학」, 91쪽.
47) 최일수, 「민족문학과 세계문학」, 102쪽. 하지만 이 글의 표제가 시사하듯, 최일수는 일반적으로 문학의 세계성을 함축하는 용어로 '세계문학'을 빈번히 사용한다.

적인 계기만이 있는 것이 아니다. 우회라는 간접적 경로 역시 존재한다.[48] 후위는 전위가 밟았던 경로와는 '다른' 길을 선택하고 진입할 수 있는 기회를 갖는다. 그로써 전위의 실패와 좌절을 피해 갈 수 있는 이점을 누린다. 한국문학이 세계문학사와 동시성을 갖는 문학으로서 나아가기 위해서는 그처럼 '다른 문학의 길'을 찾아야 한다는 점에 최일수의 비평적 통찰이 놓여 있었다. 당연하게도, 이 '다른 문학의 길'은 근대성의 구도에서 나타난 것처럼 한국문학이 서구 문학을 압도한다거나, 세계문학의 전위가 되어 다른 개별 문학보다 우위에 선다는 뜻은 아니다. 최일수에게 그것은 세계성을 담지하는 현대문학으로서의 한국문학이 자립적이고 주체적인 자기의 길을 찾아나서야 한다는 뜻이 분명했다.[49]

5 현실성, 1950년대 한국문학의 좌표

참으로 1950년, 이해는 20세기 후반기라는 특수한 역사적인 시대의 첫 출발일 뿐만 아니라 세계적으로는 현대라는 시대적인 특질에 커다란 변화가 있었으며 국내적으로는 민족이라는 개념에 결정적인 변혁을 일으켰던 해이기도 하다.

이러한 사실은 피비린내 나는 2차 대전의 악몽이 채 가시지 않던 1950년, 또다시 3차 대전의 위기를 고했던 6·25동란이라는 커다란 역사적인 사건의 발발이 그 직접적인 요인이 되고 또 비약의 계기가 되었다.[50]

---

48) Trotsky, *The Russian Revolution*, p. 4. 역사 발전은 불균등 결합을 통해 도약적으로 일어난다.
49) 이 같은 기획을 '서구 중심적인 하나의 근대'가 아니라 '여럿의 근대'에 대한 탐색으로 평가할 수도 있다. 제3세계 문학의 선진성에 대한 발견이 여기 속하는데, 동시적인 세계문학사 내의 개별 민족문학의 발전이라는 점에서 우리의 논의와 잇닿아 있다. 박필현, 「최일수 비평의 '현대성'과 새로운 '공통성'」, 346쪽; 강경화, 『한국문학비평의 실존』(푸른사상, 2005), 171쪽.

후반기 현대의 연대기적 기점이자 전쟁을 통해 한국사의 형질 변화가 발생한 시점인 1950년은 최일수 비평에서 이정표적 의미를 지닌다. 파괴와 폐허의 부정적 의식이 지배적인 지점에서 그는 세계사적 전환의 장면을 목도하고자 했다. '자유주의 대 파시즘'의 전쟁이 끝나자마자 다시 벌어진 한국전쟁은 '자유주의 대 공산주의'의 전쟁으로 약술되고, 그것은 불가피하게 국제전의 성격을 띨 수밖에 없었다. '3차 대전'으로 명명되지는 않았지만, 양차 대전만큼이나 세계적 주목과 정치적 관심, 인적이고 물적인 투여가 일어났던 세계사적 사건이 한국전쟁이었다. 이런 맥락에서 최일수는 전쟁을 당대 실존주의가 그랬듯 참화와 비극의 시발점으로서가 아니라 "커다란 역사적인 사건의 발발"이자 "비약의 계기"로 인식하게 된다. 그에 따르면 "6·25동란은 참으로 피어린 수난 속에서 민족적이며 역사적인 첫 시련을 통하여 널리 세계성을 띠었으며 또한 현대문학에서 가장 첨예하고 풍부한 민족의 현대사적 소재를 개시해 주었"던 사건이었다.[51]

전쟁과 세계사의 접맥은 1950년대 문학장을 사로잡은 주제이기도 했다. 당시 지식인들은 한국이 전쟁을 거쳐 세계사에 본격적으로 편입되고, 한국인은 동아시아의 '지역인'에서 '세계인'으로 변모하는 계기를 맞으리라 예상했다.[52] 폐허가 남긴 절망적 현실을 낙관적으로 바꾸려던 몸짓이자 밀려오는 세계성을 어떻게든 파악하기 위한 시도였을 것이다. 최일수는 이를 보다 분명히 개념화하려 했다는 점에서 당대의 분위기와 구별된다. 2차 대전의 종료가 야기한 서구의 후반기 현대가 한반도에서도 동시적인 사건으로 체감된 것이 1950년의 한국전쟁이었기 때문이다. 예의 세계사적 동시성이 관건이다. 물적 토대가 파괴된 상황에서 이는 정신적인 형식을 통해 감지될 수밖에 없는바, 한국문학은 세계문학과 마주침으로써 비로소 현대의 길목으로 접어들게 되었다. 해방 이후에도 여전히 모호하고 막연

---

50) 최일수, 「우리 문학의 현대적 방향」(1956), 『현실의 문학』, 185~186쪽.
51) 최일수, 「현대문학과 민족의식」, 10쪽.
52) 임지연, 「1950년대 최일수의 세계문학론 연구」, 187쪽.

하게 느껴지던 '현대성'은 전쟁 이후의 세계와 더불어 세계문학사적 사건으로 급작스레 도래한 것이다.

실질적으로 볼 때 해방은 우리 문학으로 하여금 일제로 인하여 위축되었던 근대문학을 기형적인 테두리에서 탈피시켰고 또 6·25동란은 현대문학으로의 이향을 촉진시켜 보다 그 시간을 단축시켜 주었다. (……) 6·25 전까지의 우리 문학은 혼란과 알력과 파쟁의 무질서 속에서도 식민지 문학이 지니는 기형적인 제 요소의 불식 과정이 있으며 또한 엄정한 의미에서 민족주의 문학과 문학의 민족성을 차질함으로써 민족문학의 근대적인 형성을 수행하려 했던 것이다. 특히 그러한 양상이 이질적인 세계 사조의 대립이라는 객관적인 상황과 양분된 국토를 통일시키려고 하던 주체적인 조건에 의해서 근대문학의 제 과정은 일단 경과되었다고 볼 수 있다. (……) 이와 같이 6·25동란은 우리 문학으로 하여금 현대문학으로의 디향을 단축시켜 주었을 뿐만 아니라 세계문학과 직결시켜 주기도 했다.[53]

이 문장에서 눈여겨볼 대목은 전쟁이 "현대문학으로의 이향"을 "촉진"하여 이행의 시간을 "단축"시켰다는 것, 식민지 문학의 "기형"을 불식시켰다는 것, 그리고 "민족주의 문학"과 "문학의 민족성"을 차질시켜 "민족문학의 근대적인 형성을 수행"했다는 것이다. 특히 마지막 대목은 '세계문학'과 '문학의 세계성'이 이루던 대비를 연상시킨다. 최일수에게 민족주의적 문학은 일제에 저항하고 식민지를 벗어나기 위해 요청되었던 "근대문학"의 행위였다. 시대의 필요에 따른 저항적 행위였을지라도 그것은 반응적이며 수동적인 차원에 머무른 것이었기에,[54] 자립적이고 주체적인 문학

---

53) 최일수, 「현대문학의 근본 특질」, 147~148쪽.
54) 위의 글, 151쪽. 그럼에도 서구는 1차 대전을 통해 근대적 불합리에 저항하려 했고, 한국은 그런 저항과 함께 민족적 근대문학을 수립하려 했다는 점에서 (한 시대의 시차를 둘지언정) 평행적으로 발전해 왔다. 같은 글, 152쪽.

적 행동이라 부르기 어려웠던 것이다.[55] 이에 비해 "문학의 민족성"은 자립성과 주체성을 능동적으로 전유함으로써 성립하는 문학적 현대성에 값한다. 그것은 세계사의 흐름을 습득하고 주체화함으로써 자기 내적 발전을 이루어 낸 현대 문학의 본 모습이다.

이어서 최일수는 프랑스와 영국, 일본 등의 사례를 통해 1차 대전이 서구의 현대를 일깨워 낸 전쟁이었음을 확인하는 한편, 동 시기에 식민지를 통과하던 한국은 서구의 한 세기 전인 근대문학의 단계를 지나고 있었으나 외세에 대한 저항으로 말미암아 능동성의 계기를 포함했음을 지적한다. 그렇게 서구와 한국은 "약 한 시대의 간격"을 두고 시간적 경주를 벌였지만, 6·25를 계기로 마침내 한국 역시 세계사적 흐름의 동시성에 진입하게 된 것이다. 이제 '현대문학'이라는 동일한 출발선에 서게 된 지금, 한국문학의 미래는 어떤 것이 되어야 할까? 서구의 경로를 엿보고 모방하고자 한다면 다시금 근대성의 모순에 빠져들게 될 것이다. 현대는 서구라는 척도 없이 자립적이고 주체적인 힘으로 미래를 헤쳐 나가야 할 시대이다.

서구 문학의 경로를 그대로 좇아가는 것은 결코 아닌 것이며 또한 역사적인 특질에 있어서 동질적인 요소를 띠우고 있으면서도 동시에 역사적 발전의 특수한 법칙으로 형성되는 불반복성에 의하여 보다 새로운 양상과 상황이 이루어지면서 나아가야 하고 또 나아가게 되는 것이다.[56]

한국문학의 현대화는 세계사의 장대한 흐름 속에서 자기만의 길을 발명하는 행동에 의해 성취된다.[57] 분명 역사는 법칙적으로 형성되는 객관

---

55) 근대 리얼리즘으로부터 행동주의("액추얼리즘")로의 이향은 현대성의 주요 특징으로 지목된다. 최일수, 「우리 문학의 현대적 방향」, 195쪽.
56) 최일수, 「현대문학의 근본 특질」, 152쪽.
57) "현대문학의 특질이란 인간 전체의 문제 또는 민족 전체의 문제가 작품의 주제에 그대로 밀착하여 직재 단명한 행동성이 일관되는 데 있다." 최일수, 「현대문학과 민족의식」, 10쪽.

적인 세계이지만, 결코 반복되지 않으며 특정한 모범을 통해 이식되지도 않는 자율성의 무대이다. 현대문학은 각각의 개별 문학이 "새로운 양상과 상황"에 상응하는 자기의 작품을 내놓을 때 구성되는 세계문학사 전체로 나타난다. 그렇다면 한국문학은 어떤 작품을 어떻게 산출해야 하는가? 이를 위해 최일수는 "상황"에 눈을 돌릴 것을 명령한다. 개별 민족이 부딪힌 특수하고 구체적인 상황이야말로 현대라는 세계사적 흐름에서 자립적이고 주체적인 작품을 만들 수 있는 조건이 된다. '현실'이 바로 그것이다. 현실은 그저 주어진 시간의 집적, 즉 이전의 시간으로부터 자동적으로 이월된 다음의 시간이 아니다. 현실은 특수하게 조형된 특정한 조건의 묶음이다. 그러므로 민족의 고유성은 우연적인 상황의 집합이 아니라, '지금-여기'라는 상황에 도달하기까지 수많은 행동이 주체적으로 결합하여 만들어진 효과를 뜻한다.[58] 최일수가 유적이나 유물, 과거의 유산들로부터 전통을 찾는 데 반대하는 이유도 그에 있다.

오늘날 우리의 현대문학에는 고유성이 없어져 가고 있다는 말들을 한다. 즉 그 말은 우리 문학에 민족성이 없어져 간다는 것과 같은 말이다. (……) 고유한 것이란 반드시 신라의 유적이나 국립박물관의 문화재에서만 있는 것이 아니다. 그것은 지금 우리가 행동하며 생각하며 표현하고 있는 오늘 이 시점의 현실 속에 있다는 것이다.
그러므로 우리 문학의 고유성이라고 해서 굳이 고전을 들먹이고 단군부터 훑어 내려와야 한다는 법은 없는 것이다. 문제는 오늘 우리의 눈앞에 펼쳐지고 우리의 눈앞에 부딪히고 있는 현실의 생활 속에서 즉 현대 우리 문학 속에서 우리의 고유성을 찾아내야 할 것이다.[59]

---

58) '지금-여기'야말로 현대성을 가르는 핵심 문제이기에 최일수의 '현대'는 시대성이나 역사철학으로 환원되지 않는다. 이나영, 「1950년대 최일수 민족문학론 연구」, 372쪽.
59) 최일수, 「우리 문학의 고유성」, 『현실의 문학』, 68~69쪽.

자립적이고 주체적인 역량에 의해 민족의 고유성이 발현되고, 또 그것이 주체성이 될 때 역사의 현대성은 모습을 드러낸다.[60] 그렇게 형성된 민족문학은 이전의 시간을 쌓아 올려 억지로 찾아낸 전통이 아니라 새롭게 '창현'되어 나타나는 새로운 전통으로 형상화될 것이다. 현실은 그렇게 발명되는 구체적인 상황이며, 다시 상황은 새로운 현실을 조형해 낸다. 이것이 '지금-여기'의 상황과 그로부터 구성되는 현실의 논리적 관계이다. 남은 문제는 최일수의 시대, 즉 1950년대에 그가 직면한 한국문학의 상황이 어떤 것인가에 있다. "우리 문학의 고유성을 확립하기 위해서는 오늘 이 시점에 우리 민족이 서 있는 분단된 상황부터 의식해야 할 것이다."[61] 요컨대, 분단이야말로 한국문학이 현대로 나아가기 위해 돌파해야 할 지금-여기의 상황 자체이다.[62]

휴전 후 두 해 만에 등단한 최일수에게 분단은 회피할 수 없는 현실 자체였을 테지만, 그가 한국문학의 현재를 논의하며 분단을 직접적으로 문제화한 것은 1960년대였다. 전술했듯, 1960년대는 최일수가 시극운동 등으로 활동 방향을 바꾸었기에 문학비평은 상대적으로 낮은 비중을 차지하

---

60) 자립과 주체의 기저가 왜 민족인가에 대한 질문에 대해 최일수는 서구와 한국의 역사적 차이로 답한다. 서구는 현대에 접어들며 인간을 위한 행동 즉 휴머니즘의 발현으로 나아갔으나, 동아시아는 집단으로서의 민족에 더 비중을 두었다. 여기서 민족은 생래적인 집단이라기보다 현대적 인간성과 통일된 더 높은 차원의 민족성('문학의 민족성')과 연관된다. "우리의 현대문학은 민족과 인간이 통일된 그러한 현대적 민족정신의 형성인 것이다. (……) 우리의 현대문학은 인간의 이러한 위기를 분단 없는 민족의 구현 과정에서 이를 초극하는 그러한 현대적 민족정신을 창현해야 하는 것이다." 최일수, 「우리 문학의 현대적 방향」, 213쪽. 식민지와 전쟁을 거친 한국의 상황은 인간이라는 추상태나 개인이라는 고립태를 양자 지양하고, 민족의 양태에 더 큰 가치를 부여함으로써 주체화의 바탕을 궁구한다는 것이다. 이상갑, 「민족과 국가, 그리고 세계」, 319~320쪽.
61) 최일수, 「우리 문학의 고유성」, 80쪽.
62) 세계사적 동시성의 시대에 분단은 비단 한민족만의 특수한 사실이 아니다. "분단 자체가 양대 사조와 직결된 이상 분단국가의 운명은 그만큼 세계적인 것이다. 이처럼 분단은 그 민족 자체만의 문제가 아니라 동시에 세계적인 문제이기도 하다. 그러므로 우리 민족의 분단은 곧 세계의 분단을 의미하는 것이다." 최일수, 「현실의 문학」, 43쪽.

는 듯싶지만, 현대성과 세계성, 주체성과 민족문학 등에 대한 관심은 장르를 달리하면서도 유지되고 있었다.[63] 이 일련의 개념어들은 당연히 현실성에 대한 그의 관심을 반영하는 것이기에 우리는 1960년대에도 한국적 상황의 특수성 즉 분단의 현실에 대해 그가 주의를 기울이고 있었음을 짐작할 수 있다. 이는 1960년대의 작가들에 대한 비판적 분석 속에 표출되는데, 그것은 "이들 1960년대의 젊은 작가들은 그들에게 이러한 현재성[개아주의, 오도된 상황의 부재, 사회성과 민족성, 역사성의 부재 ── 인용자]은 있는지 몰라도 현실이 없고 또한 현실의 핵을 이루는 상황이 없다."라는 단언으로 요약된다. 최일수는 계속해서 비판을 이어 간다.

　뿐만 아니라 세계관이 없고 이데올로기가 없다. 더욱이 그들은 오늘날 우리의 현실인 분단 상태에 대하여 눈이 어두우며 그 분단을 통일하려는 상황성에 대하여 전연 관심조차 갖지를 않는다. (……) 통일과 분단이라는 명제는 그들의 소재는 물론 문학적 사고권에서마저 떨어져 나가 버리고 있다. (……) 현실에 대한 무관심 또는 상황 부재의 경향.[64]

　통일에 대한 요청은 분단이라는 현실에서 불거진 것이며, 이는 궁극적으로 '민족은 통일된 하나'라는 전제에서 출발한 것이다. 현실은 지금-여기를 둘러싼 사실과 당위가 복합적으로 얽혀 작동하는 사건적 상태를 지시하고, 이것이야말로 문학의 현대화를 견인하는 핵심 요소라 할 만하다. 여기서 세계사의 동시성, 그리고 세계문학사의 동시성에 관한 명제는 그런 판단을 가능하게 만드는 근본 전제로 호출된다. 인류라는 추상적 관념은 민족이라는 구체적 실제로 형상화되는바, "인류는 자기들의 민족적 현실에서 벗어날 수가 없다."라는 것이 자명한 진리이기 때문이다. 한국이라

63)　김유미, 「1950~1960년대 최일수의 시극론을 통해 본 전통과 현대의 길항」, 10쪽.
64)　최일수, 「현실의 문학」, 35~36쪽.

는 토양에서 그 같은 "민족적 현실이란 다름 아닌 분단된 상황"으로서,[65] 문학에 미래가 있다면, 그것은 분단이라는 상황과 현실을 타개하기 위해 통일을 지향할 때 비로소 열릴 것이다.

거듭 강조하자면, 최일수에게 민족과 분단, 통일의 (문학적) 과제는 민족주의적 당위성에서 비롯된 것이 아니었다. 하나의 민족이기에 통일을 이루어야 한다는 강변을 넘어, 민족이 당면한 현실의 부정성을 벗어나기 위해 통일은 요청된다. 이는 현대성을 이루는 세계사적 흐름에 연동하는 민족적 상황에 다름 아니다. "폐쇄적인 민족주의와 세계적인 동시성을 지니고 있는 민족성"을 혼돈해서는 곤란하다는 말이다.[66] 각이하게 분산되어 있던 근대 세계는 20세기 중반의 현대를 맞이하여 서구도 아시아도 하나의 물살을 타게 되었고, 이렇게 통합된 세계성이야말로 당대의 심상지리적 바탕이었다. 최일수가 구상하는 세계문학사 역시 그러한 구도 속에 존재했으며, 민족문학은 그 "역사적으로 필연적인 발전의 흐름에 따라" 발현되어야 한다.[67] 다시 한번, 문제는 상황과 현실이다. 지금-여기에 대한 통절한 성찰 없이 민족문학은 성립할 수 없다. 하지만 그것 하나만으로 충분할 리 없다. 세계성과 맺는 동시성, 즉 민족적 특수성을 포괄하는 세계문학사의 커다란 흐름 속에서만 민족문학의 현대성은 온전히 발현된다.

상황성의 부재는 곧 민족적 현실인 역사적 분단 의식의 부재도 초월하고 있으며, 그것은 동시에 리얼리티의 부재까지도 동반하면서 무정부적인 세계문학으로 방향도 없이 줄달음치고 있다.

물론 세계적인 조류에 그대로 뛰어드는 것도 좋으며, 조그마한 향토적 소

---

65) 위의 글, 36쪽.
66) 이 두 부류의 민족문학론이 1950년대 문학계를 나누고 있었으나, 최일수를 포함하는 후자는 그다지 평단의 이목을 집중시키지 못했다. 한수영, 『한국 현대비평의 이념과 성격』 (국학자료원, 2000), 79쪽.
67) 최일수, 「창조의 문학」, 49쪽.

재보다는 일시에 세계적 소재를 다루는 것도 좋을 것이다. 그리고 민족적인 현실 따위보다는 인간의 근원을 파고들며 세계적인 인간상을 구현하는 것도 좋으리라. 허나 진정한 세계성은 그러한 데만 있는 것이 아니고 민족적 현실 속에서 그 세계성을 찾아내며 또한 그러한 민족적 특수성을 통해서 이를 세계적으로 실현시켜 나가는 길도 있다는 것을 알아야 할 것이다.[68]

등단 시점부터 줄곧 최일수의 비평적 초점은 1950년대 한국문학의 좌표를 가늠해 보는 데 있었다. 20세기 후반, 서구와 한국에서 공통적으로 개시된 현대성의 흐름 앞에 문학은 어디로 가야 하고 또 무엇을 추구해야 하는가에 답하는 것이 그의 주된 목표였다. 그것은 세계사의 흐름과 무관히 자기 본위로만 정향된 폐쇄된 민족문학이 아니었고, 또한 자신의 상황에는 무지한 채 무작정 세계주의에 함몰된 무정부적 세계문학도 아니었다. 세계와 자신이 길항하는 가운데 스스로의 길을 찾는 여정, 자립과 주체의 토대를 통해 문학의 민족성을 발명하는 것이 현대문학의 행로였던 것이다. 하지만 최일수 스스로가 고백했듯, 갓 현대성의 문턱을 넘어선 한국문학은, 이념적으로는 세계사적 동시성을 포착했을지라도, 실제적으로는 그에 상응하는 작품을 내놓지 못한 형편이었다.[69] 한국전쟁이 빚은 부정의 현실을 극복하기 위해 세계사에 대한 합류의 기대를 개념적으로는 안출했으나, 폐허가 만든 영점의 좌표가 세계성을 담지하는 작품을 산출하기에는 아직 무리였다. 이 같은 상황에서 세계성과 현대성, 민족문학과

---

68) 위의 글, 33쪽.

69) "참으로 우리 문학의 현대는 (……) 현대문학기에 들어섰음에도 불구하고 문학에 있어서 현대성은 제대로 발현되지 못하고 미국 문학이 이차 대전까지 그러했듯이 아직도 근대 이전의 계몽문학과 민족주의문학 그리고 근대적인 '리얼리즘'과 '로맨티시즘' 이상주의 등등 이러한 전 세대의 문학적 경향들이 집단적으로 잔존하고 있는 현상인 것이다." 최일수, 「현대문학의 근본 특질」, 147쪽. "최일수의 민족문학론에서 문학적 형상화의 측면이 고려되지 않는 것은 바로 이런 [변화된 역사적 과제를 찾지 못한 — 인용자] 이유 때문이다." 박성창, 『글로컬 시대의 한국문학』, 97쪽.

세계문학, 동시성의 세계문학사를 논구하는 그의 사유가 아무리 번뜩이는 선구안을 발휘한다 해도, 그것의 실제 현실은 이상과 추상 사이에 위태롭게 가로놓일 수밖에 없었던 것이다.

6 동시성, 또는 환상의 심상지리

최일수 비평의 기조가 된 세계사적 동시성은 한낱 추상의 도식에 따라 도출된 관념이 아니었다. 그것은 20세기 전반을 휩쓴 두 차례의 세계대전이 일으킨 서구 문명의 정신적 변동을 주의 깊게 고찰하고, 식민지와 해방, 전쟁의 직접적 경험을 성찰하는 가운데 내려진 역사철학적 테제에 가까웠다. 세계사의 후위에서 언제나 전위의 발자국만을 좇아 왔던 한국문학은, 이제 근대가 저물고 현대가 시작되는 기점에 이르러 서구와 나란히 문학사적 진전을 추구할 수 있으리라는, 나아가 세계문학사의 전위에 설 수도 있으리라는 원대한 소망이 거기 내장되어 있던 것이다. 최일수가 동남아 문학론이나 제3세계 문학론에 걸었던 희망과 바람은 한국문학의 현대적 전망이 세계사적 동시성에 대한 전제 없이는 불가능했음을 역설적으로 드러낸다.[70] 민족문학이 폐쇄적인 자민족 중심주의에 갇히지 않기 위해서는 반드시 세계에 대한 참조가 필요했고, 따라서 그의 민족문학론은 세계성을 의미론적으로 함축하지 않을 수 없었다.

하지만 아무리 명민한 통찰에 의지한 것이라 해도 역사철학은 특정한 믿음에 기반해 있으며, 그 실제적 근거가 주관적 욕망에 있음을 부인할 수 없다. 1950년대에 접어들며 세계 역사와의 직접적인 대면이 실감으로 다가들었음에도, 한국의 상황에서 그 만남은 자립적이고 주체적인 역량에 의한 것이 아니라 폐허 속에서 선택의 여지없이 받아들여야 할 불가피성을 수반한 것이었다. 세계사적 동시성은 강렬한 파토스적 신념이 되어

---

70) 손자영, 「최일수 문학비평 연구」, 64쪽; 임지연, 「1950년대 최일수의 세계문학론 연구」, 204쪽.

당대의 위기를 돌파할 수 있는 동력이 되었지만, 다른 한편으로는 실질적인 내용은 담보하지 못한 채 당위적 구호나 강령 속에 스스로를 강제하는 덫이 될 수도 있었다. 예컨대 세계는 분명 하나로 연결되었고, 한국문학은 세계문학의 일부로 작동하기 시작했으며, 한국문학사는 세계문학사와 동일한 시공간적 연속성 속에 표상되었다. 동시성의 심상지리는, 적어도 관념상으로는 완벽히 이해될 만한 것이었다. 그러나 한국의 근대성을 속박하던 일제의 장막이 걷히자 그것을 대신한 것은 냉전 시대 미국의 우산이었다. 무엇보다도, 이념을 빌미로 벌어졌던 전쟁 이후 반공이 시대사적 요구로 제시된 시점에서 투명하게 세계를 만난다는 것은 불가능한 소망일 수밖에 없었다.

세계사적 동시성, 특히 최일수에게 세계문학사와의 동시적 연동이란 그 같은 실제 현실에 대한 눈가림이나 자기기만에 가까웠다. 그는 세계와의 직접적 만남과 문학의 동시적 진전을 통해 근대 너머, 현대의 첨단에 선 한국문학을 꿈꾸었지만, 실상 그것은 개항 이래 중단된 적 없던 서구적 근대의 반복이었고, 서구적인 것에 대한 동경의 지속이었기 때문이다. 최일수와 동시대인들을 사로잡았던 동시성의 환상은, 기실 서구에 대한 관념적 동일화에 지나지 않았고, '후진성 콤플렉스'가 사라지지 않았음을 반증하는 것이었다.[71] 적어도 논리와 이념에 있어서는 최일수의 민족문학론과 세계문학론이 탈근대적인 문학적 전망마저 보여 주었으나, 당대의 창작에서 그것을 구현하거나 입증할 만한 실제 작품을 찾지 못했다는 점은 동시성의 심상지리가 환상에 머물러 있었음을 씁쓸하게 강조한다.

그럼에도 우리는 최일수의 비평이 온전히 환상의 구도 속에 머무르지 않았음을 기억해야 한다. 비평의 진정한 임무는 작품 해설이나 이론적 분석에 있지 않고, 문학이 진전하는 방향을 찾음으로써 지금까지와는 다른 문학을 형성하도록 촉진하는 데 있다. 이는 문학의 낡은 과거를 기각하고

---

71) 김건우, 『사상계와 1950년대 문학』, 141쪽.

지금-여기로부터 도약해 만들어 갈 미래, 곧 새로운 문학의 좌표를 발명하는 것이다. 설령 환상의 심상지리라 할지라도, 지도에 없는 낯선 지리는 언젠가 새로운 문학의 요람이 되어 진정한 문학의 현대성을 성취하게 될 것이다.

비평은 비평 자체가 소설이나 시보다도 한결 첨예하게 새로운 세대를 감각해야 하고 또 그 이향의 준비를 먼저 시도함으로써 새로운 방향을 발견하고 제시하여 낡아 버린 기능을 맨먼저 지양하지 않으면 안 되리라. (……) 비평문학의 현대성은 오늘날 우리가 이어받아야 할 전통을 비판적 위치에서 엄정하게 선택하는 규준을 밝히는 동시에 새로운 전통을 형성하면서 하나의 주체성을 확립시키는 데 있어서 가장 기저가 되어야 할 문학 정신의 창현에 집주하고 나아가서는 이러한 문학 정신의 창현 속에서 서구의 행동적인 '휴머니티'를 비판적으로 섭취할 수 있는 구체적인 창작 방법을 제시하는 데 있다고 믿는다. (……) 다시 말하면 현대비평의 기능은 문학적 방향의 창현자로서 또는 있어야 할 위치의 설정자로서 새로운 문학의 형성을 담능(擔能)해야 한다는 것이다. 이러한 문학사적 창현력이 없는 비평이라면 그것은 비평이기보다는 비난에 불과한 잡설 잡론에 지나지 않을 것이다.[72]

'현실의 문학'의 진정한 의미는, 어쩌면 지금부터 만들어야 할 '미래의 문학'에 있을지 모른다. 바로 그 점이 최일수의 비평을 우리의 현재로 계속해서 소환하는 이유일 것이다.

---

72) 최일수, 「비평의 문학성과 현대성」, 《현대문학》 1956년 9월호, 176, 182~183쪽.

참고 문헌

1차 문헌

최일수, 「비평의 문학성과 현대성」, 《현대문학》, 1956. 9

_____, 『현실의 문학』, 형설출판사, 1976

_____, 『민족문학신론』, 동천사, 1983

_____, 『분단헐기와 고루살기의 문학』, 원방각, 1993

2차 문헌

강경화, 『한국문학비평의 인식과 담론의 실현화 연구』, 태학사, 1999

_____, 『한국문학비평의 실존』, 푸른사상, 2005

강진호 외, 『증언으로서의 문학사』, 깊은샘, 2003

김동식, 「진화·후진성·1차 세계대전 ─《학지광》을 중심으로」, 박헌호 편저, 『백 년 동안의 진보』, 소명출판, 2015, 81~115쪽

김복순, 「'세계성'의 전유와 현대문학 상상의 인식 장치」, 《어문연구》 43(1), 한국어문교육연구회, 2015, 149~177쪽

김건우, 『사상계와 1950년대 문학』, 소명출판, 2003

고사카 시로, 최재목 외 옮김, 『근대라는 아포리아』, 이학사, 2007

고은, 『1950년대』, 청하, 1989

김유미, 「1950~1960년대 최일수의 시극론을 통해 본 전통과 현대의 길항」, 《한국연극학》 76, 한국연극학회, 2020, 5~35쪽

김윤식, 『한국 현대문학사』, 일지사, 1992

_____, 「1950년대 한국 문예비평의 세 가지 양상」, 『한국 현대문학비평사론』,

서울대출판부, 2000

김현,「테러리즘의 문학 ── 50년대 문학 소고」,『현대 한국문학의 이론/사회와 윤리』, 문학과지성사, 1991, 240〜257쪽

나종석,「1950년대 한국에서의 실존주의 논쟁과 사회비평의 가능성 ── 최일 수의 '민족적 리얼리즘'을 중심으로」,《가톨릭철학》 16, 한국가톨릭철학회, 2011, 159〜190쪽.

들뢰즈, G., 박정태 옮김,『들뢰즈가 만든 철학사』, 이학사, 2007

박성창,『글로컬 시대의 한국문학』, 민음사, 2009

박필현,「최일수 비평의 '현대성'과 새로운 '공통성'」,《한국문예비평연구》 24, 한국현대문예비평학회, 2007, 333〜360쪽

사이드, E., 박홍규 옮김,『오리엔탈리즘』, 교보문고, 2011

손자영,「최일수 문학비평 연구 ── 1950년대 '문학 장'과 '차질'의 논리를 중심 으로」,《이화어문논집》 27, 이화어문학회, 2009, 45〜70쪽

손혜민,「잡지《문화세계》 연구 ── 전후 문화주의, 세계주의, 그리고 아메리카 니즘」,《한국근대문학연구》 29, 한국근대문학회, 2014, 61〜84쪽

앙게른, E., 유헌식 옮김,『역사철학』, 민음사, 1997

앤더슨, B., 윤형숙 옮김,『상상의 공동체』, 나남, 2002

오카다 히데히로, 이진복 옮김,『세계사의 탄생』, 황금가지, 2002

이나영,「1950년대 최일수 민족문학론 연구」,《문화와융합》 25, 한국문화융합 학회, 2003, 363〜386쪽

이명원,「최일수 문학비평 연구』, 성균관대 박사 학위 논문, 2005

이봉범,「1950년대 검열과 문화 지형」, 권보드래 외,『아프레걸 사상계를 읽다. 1950년대 문화와 자유의 통제』, 동국대학교출판부, 2009, 13〜57쪽

이상갑,「민족과 국가, 그리고 세계 ── 최일수의 민족문학론」,《상허학보》 9, 상허학회, 2002, 307〜328쪽

이은주,「1950년대 문학비평의 세계주의와 미국적 가치 지향의 상관성 ── 김동 리의 세계문학 논의를 중심으로」,《상허학보》 18, 상허학회 2006, 9〜31쪽

이현식, 「다시 생각해 보는 민족과 민족문학 — 최일수, 백낙청, 채광석의 민족 문제 인식을 중심으로」, 《현대문학의 연구》 13, 한국문학연구학회, 1999, 223~247쪽

임지연, 「1950년대 최일수의 세계문학론 연구」, 《비평문학》 60, 한국비평문학회, 2016, 181~211쪽

장세진, 『상상된 아메리카』, 푸른역사, 2012.

전기철, 『한국 전후 문예비평 연구』, 국학자료원, 1994.

전승주, 「1950년대 한국문학비평 연구 — '전통론'과 '민족문학론'을 중심으로」, 《민족문학사연구》 23, 민족문학사학회, 300~331쪽

_____, 「1950년대 비평에서의 '현대성' 인식」, 《어문연구》 30(3), 한국어문교육연구회, 2002, 167~190쪽

정영진, 「1950년대 세계주의와 현대성 연구 — 강력한 주체성과 봉쇄된 개성」, 《겨레어문학》 44, 겨레어문학회 2010, 263~293쪽

정학재, 「최일수 문학비평 연구 — 1950년대 비평 담론의 장을 중심으로」, 《한국언어문화》 22, 한국언어문화학회, 2002, 337~363쪽

코젤렉, R., 황선애 옮김, 『코젤렉의 개념사 사전 2』, 푸른역사 2010

하상일, 「1950~1960년대 최일수 문학비평 연구」, 《한국문학논총》 40, 한국문학회, 2005, 213~236쪽

한수영, 「최일수 연구: 1950년대 비평과 새로운 민족문학론의 구상」, 《민족문학사연구》 10, 민족문학사학회, 1997, 136~169쪽

_____, 『한국 현대비평의 이념과 성격』, 국학자료원, 2000

_____, 「비평가 최일수와 그의 '민족문학론'에 대하여」, 한수영 엮음, 『최일수 선집』, 현대문학, 2012, 465~505쪽

황선희·이경수, 「최일수 비평의 내적 논리와 그 의미」, 《우리문학연구》 74, 우리문학회, 2022, 183~221쪽

후쿠자와 유키치, 정명환 옮김, 『문명론의 개략』, 홍성사, 1986

휘트로, J., 이종인 옮김, 『시간의 문화사』, 영림카디널, 1997

히로마쓰 와타루, 김항 옮김, 『근대초극론』, 민음사, 2003

Hegel, G., *The Philosophy of History*, trans. J. Sibree, Prometheus Books, 1991

Mucignat, R., *Realism and Space in the Novel, 1795~1869*, Ashgate, 2013

Trotsky, L., *The Russian Revolution*, trans. M. Eastman, Doubleday Anchor Books, 1959

최일수 생애 연보[1]

1924년(1세)   6월 6일, 전남 목포 출생. 부친 최만순과 모친 장대미(본명은
                  장금순) 사이의 2남 중 장남. 본명은 용남(龍男). '일수'는 비
                  평 활동을 시작하며 사용한 필명임.

1936~1945년(13~22세) 목포 북교국민학교(당시 명칭은 북교공립심상소학교) 졸
                  업 추정. 동향인 극작가 차범석(28회 졸업) 등과 동문임. 박화
                  성(6회 졸업)의 집에 내왕하며 독서에 탐닉했다고 전해지나,
                  소년기의 지적 교류나 행보에 대해서는 잘 알려진 바가 없음.
                  중등학교 졸업 자격 검정고시 합격.

1945년(22세)   최송자와 결혼.

1947년(24세)   장녀 효주 출생.

1951년(28세)   장남 효섭 출생.

1954년(31세)   차남 경섭 출생. 상경 후 서울에 정착함.《조선일보》문화부
                  기자로 언론계에 투신함. 이후 1973년까지《서울신문》문화부
                  차장, 기획위원, 조사부장, 논설위원 및 신문윤리위원회 심의
                  위원 등 역임.

1955년(32세)   《조선일보》신춘문예 평론「현대문학과 민족의식」이 당선됨.

1956년(33세)   제2회 현대문학상 신인문학상 수상.(평론 부문 제1회 수상)

1957년(34세)   셋째 딸 경희 출생.

---

1)   이 연보와 작품 목록은 한수영 교수가 엮은『최일수 선집』(현대문학, 2012)에 준거하여
     수정·보충했다. 최일수의 연보는 정확히 밝혀지지 않은 상태지만, 증언과 추정 등을 통
     해 알려진 바에 대해서는 위『선집』을 참고하라.

1959년(36세)	9월, 고원, 장호, 홍윤숙, 신동엽, 한재수 등과 '시극연구회' 결성.
1962년(39세)	11월, 'KBS 예술극장'에 라디오 드라마 「기다리는 사람」(최일수 작·허지영 연출)을 방송.
1963년(40세)	2월, 'KBS 예술극장'에 라디오 드라마 「동시합격」(최일수 작·허지영 연출)을 방송. 3월, 「사신의 독백」(박성남 안무·고원 시·최일수 대본)을 국립무용단이 공연. 6월, '시극연구회' 해체, 뒤이어 '시극동인회' 결성. 10월, '시극동인회' 창립 공연으로 무용시 「분신」(최일수 작·임성남 안무·연출)을 공연.
1964년(41세)	1월, '시네포엠 동인회' 발기인으로 참가.(대표간사 유현목. 기획간사 최일수) 6월, 11월에 열릴 샌프란시스코 영화제에 출품하기 위해 전위영화 「선(線)」(흑백, 러닝타임 10분)의 각본을 쓰고 제작에 참여함.(감독 유현목)
1966년(43세)	2월, '시극동인회' 제2회 공연으로 「그 입술에 파인 그늘」(신동엽 작·최일수 연출) 공연. 5월, 최일수가 적극적으로 참여하던 시극 운동에 대한 비판 여론이 고조됨. 신문에 논쟁적 기사 게재, 최일수는 '시극'의 당위성과 필요를 강조함. 8월, 극단 '시인극장' 창립에 참여.(총무 신동엽, 기획간사 최일수) 12월, 몬트리올 국제영화제 출품 목적으로 50초짜리 영화 「손」(최일수 각본·유현목 감독)을 제작.
1972년(49세)	7월, 최일수 각본의 「수신제」가 'KBS 무대'에서 드라마로 방영됨.
1976년(53세)	첫 번째 평론집 『현실의 문학』(형설출판사) 출간.
1977년(54세)	한국문화예술진흥원 문학 담당 전문위원으로 활동. 1988년까지 서울예술전문대학에 출강함.
1980년(57세)	한국문학평론가협회 제2대 회장 취임.
1981년(58세)	『독립운동총서 ― 학예·언론 투쟁』 집필.
1983년(60세)	두 번째 평론집 『민족문학신론』(동천사) 출간.

1984년(61세)	한국문학평론가협회 회장 역임.
1990년(67세)	8월, 소련작가동맹 중앙본부 카자흐스탄 작가동맹 초청으로 '한·소예술인작가 교류간담회'에 참석 위해 모스크바 방문.
1992년(69세)	한국예술평론가협회 회장 역임.
1993년(70세)	세 번째 평론집 『분단혈기와 고루살기의 문학』(원방각) 출간. 자유문학상 수상.
1995년(72세)	2월, 담도암 판정. 4월 21일, 영면.

최일수 작품 연보

발표일	분류	제목	발표지
1950. 1	수필	주검	호남공론
1955. 1. 1	평론	현대문학과 민족의식	조선일보
1955. 1. 12	평론	현대시와 언어 개혁: 새로운 언어 질서를 모색하며 (상)	조선일보
1955. 2. 23	평론	현대시와 언어 개혁: 새로운 언어 질서를 모색하며 (중)	조선일보
1955. 3. 2	평론	현대시와 언어 개혁: 새로운 언어 질서를 모색하며 (하)	조선일보
1955. 4. 13	평론	실존 문학의 총화적 비판: 하나의 서론적 고찰 (상)	경향신문
1955. 4. 14	평론	실존 문학의 총화적 비판: 하나의 서론적 고찰 (중)	경향신문
1955. 4. 15	평론	실존 문학의 총화적 비판: 하나의 서론적 고찰 (하)	경향신문
1955. 5. 12	평론	윤동주의 시: 현대시와 민족의식	경향신문
1955. 9. 8~10	평론	현대 소설과 내면 분석: 새 세대의 창작 활동을 중심으로	한국일보
1955. 10	평론	니힐의 본질과 초극 정신	현대문학
1955. 12	평론	문학의 전통과 현대성	신태양

발표일	분류	제목	발표지
1956. 2	평론	동남아 문학의 특수성: 문학 일반의 소개와 비평을 겸하여	시와비평
1956. 2	평론	우리 문학에 있어서 신인의 위치: 민족문학의 현대화를 중심으로	문학예술
1956. 3	평론	신춘 창작평: 이향기의 중견 소설	신태영
1956. 4	평론	현대시의 순수 감각 비판: 55년도의 시집을 중심으로	문학예술
1956. 4	평론	노래하는 시와 생각하는 시: 시의 음률과 이메이지의 차질	현대문학
1956. 6	평론	5월 시평: 새로운 시도의 세계	현대문학
1956. 8	평론	모더니즘 본질과 비판	시와비평
1956. 8	평론	인간의 생리와 본질:「눈매」(정한숙 작)와 「계모」(방기환 작)를 읽고	신태양
1956. 9	평론	비평의 문학성과 현대성	현대문학
1956. 9	평론	현대시의 본질과 비판	시작
1956. 11. 27	평론	현대문학의 유파-해설 2: 슐알리즘 (초현실주의)	평화신문
1956. 12	평론	우리 문학의 현대적 방향 전통의 올바른 계승을 위하여	자유문학
1956. 12	평론	현대문학의 근본 특질 (상): 정의를 세우기 위한 논쟁을 전개하면서	현대문학
1956. 12. 1	평론	현대문학의 유파 5: 이메지즘(사상주의)	평화신문
1956. 12. 5	평론	현대문학의 유파 6: 실존주의	평화신문
1957. 1	평론	현대문학의 근본 특질 (하): 정의를 세우기 위한 논쟁을 전개하면서	현대문학

발표일	분류	제목	발표지
1957. 2	평론	문학과 대중	사상계
1957. 4	평론	3월의 작품평: 새로운 시도	문학예술
1957. 4	평론	신인상 당선 소감: 비평적 가능성	현대문학
1957. 5	평론	현대 희곡의 특질: 근대와의 차질성과 그 지양 방법의 비판	사상계
1957. 6	평론	반성하는 현대시 (상): 안소로지 『현대의 온도』의 경우	현대문학
1957. 7	평론	현실 아닌 현실	신태양
1957. 7	평론	반성하는 현대시 (하): 안소로지 『현대의 온도』를 중심으로	현대문학
1957. 9	평론	8월 작품평: 동란의 세대	문학예술
1957. 12	평론	문학의 세계성과 민족성 1	현대문학
1958. 1	평론	문학의 세계성과 민족성 2	현대문학
1958. 1	평론	스탕달의 적과 흑과 그 영화	현대영화
1958. 2	평론	문학과 대중: 서론	사상계
1958. 2	평론	문학의 세계성과 민족성 3	현대문학
1958. 4	평론	신인의 배출과 문학적 상황: 우리 문학에 있어서의 두 가지 조류를 중심으로	자유세계
1958. 4	평론	시극과 종합적 영상 (상): 시극 운동의 필요성을 주장하면서	자유문학
1958. 5	평론	시극과 종합적 영상 (하): 시극 운동의 필요성을 주장하면서	자유문학
1958. 5	수필	어떻게 하면 좋은 글을 쓸 수 있는가	학원
1958. 5	평론	문학의 세계성과 민족성 4	현대문학

발표일	분류	제목	발표지
1958. 9	평론	문학상의 세대 의식: 오늘 우리 문학의 현실에서	지성
1958. 12	평론	문학의 현실: 우리의 비원	지성
1959. 1	평론	문학과 앙가주망: 레지스탕스와 관련하여	자유공론
1959. 4	평론	모더니즘 백서 그 본질의 분석과 비판	자유문학
1959. 4	평론	씨나리오와 문학: 문학적 표현과 영화적 표현의 차질	현대문학
1959. 5	평론	기념비적인 노작:『북간도』를 읽고	사상계
1959. 7	평론	문학 전집 간행의 문화적 의의: 세계 문학 전집을 중심으로	현대문학
1959. 8	평론	창작평: 한계 상황의 인간	사상계
1959. 10	평론	한국 영화감독론	새벽
1959. 11	평론	종착역의 시인들: 근대시와 현대시의 차질	문학
1959. 11	평론	문학상에서 본 결혼 조건: 『마담 보바리』와 『차탈레이 부인의 사랑』의 경우	자유공론
1960. 1	평론	현대시극과 종합예술 1	현대문학
1960. 3	평론	현대시극과 종합예술 2	현대문학
1960. 4	평론	현대시극과 종합예술 3	현대문학
1960. 5	평론	현대시극과 종합예술 4	현대문학
1960. 6	평론	현대시극과 종합예술 5	현대문학
1960. 6. 28	평론	한국의 전위 문학 문학의 혁신적 사고를 위하여	세계일보

발표일	분류	제목	발표지
1960. 7	평론	현대시극과 종합예술 6	현대문학
1960. 7. 5~6	평론	창작평: 한계 상황 속의 극복:「가면」, 「연대자」, 「장인」, 「탈출기」를 들어	연합신문
1960. 7. 20	평론	문화혁명과 종파주의: 자유로운 창작 활동을 위하여	동아일보
1960. 8	평론	현대시극과 종합예술 7	현대문학
1960. 9	평론	4·19 이후의 문학적 전망: 공통된 명제의 세계로	자유문학
1961. 3	평론	검정 안경: 실험 영화를 위한 시작	자유문학
1961. 4	평론	반항적 문학: 왜곡된 배리의 전통에 맞서며	현대문학
1961. 9	평론	모래의 인형	현대문학
1961. 8	평론	종합적 이메지의 예술 '시네포엠'에 대하여	자유문학
1961. 9	평론	한국 배우 베스트 텐: 함렛트를 기대하는 김진규	여원
1962. 9	평론	영화가 주는 선과 악	여원
1962. 11	평론	명작에서 본 아내의 운명	여상
1963. 3	평론	세계 명작에서 본 의인상	대농신약
1963. 6	평론	취미로서의 예술 감상록	여원
1963. 6	평론	의·유사 현대 문학 종착역의 사이비 풍조에 대하여 (상)	현대문학
1963. 7	평론	의·유사 현대 문학 종착역의 사이비 풍조에 대하여 (중)	현대문학
1963. 8	평론	의·유사 현대 문학 종착역의	현대문학

발표일	분류	제목	발표지
		사이비 풍조에 대하여(하)	
1964. 1	평론	종착역의 기수 1: 우리 시의 근대와 현대	현대문학
1964. 2	평론	종착역의 기수 2: 우리 시의 근대와 현대	현대문학
1964. 3	평론	종착역의 기수 3: 우리 시의 근대와 현대	현대문학
1964. 3	평론	현대의 휴머니즘의 비판	신사조
1964. 6	평론	예각적인 현대화 의식의 냉말: '하이눈'의 프레드 진네만	세대
1964. 8	평론	부정과 현세 해방: 한용운론	문학춘추
1964. 8	평론	종착역의 기수 4: 우리 시의 근대와 현대	현대문학
1964. 11	평론	여성에게 권하는 소설 10가지: 김동인의 『김연실전』	여원
1964. 12	평론	명예욕에 어두운 눈먼 모성애	여상
1965. 5	평론	부재지성의 현대문학	현대문학
1965. 5	평론	비속과 타협한 성 신화: 「밀회」	영화예술
1965. 6	평론	흐뭇한 인간 정황: 「포케트에 가득 찬 행복」	영화예술
1965. 9	좌담	내일의 영화인을 위한 쎄미너 ―원작에 위축된 순교자: 최일수·정일몽·하유상	실버스크린
1965. 9	평론	겉으로만 스친 타작: 「돌아온 여군」	영화예술
1965. 10	평론	단역의 얼굴들	실버스크린

발표일	분류	제목	발표지
1965. 12	평론	현대 소설은 사양 예술인가: 황순원 씨와의 이야기	문학춘추
1966. 1	평론	창작계 1년 총평	영화예술
1966. 2	평론	현대 소설의 행방: '무엇'을 잃어버린	현대문학
1966. 5	평론	시극의 가능성: 내재율의 시각적인 구조	사상계
1966. 5	평론	앙케이트: 한국 영화 이것이 문제다	영화예술
1966. 6	평론	특별좌담: 일본 영화를 말한다	영화예술
1966. 7	평론	이달의 화제: '무익조'와 지성	현대문학
1966. 8	평론	이달의 화제: 박경리의 비판 의식	현대문학
1966. 9	평론	이달의 화제: 자연 사상	현대문학
1966. 11	평론	신문 소설과 작가 분열된 문학적 사고 (상)	문학춘추
1966. 12	평론	신문 소설과 작가 분열된 문학적 사고 (하)	문학춘추
1967. 11	평론	신문 소설의 외설 시비: 최초의 신문윤리위 '경고' 결정을 계기로	신동아
1968. 1	평론	희곡 문학의 현황과 그 방향	현대문학
1968. 4	평론	분단의 문학: 상황 부재의 60년대 작가	현대문학
1969. 9	평론	전통주의와 세계주의	현대문학
1969. 12	평론	신문 소설에 범람하는 여인들의 불륜	여원
1970. 3	평론	반현실의 문학	월간문학
1970. 3	평론	한국 영화 단상:「설원의 정」의 한국적 갈등	세대
1970. 5	평론	우리 익살과 서구의 풍자: 한국문학과 해학	월간문학

발표일	분류	제목	발표지
1970. 6. 2	평론	왜곡된 해학	동아일보
1970. 6	평론	이달의 화제: 죄인들의 숙제	현대문학
1970. 9	평론	불사조 펠레	샘터
1970. 10	평론	분단의식의 확립	예술계
1970. 12	평론	초토가 된 한국 영화	아리랑
1971. 1	평론	이달의 화제: 머슴의 역사의식	현대문학
1971. 2	평론	'첫 경험'에 대한 영화적 잡담	아리랑
1971. 3	평론	창작평: 근로 의식의 소산	월간문학
1971. 4	평론	이달의 화제: 민족적 리얼리즘	현대문학
1971. 5	평론	사회 윤리와 신문의 책임: 언론 윤리 확립 없이 사회 윤리 확립 없다	저널리즘
1971. 6	평론	단역론	아리랑
1971. 8	평론	장서언의 문학: 허심에서 현실로	월간문학
1971. 11	평론	맹장문학 소고	다리
1971. 12	평론	창작평: 현실의 소리	월간문학
1972. 2	평론	민족적 리얼리즘	상황
1972. 3	평론	서평: 초중고 학교극 전서(하유상 편저)	현대연극
1972. 3	평론	민족문학과 통일: 작가는 이 역사적 현실의 증언자가 되자	월간문학
1972. 3	평론	시극의 현대적 의의: 종합적 이미지의 형상	현대문학
1972. 5	수필	대화	샘터
1972. 6	평론	이달의 화제: '반쪽발이'의 의식 구조	현대문학
1972. 7	평론	이달의 화제: 현대 사회의 희생자	현대문학
1972. 8	평론	이달의 화제: 지식인과 시인	현대문학

발표일	분류	제목	발표지
1972. 9	평론	이달의 화제: '소'와 '파리'의 세계	현대문학
1973. 1	평론	시의 산책: 그 잠자는 밀어들	신여원
1973. 1	평론	저항 있는 미학의 세계	세대
1973. 4	평론	이달의 화제: 중간은 비틀거리는가	현대문학
1973. 5	평론	이달의 화제: 눈에 거슬린 도식성	현대문학
1973. 6	평론	5월의 시평: 민족을 향한 시	수필문학
1973. 6	평론	이달의 화제: 우직의 미학	현대문학
1973. 10	수필	도둑	수필문학
1973. 12	평론	일본의 발흥과 미국의 진출,	서울평론
1973. 12	평론	창가학회: 황석현	서울평론
1974. 1	평론	한국 신문의 역기능	자주국방
1974. 4	평론	문제작을 찾아서: 침묵과 창작	월간문학
1974. 6	평론	문제작을 찾아서: 새로운 것의 모색	월간문학
1975. 3	평론	한국적 실존주의의 진단	월간문학
1975. 3	평론	한하운의 서정	서울평론
1975. 4	평론	이달의 화제: 일야계삼의 한국관	현대문학
1975. 5	좌담	정담: 광복 30년과 문학의 과제 ― 최일수·박경수·최원규	월간문학
1975. 9	평론	일본의 고대사 연구	경해
1975. 12	평론	노산 문학과 민족사상	시조문학
1976. 1	평론	문제작을 찾아서: 「탑돌이」의 세계	월간문학
1976. 2	평론	서민의 열망	현대시학
1976. 2	평론	서민의 열망: 『배역 없는 무대』 (전승헌 저) 평론	현대문학
1976. 4	평론	이달의 화제: 언어의 과잉	현대문학

발표일	분류	제목	발표지
1976. 5	평론	이달의 화제: 소설과 현실	현대문학
1976. 5	수필	여인과 에세이: 마음의 화장	명랑
1976. 7	평론	영화와 작가 의식 특집: 작가 의식과 인간 탐구	영화
1976. 7	평론	시네포엠: 백구	월간문학
1976.	평론	비평의 문학성	수필문학
1976. 9	평론	이달의 말: 어린아이와 순수	형랑
1976. 10	평론	이달의 문학: 현대인의 길	한국문학
1976. 11	평론	76년 상반기의 소설 우리는 무엇을 썼는가	월간문학
1976. 12	평론	현대 서사시 서론	현대문학
1976	단행본	현실의 문학	형설출판사
1977. 2	평론	민족 문화의 정립과 영화인의 자세, 민족 문화의 재발견을 위한 영화 예술 특집	영화
1977. 4	평론	영화 관객의 기호 및 동향, 창조적인 대중의 영상 특집	영화
1977. 4	평론	이달의 화제: 모순의 미학	현대문학
1977. 5	평론	이달의 화제: 「겨울의 빛」의 피학성 허탈	현대문학
1977.6	평론	이달의 화제: 직업병	현대문학
1977. 8	평론	생과 사의 탐조 미학	영화
1977. 9	평론	이달의 작품: 애정의 부재	월간문학
1977. 10	평론	이달의 화제: 휴머니즘의 허상	월간문학
1977. 11	평론	이달의 작품: 대화와 비평	월간문학
1978. 4	평론	역사 소설과 식민사관:	한국문학

발표일	분류	제목	발표지
		춘원과 동인을 중심으로	
1978. 8	평론	절망 무력한 70년대 문학 (상)	월간문학
1978. 9	평론	절망 무력한 70년대 문학 (하)	월간문학
1979. 4	평론	밀로스 포만의 「뻐꾸기 둥지 위로 날아간 새」, 찬란한 인간 존재를 추구	월간문학
1979. 6	평론	6·25와 전후에 나타난 윤리성	월간문학
1979. 7	평론	인생의 새 패턴 찾는 서정적 영상, 빗토리오 데 시카 감독의 「종착역」	영화
1979. 9	평론	선행해야 할 식민주의의 청산: 갑오경장 때 단절된 고유성 회복	행당
1979. 9	평론	이달의 작품: 정신 공해	월간문학
1979. 10	평론	연작시와 중편소설	문예진흥
1979. 10	평론	이달의 작품: 몰락과 파탄	월간문학
1979. 11	평론	이달의 작품: 민족의 뿌리	월간문학
1979. 11	평론	문학상의 특성과 공과	문예진흥
1979. 12	평론	교수와 비평가	문예진흥
1980. 2	평론	인간의 실체의 전통 추구	현대문학
1980. 2	평론	민족적 서정 세계: 안장현 저 『우리에게 한줄기 빛이 있다면』	월간중앙
1980. 2	평론	한국 영화의 전통 시론: 민족적 로맨티시즘 1	영화
1980. 3	평론	변동 사회와 휴머니즘	월간문학
1980. 4	평론	한국 영화의 전통 시론: 민족적 로맨티시즘 2	영화
1980. 5	평론	한국 영화의 전통 시론:	영화

발표일	분류	제목	발표지
		민족적 로맨티시즘 3	
1980. 7	평론	시네포엠: 「선」	월간문학
1980. 8	평론	한국 영화의 전통 시론:	영화
		민족적 로맨티시즘 4	
1980. 10	평론	동인지 문학의 정착	문예진흥
1981. 2	평론	식민시대의 민족문학(상)	한국문학
1981. 3	평론	식민시대의 민족문학(하)	한국문학
1981. 3	평론	민족문학론(상)	현대문학
1981. 4	평론	민족문학론(하)	현대문학
1981. 4	평론	이달의 작품: 내일로 향한 의지	월간문학
1981. 6	평론	희곡의 현장성과 역사의식	월간문학
1982. 2	평론	이달의 작품: 손장순과 이청준	월간문학
1982. 3	평론	이달의 작품: 손소희의 감각적 사실	월간문학
1982. 4	평론	이달의 작품: 윤흥길의 고향	월간문학
1982. 7	평론	이달의 화제: 해학의 미학	월간문학
1982. 10	좌담	기획좌담: TV문학관:	소설문학
		눈으로 보는 문학—백우암·	
		정중헌·최일수·김충길·반효정	
1982. 10 여성백과?	평론	문학의 교훈성과 쾌락성	KBS
1983. 6	평론	참전 작가와 분단 극복의 의지	소설문학
1983. 10	수필	나의 데뷔 시절: 6·25 문단에	새교육
		새 활기	
1983. 10	평론	우리 소설의 문제점: 상업화를	소설문학
		배제하는 광장	

발표일	분류	제목	발표지
1983	단행본	민족문학신론	동천사
1984. 2	평론	30대 작가가 본 시대상: 윤후명 '돈황의 사랑', 김원우 '인생 공부'	교보문고
1985. 4	평론	원형의 곡선미학: 외래 문화의 기교만 입혀서야	예술계
1985. 4	평론	이달의 작품평: 우리' 상황의 시인	월간문학
1985. 7	평론	민족문학과 상황 의식	현대문학
1985. 9	평론	이달의 작품평: 감성과 이성의 향연	월간문학
1985. 12	평론	민족문학론	호남문학
1985. 12	평론	한국 영화 전통시론: 민족적 로맨티시즘을 중심으로	예술논문집
1987. 1	평론	1987년 한국 영화 작가 의식의 현주소	영화
1987. 2	평론	문학하는 정신이란 무엇인가	문학정신
1987. 2	평론	민족문학원론	예술평론
1987. 3	평론	추도특집: 손소희 선생의 인간과 문학 ― 새 인간상의 창조	현대문학
1988. 2	평론	한국의 고유한 멋의 문학	예술평론
1988. 3	평론	피와 땀으로 이룬 창작의 운하: 박화성론	한국문학
1988. 6	평론	분단의 아픔 잊으려고	동서문학
1988. 7	평론	하이테크 시대의 문예지	시대문학
1988. 9	좌담	남북 문학의 교류를 위한 긴급 좌담: 분단 문학의 극복과 통일 지향문학 ― 박진환·정을병·최일수·홍문표	동양문학
1988. 10	평론	한꺼번에 하는 소리: 분단 문학과	현대문학

발표일	분류	제목	발표지
		민중문학	
1988. 11	평론	영화 소재 개방, 어디까지 왔는가	영화
1989. 1	평론	소설가 박연희의 문학: 장편 『주인 없는 도시』의 예술성	월간문학
1989. 1	평론	영화예술과 하이테크 시대	영화평론
1989. 2	평론	이동주의 곰삭은 시학: 가신 지 열 돌에 즈음하여	시문학
1989. 6	평론	값진 얼과 솜씨의 어울림	문학과의식
1989. 6	평론	분단헐기와 고른 삶의 만남	우리문학
1989. 6	평론	분단 현실과 민족 통합 원리의 문학적 모색	월간문학
1989. 9	평론	새로운 분단헐기의 노래: 함혜련 시집 『웅녀의 겨울 편지』를 헤아리며	월간문학
1990. 1	평론	분단헐기와 한울의 꿈: 김요섭의 시얼	시문학
1990. 4	평론	현대 문학과 민족의식	백제문예
1990. 6	평론	한동아리, 한목소리의 문학	문예사조
1990. 9	평론	소박한 문장과 마음	문학과의식
1990. 12	평론	이달의 작품평: 큰마음 먹은 신인 기용:「천국의 계단」	영화예술
1990. 12	평론	소련의 예술 기행: 중도 지향의 소련 문화	예술평론
1991. 1	평론	시네포엠과 팬 포커스	영화평론
1991. 8	평론	이달의 작품평:「터미네이터 2」 ─모진 깨부숨과 사랑의 눈물	영화예술
1991. 9	평론	이달의 작품평:「개벽」	영화예술

발표일	분류	제목	발표지
		─ 해월과 녹두가 함께 어울려야	
1991. 11	평론	시네포엠과 팬 포커스:「시인의 피」와 「시민 케인」을 바탕으로	영화예술
1992. 5	평론	이달의 작품평:「걸어서 하늘까지」	영화예술
1992. 6	평론	이달의 작품평:「눈꽃」	영화예술
1992. 7	평론	민중 수필과 문학성	한국수필
1992. 8	평론	이달의 작품평:「장군의 아들 2」	영화예술
1992. 10	평론	우리 영화의 전통을 찾아 겨레스런 바램을 바탕으로	영화평론
1992. 10	평론	이달의 작품평:「우리들의 일그러진 영웅」	영화예술
1992. 12	평론	우리 시의 참모양 이동주 시얼의 굽이와 삭힘	문학과의식
1992. 12	평론	이달의 책: 미움과 사랑이 엇갈린 뒤얽힘	현대문학
1993. 8	좌담	기획대담: 통일 문학을 위한 모색과 진단 ─ 최일수·박진환	조선문학
1993. 10	평론	이달의 작품: 가운데 또래의 얼	월간문학
1993. 11	평론	이달의 작품: 빗나간 인종 얽힘과 한풀이	월간문학
1993. 12	평론	이달의 작품: 가운데 쪽의 갈 길	월간문학
1993	단행본	분단헐기와 고루살기의 문학	원방각
1994. 1	평론	이달의 작품: 쉽고 재미있는 새로운 희곡	월간문학
1994. 2	평론	눈에 얽힌 옥단이와 힐라리	조선문학
1994. 3	평론	작품평:「나는 소망한다 내게	영화예술

발표일	분류	제목	발표지
		금지된 것을」	
1994. 4	평론	자연과 꿈의 어우러짐	월간문학
1994. 10	평론	이분법이 무너지는 소리	사보라이프
1994. 10	평론	'들쑤심'의 문학과 나	말글생활
1994. 12	평론	한꺼번에 하는 소리	한글문학
1995. 5	평론	유현목 감독의 영화예술	예술평론
1995. 8	평론	새로운 통일 문학	한겨레문학

작성자 최진석 서울과학기술대학교 교수

폐허에서 동심을 발견하는 두 가지 방법

박화목과 손동인

강수환 | 아동문학평론가

1 두 아동문학가의 상반된 궤적

언젠가 김응교는 1922년생 문학인을 "폐허의 청년들"이라 칭하며 다음과 같이 말한다. "1922년생 작가들은 몇 가지 큰 사건을 통과해야 했다. 1942년 스무 살 때 태평양전쟁, 1945년 스물세 살 때 해방, 그리고 1950년 스물여덟 살 때 한국전쟁을 경험하면서, 작가로서 최고의 활동기에 전후 문학의 특징을 보여 준 것이다. 이들의 풍성한 창작 활동으로 인해, 그 무너진 상상력의 공간은 그나마 허기(虛飢)를 다소 면할 수 있었고, 이어서 1960년대 이후 새로운 기운의 시민 문학으로 나아갈 수 있었다."[1] 이 시기를 통과해야 했던 문학가들의 청년기를 명료하게 압축한 대목이기에 길게 인용했다. 이들은 자기 거점이 폐허와 같이 허물어지는 사건을 반복 경험

---

1) 김응교, 「폐허의 청년들, 존재의 탐색」, 김응교·김진기 외, 『폐허의 청년들, 존재의 탐색』(민음사, 2022), 28쪽.

하면서도, 폐허에의 체험을 문학적 토양으로 삼아 우리 시대의 공백을 채워 넣었다.

1924년생 문학인들의 상황도 크게 다르지 않았겠다. 일제로부터의 징집부터 한국전쟁에 이르기까지, 차이가 있다면 반복되는 폐허의 경험을 조금 더 이른 나이에 겪었다는 정도일 것이다. 김응교의 표현처럼 이 "폐허의 청년들" 가운데 일부가 진공 상태와 같은 당장의 공백을 채우고자 "존재의 탐색"을 수행했다면, 또 다른 일부는 미래 세대를 위해 토대를 다지는 일에 헌신했다. 어린이를 위한 문학을 쓰는 아동문학가들이 여기에 해당한다. 한국 아동문학 연구에서 전후 시대에 활동한 아동문학가에 관한 연구의 토대는 유독 빈약하다. 이 글은 아동문학가 박화목과 손동인을 다룬다. 1924년생으로 올해 탄생 100주년이 되는 두 아동문학가는, 동시·동화 창작부터 아동문학 연구에 이르는 전방위적인 활동을 펼쳤는데, 흥미롭게도 이 두 사람의 궤적은 어딘가 대조적이다.

박화목은 황해도 황주 장천리 출생으로, 《아이생활》에 동시 「피라미드」(1939), 「겨울밤」(1941)이 추천되어 작품 활동을 시작한다. 평양신학교 예과를 수학하고, 이후 만주에서 하얼빈 영어학원과 봉천신학교를 졸업한 뒤 해방 직후 1946년 월남해 조선청년문학가협회 아동문학위원, 국제 펜클럽 한국본부 이사, 한국아동문학회 회장, 한국문인협회 아동문학분과 회장을 지냈으며, 언론·교육 활동으로는 서울중앙방송의 문예 담당 프로듀서, 한국일보 문화부장, CBS 교양부장과 편성국장, 중앙신학대학 교수 등을 역임했다. 2005년 7월 9일, 서울에서 별세했다.[2]

손동인은 경남 합천 출생으로, 1950년 《문예》 시부 3회 추천되어(「누나의 무덤가에서」, 「산골의 봄」, 「별리」로 서정주, 김영랑, 모윤숙에 의해 추천) 문단

---

2) 신정숙, 「팔각정에서 차 한잔: 박화목과 「과수원 길」」, 《통일한국》 41권, 평화문제연구소, 1987; 진선희, 「박화목 동시 연구 (1): 발표 현황을 중심으로」, 《한국아동문학연구》 19호, 한국아동문학학회, 2010, 6쪽; 지기원, 「은종 박화목의 시에 나타난 기독교 세계관」, 장로회신학대학교 대학원 석사 학위 논문, 2019 참조.

에 데뷔했으며, 한국아동문학가협회 이사를 역임했다. 진주공립고등보통학교를 졸업한 후 합천, 함양, 대구 등에서 교사로 근무하다 한국전쟁으로 부산으로 피난해 부산일보 기자로 활동했고, 이후 1954년 경남고교에 부임해 교사 생활을 재개했으며 1962년에 보성고교 부임, 1968년에는 인천교육대학교 국어과에 부임해 1989년 정년 퇴임했다. 1992년 5월 6일, 손동인 역시 서울에서 별세했다.[3]

크게는 한 사람은 북에서 서울로 다른 한 사람은 남에서 서울로 이동했다는 점, 박화목이 처음부터 아동문학(동시)으로 작품 활동을 시작하여 이후 성인문학(시)을 병행한 반면 손동인은 성인문학(시)으로 출발했다가 아동문학가로도 활동했다는 점, 그리고 각각 한국아동문학회와 한국아동문학가협회에서 중직을 맡았다는 점이 눈에 띈다. 주지하다시피 한국아동문학회와 한국아동문학가협회는 "한국문인협회와 자유실천문인협의회의 대립에 상응하는 '순수파' 대 '사회파'의 논리를 아동문학에 새겨 넣으면서" 아동문학의 본질과 향방을 둘러싼 비평적 논의의 각축을 촉발한 대표적인 단체다.[4] 이처럼 동갑내기 아동문학가였던 박화목과 손동인은 외관상 삶의 궤적에서부터 문학적 지향까지 여러모로 상반된 모습을 한 것처럼 보인다.

덧붙여 두 사람 모두 운문과 산문 형식을 가리지 않는 창작 활동을 보였음에도, 한 사람은 특히 동시 작가로 그리고 다른 한 사람은 동화 작가로 사람들의 기억에 각인되어 있다는 점도 차이점이겠다. 이때 박화목은 전자 그리고 손동인은 후자에 해당할 것이다. 이는 물론 두 사람의 각 대표작이라든지 발표 경향 등으로부터 기인한 결과겠지만, 여기에는 조

3) 김계곤, 「인간 손동인 (上)」, 《광장》 1989년 3월호; 김계곤, 「인간 손동인 (下)」, 《광장》 1989년 4월호: 정화숙, 「손동인론: 그의 수필 작품에 나타난 의식와 장르 확대를 중심으로」, 인천교육대학교 교육대학원 석사 학위 논문, 2001.

4) 원종찬, 「이원수와 70년대 아동문학의 전환」, 『한국 아동문학의 쟁점』(창비, 2010), 157쪽 참조.

금 더 근원적인 차이가 내재하는 듯하다. 가령 김동리는 『박화목 아동문학 독본』(을유문화사, 1962)에서 박화목의 동화를 해설하며 그의 동화가 현실적이기보다는 '기독교적 이상주의' '관념 동화'의 성격을 보인다고 평한다. 언뜻 해설치고는 박한 평가처럼 보이나, 김동리의 의도는 박화목의 작품 세계가 산문보다는 시에 더 가깝다는 것을 강조하는 데에 있었다.[5] 박화목의 동화가 현실성보다는 이상성·관념성의 측면이 도드라지는 이유는 다름 아니라 그가 시적 세계에 발을 딛고 서 있기 때문이라는 것이다.[6]

한편 손동인이 지향하는 세계란 산문의 형식에 가까웠다. 전술했듯 그는 1950년 《문예》 시 부문 3회 추천으로 등단했으나 당선 소감은 다음 해인 1951년 신년 호에야 실을 수 있었는데, 이는 한국전쟁으로 한동안 문예》지가 발간될 수 없었기 때문이다. 이 시기 손동인은 대구중학교에 취임한 지 20일도 안 되어 전쟁으로 급히 부산으로 피난을 떠난다. 전쟁의 참혹함을 몸소 피부로 겪은 이후 그는 "기성 시인으로 데뷔는 했으나, 앞으로의 작품이 더 중요하다."는 생각에 방향 전환을 모색한다.[7] 아마도 지금 이곳에 필요한 것은 서정과 관념의 언어보다는 현실 세계에 더 가까운 형태의 언어가 아닌가 하는 고민이 들었기 때문으로 추정된다. 결국 손동인은 시가 아닌 산문을 통해 세계를 그려 나가기로 결심했고 이에 "소설과 동화로 전향"을 택한다.[8] 그는 1952년 '한국아동문고 현상 작품

---

5) 이충일, 『해방 후 아동문학의 지형과 담론』(청동거울, 2016), 145쪽.
6) 박화목의 동시에 대해서도 김동리는, "아이들의 생활"보다는 "상상(想像)의 세계, 순수한 동경(憧憬)의 세계"를 그리는 그의 작품이 "과거의 동요를 시의 경지에 끌어올려 놓으려" 한다고 고평한다. 이렇듯 박화목의 작품이 내포하는 이상성·관념성은 산문과 운문 모두로부터 명징하게 발견되는 특징이라 할 수 있다. 김동리 편, 『박화목 아동문학 독본: 한국 아동문학 독본 8』(을유문화사, 1962), 4쪽.
7) 손동인, 『이 외나무다리 난 우얄꼬』(명문당, 1986), 271쪽.
8) "그러던 중 나는 소설과 동화 쪽으로 관심을 갖게 되었다. 왜냐하면 내 인생의 과정이 다분히 산문(散文)의 세계였기 때문이다. 이리하여 나는 마침내 소설과 동화로 전향하여 오늘에 이르렀다. 나를 시인으로 데뷔시켰던 서정주·김영랑·모윤숙 씨 들에게는 미안하지만, 나는 결코 후회하지 않는다."(같은 곳)

모집'에 동화 「잃어버린 누나」가 당선되면서 아동문학가의 길을 걷기 시작한다.

표면적으로 드러나는 생애와 활동부터 언어 세계와 같은 근원적인 영역까지, 두 아동문학가의 면면은 확실히 상반되어 보인다. 그렇다면 두 사람이 각각 시와 산문의 언어를 통해, 서로 다른 갈래를 거쳐 최종적으로 이르고자 했던 목표점의 거리는 그만큼 멀었을까. 다음 장부터는 박화목과 손동인의 작품·연구·활동 등을 두루 살피며 이들이 아동문학계에 남긴 유산을 차례로 점검해 보고자 한다.

2 그리움·향토성·기독교적 이상주의의 매개, 박화목의 동심

1) '먼 옛날'을 그리워하는 동심의 문제

우선 널리 통용되는 박화목의 작품 세계에 대한 평으로부터 논의를 시작해 보자. 먼저 이재철은 박화목의 동시와 동화의 작품 세계를 각각 '상상과 동경과 애수의 세계'와 '허무적·기독교적 이상주의'로 평한 바 있는데[9] 이는 사실상 김동리가 앞서 살핀 『독본』 해설에서 이미 내린 평가와 상당 부분 궤를 함께한다. 박화목의 작품 세계가 시와 가깝게 감응하기 때문에 위 경향이 나타난 것이라는 김동리의 진단이 만약 옳다면, 생산적인 논의를 위해서는 아무래도 우선 박화목의 시 세계를 조금 더 세밀하게 살펴야 하겠다.

진선희는 박화목의 동시 220편을 살핀 끝에 그의 동시 세계의 주요 특징을 다섯 가지로 자세히 구분한다. '고향에 대한 그리움의 예술적 승화', '민족적 삶과 정서의 감각적 구체화', '동양적 관조와 서경적 서정시의 세계', '동시의 예술성 탐색과 구현의 과정', '신앙심을 바탕으로 한 동심의

---

9) 이재철, 『한국 현대 아동문학사』(일지사, 1978), 415~417쪽; 『세계 아동문학 사전』(계몽사, 1989), 131쪽 참조.

세계'가 바로 그것이다.[10] 앞의 김동리와 이재철의 평가에 비해 더욱 상세하기는 하나, 이 경우에도 그리움(고향에 대한 그리움의 예술적 승화)과 향토성의 정서(민족적 삶과 정서의 감각적 구체화)를 박화목 동시의 특징으로 가장 앞세우고 있다는 점에서 완전히 새로운 시각이라 보기는 어렵다. 이는 마치 박화목의 동시 세계가 그만큼 자기 전형에서 크게 벗어나지 않음을 방증하는 의미로 읽힌다.

하지만 기실 "어린이의 자연 친화적인 특성을 매개" 삼아 "초역사적 향토성"을 내세운 아동문학을 창작했던 것은 이른바 '순수주의' 문학관에 선 아동문학가 전반이 공유하는 특징이었으며,[11] 신앙심(기독교)을 바탕으로 한 문학 활동 또한 서북 출신 문인으로부터 널리 발견되는 사항인 까닭에 이를 박화목의 작품 세계가 지닌 고유한 특징이라 말하기에는 다소간 범박한 정의겠다. 그러므로 중요한 것은 '그리움의 정서', '토속성·향토성', '기독교적 이상주의'라는 각각의 요소가 발견된다는 사실을 넘어, 이들이 박화목의 작품 안에서 어떤 논리 아래 서로 결합하고 관계하는지를 밝히는 일일 것이다.

박화목의 동시에서 나타나는 그리움과 토속성의 정서는 당장 그의 대표작으로 널리 암송되는 「과수원 길」의 구절들("아카시아 꽃 하얗게 핀 먼 옛날의 과수원 길")만 보더라도 쉽게 확인할 수 있다. 이 동시 동요의 화자는 현재의 시점에서 아카시아 꽃이 활짝 핀 과수원길을 바라보는 어린이보다는, 그 "먼 옛날의 과수원 길"을 추억하는 어른임이 자명하다. 실제로 이때의 과수원은 제물포에서 과수원을 경영하던 큰아버지 댁에서 "아카시아 꽃잎을 입에 물고 다녔다는" 시인의 유년기 체험이 짙게 반영되었을 상징적 장소이기도 하다.[12] 이러한 특징은 박화목의 여러 동시에서 두루 나

---

10) 진선희, 「박화목 동시 연구 (2): 본향에 대한 그리움의 감각적 구체화」, 《韓國初等教育》 21권 3호, 서울교육대학교 초등교육연구원, 2011, 15∼28쪽 참조.

11) 원종찬, 앞의 책, 153쪽. 이러한 경향은 특히 당시 박화목이 속한 한국아동문학학회에서 개최한 세미나 '전원문학과 아동문학의 과제'(1972. 8. 21∼22)에서 두루 확인할 수 있다.

타난다.

두 눈을 감으면
옛 꿈이 삼삼,

다정한 벗의 음성
귓가에 속삭이네.

오월의 푸르름은
못 잊을 그리움

어느 먼 숲속에서
뻐꾹이가 운다.

— 「아카시아 길」 부분

이 동시는 『꽃이파리가 된 나비』(아중문화사, 1972)에 수록된 작품으로,
여기서도 화자는 "옛 꿈", "다정한 벗의 음성", "오월의 푸르름"을 못 잊고
그리워하는 인물로 나타난다. 또한 이번에도 아카시아는 우리 일상 주변
에 피어 있는 현재적 자연물이 아닌 과거 그리움의 정서를 함의하는 상징
적 이미지로 반복 재현되고 있다. 따라서 그의 동시에서 발견되는 그리움
과 토속성의 정서는, 해당 동시 동요를 현장에서 읽고 노래하는 도시 밖
어린이의 것이 아닌, 유년기 기억 속의 토속적 이미지를 경유한 그리움에
공감할 수 있는 어른 화자의 것에 더 가까워 보인다.

---

12) 신정숙, 앞의 글, 77쪽. 한편 과수원은 박화목에게 각별한 장소인데 이 측면은 시집 『천
사와의 씨름』(한국문학사, 1975)에 담긴 '과수원 연작시'(「봄 과수원」, 「여름 과수원」, 「가
을 과수원」, 「겨울 과수원」)를 통해서도 유추할 수 있다.

그렇다면 박화목의 동시 동요는 당대의 어린이를 위한 것이기보다는, 유년기의 향토적 풍경과 정서를 그리워할 수 있는 어른 독자 세대를 위한 것이라고 요약될 수 있을까. 지나치게 손쉬운 진단처럼 들린다. 무엇보다 그는 "아동문학은 제1차적으로 아동을 독자 대상(讀者對象)으로 한 문학이다."라는 점을 분명히 표명해 온 아동문학가이기 때문이다.[13] 다시, 그렇다면 우리는 박화목의 그리움, 토속성의 정서를 어떻게 이해해야 할까. 그는 어떻게 기성세대의 그리움과 기억이 어린이를 위한 문학적 질료로 전환될 수 있으리라 믿었던 걸까.

진선희 역시 박화목의 동시가 노정하는 위의 문제를 해명할 필요를 느낀 듯하다. 그는 박화목의 동시에서 빈번히 출현하는 과거 회상적 이미지가 어린이 독자를 대상으로 하는 아동문학에서 과연 적합한 것인지를 자문한 끝에, 페리 노들먼의 '내포 독자로서의 아동' 개념을 빌려 이를 설명한다.[14] 말인즉 "작가가 상정한 독자로서 '아동'이 아동문학에서의 아동"이라는 것이다.[15] 실제로 박화목은 비록 아동문학의 제1차 독자가 어린이인 것은 사실이나 단순히 어린이가 즐겨 읽는 이야기 모두를 곧 아동문학으로 정의할 수는 없으므로 결국 아동문학의 핵심은 '동심'에 있다고 주장하며 다음과 같이 아동문학을 재정의한다. "아동문학은 문학 작가가 아동이나 또는 동심 세계를 동경(憧憬)·갈망(渴望)하는 일선 독자를 대상으로 창조한 동심의 문학이다."[16] 그렇다면 박화목이 말하는 동심이란 무엇일까.

---

13) 박화목, 『아동문학 개론』(민문고, 1989), 12쪽.
14) 페리 노들먼, 김서정 옮김, 『어린이 문학의 즐거움』(시공주니어, 2001), 50~54쪽 참조.
15) 진선희, 앞의 글, 17쪽.
16) 박화목, 앞의 책, 20쪽. 덧붙여서, 당대 아동문학을 바라보는 이러한 관점은 박화목만의 것이 아니었다. 비슷한 시기 손동인 또한 에리히 케스트너의 "나는 8세의 아동으로부터 80세의 아동을 위해 아동문학을 쓰고 있다."라는 말을 인용하며 아동문학에서 중요한 것은 독자의 나이가 아닌 동심에 있다고 쓴 바 있다. 손동인, 『한국 전래동화 연구』(정음문화사, 1984), 22쪽.

오늘 어린이의 부모(어른)들은 자라는 어린이들의 꿈에의 동경(憧憬)을 이해하지 못합니다. 아니, 꿈을 간직하려는 마음 바탕을 흐트러 놓습니다.

"동화책을 좀 그만 읽게 하구 학습 공부나 열심히 하라고 해야겠소."

거의 부모들의 의식 구조에는, 이런 실리적(實利的)인 생각으로 꽉 차 있다고 말해도 결코 지나친 말이 아닐 것입니다.

꿈은 어린이 마음의 본질적 요건입니다.

꿈은 어린이 세계의 기간적(基幹的)인 지주(支柱)입니다.

어린이가 꿈을 잃었을 때, 그 어린이는 비인간으로 성장하기 마련입니다.[17]

동심을 명확히 개념화한 것은 아니나 박화목은 "어린이 마음"〔童心〕이란 곧 "꿈(理想)의 세계"라고 말했다.[18] "실리적인 생각"에 의해 억압된 "꿈에의 동경"을 마음에 품는 사람이라면 비록 어른일지라도 "어린이 마음"(동심)을 가질 수 있다는 것이 그의 생각이었다.

그러므로 '먼 옛날'을 그리워할 만큼 훌쩍 나이 든 화자의 고백일지라도, 두 눈을 감고서는 실리적·현실적 고민이 아닌 오래도록 그리워하고 동경해 온 "옛 꿈"을 노래하는 한 박화목에게 이것은 동시가 될 수 있다. 물론 이것만으로는 부족하다. 박화목의 동심이 종종 도전받는 이유는 단순히 화자의 연령대가 어른으로 추정되어서가 아니기 때문이다. 하물며 할아버지 할머니가 화자로 나타나는 동시 또한 얼마나 많은가. 문제는 그의 동시에 짙게 배어 있는 옛것을 향한 그리움의 정서가, 과연 아동문학의 제1차 독자 대상이라 할 수 있는 아동을 시적 중추에 놓는가 아니면 이들을 오직 계몽의 대상이나 청자로서 주변화하는가이다.

2) 죽음에서 발견한 새로운 삶의 가능성

하나 분명한 것은 박화목은 아동문학의 교육적 효용을 부단히 강조했

17) 박화목, 『敎師와 어머니 위한 幼年童話』(白鹿出版社, 1976), 21쪽.
18) 같은 곳.

다는 사실이다. 아동문학을 계몽의 도구로 삼는 풍조를 경계하며 "아동문학이 마치 교육의 한 수단인 것처럼 오인하고 있는 듯한 작가들"을 향한 거센 비판이 이영호를 비롯해 특히 한국아동문학가협회 쪽에서 제기되어 온 바 있으나[19] 박화목은 교육과 아동문학을 연관 짓는 관점을 철회하지 않았다. 이를 살필 수 있는 사례로, 박화목은 『신아동문학론(新兒童文學論)』(보이스사, 1982)을 개정하여 펴낸 『아동문학 개론』에서 "동시를 쓰고자 하는 교사에게"라는 장을 새로 보강하여 덧쓴다. 박화목이 생각하는 동시인의 덕목이 무엇인지를 파악할 수 있는 대목이기에 주목을 요할 만한데, 흥미로운 것은 해당 장의 제목을 '동시를 쓰고자 하는 사람들에게'가 아닌 '교사'로 쓰며 그 수신 범위를 특정하고 있다는 점이다.

이는 그만큼 박화목이 얼마간 교육의 관점에서 동시를 바라보고 있음을 보여 준다. 관련한 구체적인 내용은 해당 장의 5절에 해당하는 「동시의 교육적 효용에 염두를 둘 것」에 잘 나타나 있다. 이곳에서 그는 "오늘날 동시를 시와 마찬가지로 시인의 정감(情感) 또는 문학 사상을 전달하면 그만이라고 생각하는" 주장에 반대하며, 우리 동시의 기원이 "계몽적인 동요에서부터였다는 점"을 착안하여 "언어 발달, 지능 계발, 이런 측면뿐 아니라, 인간성 회복이라는 교육 목표를 두고 동시를 써야 한다는 소명의식"을 가져야 함을 당부한다.[20] 여기까지만 살핀다면, 박화목의 동시에서 어린이 독자는 시적 주체이기보다는 교육·훈육의 대상으로 밀려나 있는 것처럼 들린다. 하지만 사안은 그렇게 단순하지만은 않다.

힘겨운 듯 두 날개를

---

19) 이영호, 「兒童文學의 傳統性과 庶民性」, 한국아동문학가협회 편, 『兒童文學의 傳統性과 庶民性』(세종문화사, 1974), 21쪽. 또한 이 발표문에서 이영호는 "우리의 전통적인 사상·감정을 완전히 무시하고 신문학 초창기에서와 같이 새것 콤프렉스에 걸려 있는 듯한 징후를 보여 주는" 아동문학들을 비판하기도 했는데, 이는 공교롭게도 박화목의 동화 「한국에 온 한스 할아버지」를 향한 것이기도 했다.

20) 박화목, 『아동문학 개론』, 341~342쪽.

하느작이며

나비는
팔랑팔랑 날아오른다.
꽃밭이 없는 아파트 빌딩
개름한 하늘 향해

창문마다 행여나
꽃이 피어 있을까
찾아다니며

(……)

한 송이 꽃을 찾아
날아오르다 그만 지쳐
노란 꽃잎이 되어
팽그르르 떨어진다.

— 「아파트와 나비」 부분

「아파트와 나비」는 「과수원 길」이 실린 동시집 『아파트와 나비』(화술, 1989)의 표제작이기도 하다. 작품은 삭막한 아파트 빌딩 사이를 날며 꽃을 찾아 헤매던 나비가 끝내 지쳐 추락하는 이미지를 그리는데, 생명/자연적 공간인 '꽃밭'과 죽음/인공적 공간 배경인 '아파트'를 대비함으로써 현대 도시 문명을 비판적으로 비추고 있다. 사라진 자연의 토속적 풍경을 그리워하는 정서를 내포한다는 점에서 이 동시는 앞서 언급한 박화목 동시의 경향성에서 거의 벗어나지 않는다. 산업화에 따른 정서의 빈곤과 비인간화(非人間化)는 1970년대 전후 박화목의 동시와 동화 모두에서 자주 발견되는 테마이다. 이 시기부터는 옛 고향의 정취를 잃고 그리움을 느끼는 것은 더는 실향민인 박화목 자신만의 이야기가 아닌 남한 어린이들이 공통으로 겪는 문제로 비쳤을 것이다. 산업화·도시화로 인해 많은 어린이가 도시로 이주해야 했거나, 도시에 거주하던 어린이 또한 과거 향토적 환경을 잃게 되었기 때문이다.

진선희는 이 작품으로부터 "도심의 아파트에서 꽃밭을 찾아 헤매는 나비에 대한 안타까움은 고향을 상실한 시인 자신의 아픔과 그리 다르지 않다"는 점을 읽어 낸다. 요컨대 "박화목의 고향 상실"의 경험은 곧 "민족적 본향의 상실과 연계"되는 것으로, 자세히는 "경제 성장과 더불어 자연이 훼손되고 옛것이 사라져 가는 것을 안타깝게 여기는 동심, 물질만능주의의 문제를 지적하며 지금 여기의 결핍을 드러"냄으로써[21] 상실한 본향을 향한 그리움을 동시에서 반복 표출한다는 것이다. 「아파트와 나비」에 대한 무리 없는 내외재적 접근으로 보인다. 다만, 이 평가에는 한 가지 사항이 더 보충될 필요가 있어 보이는데 바로, 박화목을 대표하는 또 하나의 열쇠 말인, 기독교적 이상주의이다.

박화목은 일전에도 「꽃이파리가 된 나비」라는 동시에서 장마로 죽은 나비를 꽃잎으로 형상화한 적이 있다.(······비가 그쳐도 다시는/ 날지 않는 나비.// 하얀 나비/ 꽃이파리가 되어 버린/ 꽃 나비.) 그는 스스로 본인의 작품을 설명하면서 "죽음을 승화시켜 영원한 아름다운 것으로 생각해 보려 한 그 뜻이 이 동시의 주제를 이루고 있"다며 "이 사상은 그리스도교 정신에서 도출(導出)되어 온 것"이라고 밝혔다.[22] 이 동시는 예수의 죽음으로부터 배태된 부활과 영생("영원한 아름다운 것")을 주제 의식으로 삼는 점에서 다분히 기독교적이며 관념적이다. 이때의 작법은 「아파트와 나비」에서 "팽그르르 떨어"진 나비가 죽어 사라지는 것이 아닌, 자신이 줄곧

---

21) 진선희, 앞의 글, 22쪽.
22) 박화목, 앞의 책, 315쪽.

찾아 헤매던 대상이자 이상향인 "노란 꽃잎이" 된 이미지의 제시로 이어진다.

「꽃이파리가 된 나비」보다 이후에 쓰인 「아파트와 나비」속 나비의 이미지에서는 비교적 실체성이 감지되는데, 이는 단순히 '죽음의 승화'라는 관념적 주제만을 형상화한 것이 아닌, 당대 어린이들이 겪는 정서적 결핍을 분명히 환기하는 까닭에서겠다. 나비는 진선희의 말처럼 "고향을 상실한 시인 자신"일지도 모르나, 일차적으로는 도시 문명으로 인해 정서적 빈곤에 허덕이는 어린이를 지시하는 시어이기 때문이다.[23] 그러므로 비록 현실적으로 관찰되는 형상은 나비(=어린이)의 죽음(=정서의 빈곤) 쪽일 테지만, 시인은 어린이가 결부된 이 상황을 그저 패배로 남겨 둘 수 없었을 것이다. 이는 꽃을 찾는 데는 실패했으나 자기 자신이 "노란 꽃잎"으로 거듭나는 이미지의 전환을 통해 이루어진다.

이러한 "부활 사상"에 관해서는 박화목 스스로가 자신의 동화 「키다리 사나이와 아이들」을 직접 해설하는 과정에서 한 차례 논한 바 있다. 동화는 '죽음'을 상징하는 키다리 사나이가 결국 봄을 기다리는 사람들의 믿음으로 인해 마을을 떠난다는 줄거리로 이루어져 있다. 그는 이 동화의 주제를 "봄은 오고야 만다는 믿음"이라 소개하면서, "봄은 부활입니다. 부

---

23) 박화목은 산업화와 도시 생활이 어린이의 정서 빈곤 문제를 야기하며 이를 해소하기 위해 농촌적 정서 체험을 회복해야 한다는 주장을 일관되게 펼쳐 왔다. "그런 데다, 도시의 일상생활은 정서적인 접촉에 굶주려 있는 형편이야. 정서가 메마른, 각박한 일상의 상황 속에서 쫓기다 보니까 (……) 어린이에게 있어서 정서적 빈곤은 가치관을 흐리게 하고 범행의 요인을 주게 됩니다. 이는 우리나라뿐만이 아니라 전 세계적으로 산업화에 따르는 당연한 결과입니다. 이럴 때일수록 어린이를 위한 많은 서적이 출간되어 어린이 정서에 도움이 되었으면 하는 바람입니다."(신정숙, 앞의 글, 76~77쪽); "그것은 시골이 지닌 자연과 환경 그 자체가 정서 체험을 불러일으키기에 충분하기 때문일 것이다. 요즘은 이 이론이 꼭 들어맞는다고 말하기 어려울지 모르나, 내가 어렸을 그 시절에는 시골 곧 농촌 마을은 정녕 정서 체험의 보고(寶庫)였던 것이다. (……) 오늘 일상의 문화가 살기 좋아졌다고는 하나 마음이 자꾸만 삭막해지는 것이, 어쩌면 농촌의 한여름밤의 꿈을 잊어버렸기 때문일 것이라는 생각을 해 본다."(박화목, 「한여름밤의 꿈」, 《지방행정》 45(514), 대한지방행정공제회, 1996, 12쪽).

활의 믿음에 의해 '죽음의 슬픔'은 쫓기고 맙니다."라고 쓴다.[24] 봄(부활)은 언제나 겨울(죽음) 이후에 오는 것이다. 이때 부활은 단순히 죽음 이전의 삶을 반복하는 것이 아니며 "영원한 아름다운 것"과 같은 뜻밖의 아름다운 가치가 배태되는 순간을 지시한다.

이 점을 미루어 동시를 다시 읽는다면, 마지막 추락하는 나비의 이미지는 '자연과 옛것의 훼손에 대한 안타까움' 이상의 의미를 내포하는 것으로 독해된다. 봄은 사라지지 않고 기다리면 언젠가 오고야 말 테지만, 꽃은 얼마든 사라질 수 있으며 다시 피어나지 않을 수도 있다. 아파트로 대표되는 도시화 이전의 풍경으로 회귀하는 것이 사실상 불가능한 것처럼 말이다. 하지만 죽음의 자리에서 새로운 가치가 발생하듯, 지쳐 떨어지는 나비로부터 시인은 새로운 "노란 꽃잎"의 발현을 포착한다. 나비가 내려 앉아 쉴 만한 꽃을 찾지 못하듯, 시인의 눈에 이 사회에는 지금의 어린이들이 기댈 만한 정서적 쉼터가 발견되지 않는다. 그럼에도 이곳에서 동심 (꽃)은 사라져 없어지는 것이 아니라 새로운 형태로 발생한다. 그런 의미에서 동시의 마지막 이미지는, 과거 향토적 서정이 죽어 메마른 자리로부터 희미하게나마 새로운 형태의 꽃(동심)이 피어 흩날리는 모습으로 전환하는 순간이기도 하다. 이때 '부활'의 잠재성은 연약한 나비, 즉 어린이한테서 나온다.

물론 박화목의 많은 동시에서 어린이의 자리는 정서적 교육의 대상에서 크게 벗어나지 않으며, 과거 지향적 그리움을 노래하는 것에서 그치는 작품도 더러 발견되는 것이 사실이다. 그러나 이를 넘어서는 어떤 새로움이 출현하는 순간을 그의 동시가 예리하게 포착할 때면, 그 중심에는 늘 순수하고 약한 존재(어린이)가 놓여 있음을 주목할 필요가 있다.[25] 이것이

---

24) 박화목, 『敎師와 어머니 위한 幼年童話』, 149쪽.
25) 이러한 경향은 동시가 아닌 그의 시에서도 더러 발견된다. "찬 겨울 하늘 높이/ 하늘 드높이/ 저 꼬리연은 너훌너훌/ 마음껏 날아가겠지.// 언제인가는 실올이 끊겨/ 몸이 갈기 갈기 찢길 테지만/ 하늘 향한 뜻은 굽힐 수 없어// (……)// 꼬리연이 사라진, 아득한/ 하

박화목의 열쇠 말인 그리움, 토속성, 기독교적 이상주의가 '동심'을 매개로 결합하는 방식이다.

3 현실성과 역사성에서 동심을 모색하기, 손동인의 경우

1) 어린이와 현실성, 역사성, 서민성

앞서 살핀 박화목에게 기독교 신앙은 작품의 내용뿐만 아니라 형식과 사유에서도 밀접하게 관계하는 측면을 보였다. 그렇다면 손동인의 경우에는 어떠할까. 이 지점에서도 두 사람은 전혀 다른 양상을 보인다. 언젠가 손동인은 오랜 시간 교직 생활을 같이해 온 동료 김계곤에게 이렇게 말한 적이 있다. "나는 종교가 없다. 그러나 어머님을 믿는다."[26] '어머니'를 믿음의 대상으로 삼는 점에서 알 수 있다시피 그에게서 진리란 현실을 초월해 있거나, 역사성과 계보를 벗어난다거나, 추상적인 것이 아니다. 몸과 마음의 뿌리이자 구체적인 현실 경험을 공유하는 존재인 어머니를 향한 믿음, 이것은 손동인의 문학 세계에서 현실성과 생활 감각이 중요한 낱말로 자리 잡게 되는 데에 영향을 끼친다.

손동인의 작품 다수가 초기부터 현실 어린이의 일상을 형상화한 생활동화의 형태로 쓰인 것도 다소간 위의 맥락에서 이해될 수 있겠다. 이러한 그의 아동문학관은, 1970년대 전후 한국 문단의 화두로 자리매김한 '민족

늘가에서 문득 그리운/ 님의 얼굴을 본다."(「꼬리연을 날린다」 부분, 《기독교사상》 1981년 1월호, 198~199쪽) 이 시에서 꼬리연은 "하늘 향한 뜻"이라는 이상을 품고 자유롭게 마음껏 날고 싶지만, 그러기엔 "찬 겨울"의 혹독한 현실 앞에서 언젠가 "몸이 갈기갈기 찢길" 만큼 약한 존재이며 끝내는 사라지고야 만다. 하지만 앞서 나비의 죽음으로부터 노란 꽃잎이 발생했듯, 여기서 꼬리연은 사라졌으나 그는 자유롭게 날아 결국 "그리운/ 님의 얼굴"을 비추는 하늘이 된다. 이처럼 약한 존재가 추락하거나 스러진 자리에서 새로운 이상적 가치의 배태를 포착하는 것은 박화목의 기독교적 이상주의 문학관의 고유한 특징이라 할 수 있다.
26) 김계곤, 「인간 손동인 (下)」, 270쪽.

문학'과 관계하면서 점차 그 시야를 과거와 전통으로까지 넓히기에 이른다.[27] 일례로「전래동화와 서민성」이라는 글에서 손동인은 주한중화민국 대사였던 왕동원(王東原)의 "문화야말로 민족의 영혼입니다. (……) 고유 문화를 보존하는 자만이 세계에 장구히 버티어서 나갈 수 있습니다."라는 말을 인용하며 포문을 연다.[28] 박화목의 경우 과거(향토성)는 현재의 결핍(아동의 정서적 빈곤)을 해소하기 위한 필요로 호출되는 것으로 양자 사이의 직접적 연결은 희미하다. 하지만 손동인에게서 과거(전통)는 비교적 큰 규모의 현재적 정체성("민족의 영혼")을 확인하고 이를 "장구히" 지속하기 위한 전제에 가깝다.

혹시 이렇게 말해 볼 수 있을까. 폐허의 시대, 박화목이 파괴되고 허물어진 자리(죽음)로부터 새롭게 태어나는 동심을 발견하고자 했다면, 손동인의 경우는 희미하더라도 여전히 명맥을 이어 오고 있는 동심의 연속적 근원을 발견하려던 것이라고 말이다. 관념과 상징의 세계보다는 현실과 산문의 세계로 기울었다고 고백한 손동인은, 오랜 이야기의 힘과 생명력을 탐색한 끝에 전래동화까지 거슬러 올라간 셈이다. 그렇다면 손동인이 찾는 동심의 근원에 관해 전래동화는 무엇을 말해 주고 있는가. 앞서 언급한「전래동화와 서민성」에서 그는 전래동화의 발생학적 성격, 구성상, 내용상, 등장인물 등의 측면을 두루 검토하며 공통된 요소가 발견된다는 점을 규명한다. 이는 제목에서도 드러나듯 바로 '서민성'이다.

이를테면 전래동화는 무엇보다 기록이 아닌 귀로 전승되므로 "문자를 모르는 무식대중(無識大衆)" 사이에서 입으로 전해지는 과정에서 변형될 때조차 "항상 대중과 서민 중심으로 변모"되는 특징이 있다.[29] 또한 내용,

---

27) 자세히는, 손동인의 전래동화 연구는 인천교육대학교 교수로 부임한 1968년부터 본격화한 것으로 알려져 있다. 이때를 전후로 그는 "전래동화 수집을 위하여 전국을 10여 차례 답사하고, 경인 지방의 전래동화를 15회에 걸쳐 채집하여 30여 편의 논문으로 정리했다. 그리고 채집한 전래동화로 8권의 전래동화집을 발간"한다. 정화숙, 앞의 글, 57쪽 참조.

28) 손동인,「傳來童話와 庶民性」,『兒童文學의 傳統性과 庶民性』, 30쪽.

29) 위의 글, 32쪽.

형식, 등장인물의 구도에서 약자를 대변하고 강자를 견제하는 원칙이 발견된다는 점에서도 서민성을 발견할 수 있다는 것이 손동인의 주장이다. 이는 곧 서민성=대중성=약자성=어린이의 속성이라는 도식으로 이어진다. 한데 이 같은 속성은 손동인이 전래동화를 탐구하기 이전부터 이미 그의 창작 동화에서 주요하게 발견되어 왔다. 가령 손동인의 초기 동화집 『병아리 삼형제』(한글문예사, 1957)만 보아도 이는 잘 나타난다. 주인공 대부분은 서민층 어린이이며, 주인공이 동물이라면 표제작 「병아리 삼형제」의 '병아리'처럼 작고 약한 동물이 내세워진다.

그러므로 순서상으로만 본다면 손동인의 행보는 전래동화를 향한 관심으로부터 동심의 서민성·약자성을 발견한 것이기보다는, 역으로 서민성·약자성에 기초한 자신의 동심관을 전래동화라는 양식을 통해 입증하고 이를 민족적인 차원으로 확장하고자 한 것에 더 가까워 보인다. 물론 이론화 과정으로는 그러한 순서상의 도식이 적절할 테다. 하지만 손동인이 자신의 전래동화 연구서 가장 서두에 괴테의 "내가 인생의 불변 법칙을 배우게 된 것은 (……) 어머니의 무릎을 베고 듣던 옛날이야기 속에서였다."라는 문장을 인용하고 있듯,[30] 그의 동심관의 구축도 반드시 선형적인 순서로 이해될 필요는 없을 것이다.

유년기에 들었던 이야기가 성인기에 영향을 끼친다는 이야기에서 무의식과 같은 정신분석학적 개념이 상기되는데, 실제로 손동인은 프로이트를 비롯한 정신분석학자들의 이론을 여러 차례 인용하는 등 정신분석학의 영향을 받았음을 시사한 바 있다.[31] 동심에 관해서도 그는 프로이트를 인용하며 이렇게 주장한다. "아동에 있어서는 '이드'가 바로 '동심'과 직결된다."[32] 손동인이 아니더라도, 이드는 초자아의 금지에 따라 교화·규범화

<hr />

30) 손동인, 『한국 전래동화 연구』, p. i.
31) 손동인은 1969년경부터 정신분석학적 관점으로 전래동화를 분석해 왔다. 손동인, 「한국 전래동화의 작중 등장물 성격 고: 특히 정신분절학적 견지에서」, 《논문집》 4호, 인천교육대학교, 1969 참조.

된 정신의 영역과는 정반대의 속성을 지닌다는 점에서 종종 어린이의 마음으로 유비되곤 했다. 하지만 손동인은 이러한 이드와 함께 '서민성'이라는 요인을 연결 짓는다. 이를테면 이런 대목이다.

여기에서 정신분석학자 Horney가 주장한 '기저불안(基底不安)'이 잉태된다. 그런데 이 '기저불안'을 해탈하고 달래는 길은 물론 욕구 충족에 있다. 그러나 약한 서민들은 현실적으로 도저히 욕구 충족이 안 되기 때문에 작품 속에다 이를 합리적으로 짜 넣고, 청자는 또 그것을 들음으로써 보상적 만족을 얻게 한 것이라 짐작된다.[33]

손동인은 카렌 호나이, 에리히 프롬, 해리 스택 설리번 등등 정신분석학자들의 이름을 열거하며, 적잖은 전래동화가 때때로 누군가를 속이고 해하는 등의 부도덕한 이야기를 담는 이유는, "욕구 충족"이 불가능한 현실 사회로부터 잉태된 무의식적 불안 때문이라 주장한다. 전래동화 속 거짓말, 사기, 꾀 등은 이러한 현실을 "초극"하려는 무의식적 충동에서 기인하는 것이며, 따라서 "우리 옛 서민 사회에 허언이나 기망 사실이 무의식적이든 의식적이든 많아질 수밖에 없었다."라고 손동인은 평한다.[34]

손동인은 더 나아가 우리가 아동의 이드를 자세히 살핀다면 "아동의 동심 및 '정신 구조'까지도 용이하게 파악"하리라고 본다.[35] 전래동화를 향한 손동인의 관심은 이러한 관점과도 결부된다. 그는 "전시대(前時代)의 적나라한 아동상과 아동 생활을 엿볼 수 있는 유일한 역사적인 문화재는 전래동화"라고 규정한다.[36] "식자층이나 귀족계급의 생리에 더 친근"한[37]

---

32) 손동인, 『한국 전래동화 연구』, 26쪽.
33) 손동인, 「전래동화와 서민성」, 33쪽.
34) 위의 글, 34쪽.
35) 손동인, 『한국 전래동화 연구』, 27쪽.
36) 손동인, 「전래동화와 서민성」, 30쪽.
37) 위의 글, 31쪽.

여타의 고전문학과 달리 전래동화는 이드에 가까운 아동들의 "적나라한" 면면이 잘 나타나 있으므로, 손동인에게 전래동화는 민족적 차원에서의 통시적 동심 구조를 발견하기에 적합한 양식이었던 것이다. 정리하자면 이드는 세련된 식자층의 형태에 맞는 도덕·규범으로 교화된 영역이 아니고, 또한 서민들이 — 이야기의 형태를 통해서라도 — 현실을 초극하기 위해 발현하는 요인이므로 서민성과 관계한다는 것이다. 이렇게 서민성=대중성=약자성=어린이의 속성이라는 그의 도식의 끝에는 '이드'라는 요소가 덧붙는다.

하지만 흥미롭게도 손동인의 작품 세계에 대한 평에서 자주 발견되는 핵심어가 있다면 바로 '교화성'이다. 대표적으로 이재철은 손동인의 동화가 어린이의 생활을 그리되 이로부터 교화성의 측면이 강조된다고 평한다.[38] 실제로 오정희의 지적처럼 손동인 작품에 관한 다수의 논의는 "눈물에 의한 교화성으로 성장하는 아이"로 요약되곤 했다.[39] 그렇다면 이론적으로는 이드를 강조한 손동인임에도 정작 창작에서는 초자아적 금지의 수용과 교화를 그려 왔음을 의미하는 걸까. 이러한 점에서, 손동인의 동화는 관념성이 도드라지는 박화목의 작품과 외관상 대별되지만, 동시에 아동문학의 교육적 효용을 중시했던 박화목의 문학관과는 얼마간 상응하는 지점을 갖는 듯하다. 기실 이러한 그의 경향은 창작 바깥의 영역에서도 두루 발견되곤 한다.

가령 손동인의 후기 전래동화 연구에서 그의 관심 저변에는 단순히 전래동화라는 양식에 관한 호기심뿐만 아니라 아동에 대한 교육적 목적이 함께 있음이 종종 확인된다. 전래동화가 지닌 여러 특징을 개괄·소개하는 데에서 그치지 않고 각 요소가 아동의 정서 함양에 어떤 영향을 끼치는지를 평하는 대목에서 특히 그러하다. 또한 그는 한글학회에서 주관한 '어린이를 위한 문학 교육' 연수회에서 부모·교사가 좋은 책을 선별하거나 (전

---

38) 이재철, 「손동인론」, 『한국 아동문학 작가론』(개문사, 1983), 215쪽.
39) 오정희, 「손동인의 『병아리 삼형제』 연구」, 경남대학교 대학원 석사 학위 논문, 2013, 2쪽.

래)동화의 속성을 미리 이해하는 일이 중요하다고 역설했는데, 이는 어린이에게 "배울 점·본받을 점을 일러 주기 쉽다."라는 이유에서였다.[40]

창작, 연구, 강연 등에서 나타나는 이러한 교육적 면모는 일생을 교육자로 살았던 손동인에게 어느 정도는 자연스러운 것일지도 모른다. 하지만 다음 절에서 조금 더 상세히 검토할 테지만, 이 역시 단순히 볼 사항만은 아니다.

2) 이드에서 현실 원칙의 수용으로

손동인의 작품을 자세히 들여다보며 논의를 이어 보자. 초기 동화집 『병아리 삼형제』에 실린 단편 「덕이와 호콩과」는 '거짓말을 하면 안 된다.' 라는 지극히 상식적인 교훈이 담긴 동화다. 줄거리는 다음과 같다. 평소 거짓말에 능한 '덕이'는 부모 몰래 호콩을 사 먹고 싶어 밤중에 배가 아프다며 거짓말로 둘러댄 뒤 변소에 간 척하고는 아버지의 신을 신고 급히 호콩을 사러 나선다. 호콩을 사서 돌아오는 중에 덕이는 친구 집에 널린 비옷이 펄럭이는 모습을 보고 놀라 호콩도 신도 모두 내팽개치고 급히 집으로 내달린다. 다음 날 신발이 없어진 것을 알아챈 아버지의 추궁에 결국 덕이는 거짓말을 들키게 되고 크게 혼난다. 교훈주의적으로 보이는 이 동화의 결말은 아래와 같다.

이래서 덕이는 아버지에게 흠씬 매를 맞았읍니다. 사실대로 어제저녁 이야기를 샅샅이 캐어 바쳤읍니다. 그리고 덕이는 ── 거짓말을 했기[하는] 때문에 이런 경을 치는 거야, 마음속으로 이렇게 굳게굳게 결심하면서도 그 호콩이 자꾸만 생각이 났읍니다.[41]

---

40) 「글짓기 지도, 생활문·기행문 등 다양하게」, 《한겨레》, 1990년 8월 10일 자.

41) 인용문은 일부 수정했으며 원문은 대괄호 안에 표기함. 손동인, 「덕이와 호콩과」, 『병아리 삼형제』(한글문예사, 1957), 116쪽.

단순히 교훈에만 치중했다면 덕이가 "굳게굳게 결심"하는 데에서 이 이야기는 종료되었어야 했다. 하지만 손동인은 흠씬 매를 맞고 혼났으면서도 끝끝내 "호콩이 자꾸만 생각"나는 덕이의 마음을 서술하며 동화를 매듭짓는다. 이 작품에서 덕이는 일면 교화되는 듯하나 자기 본연의 모습을 잃지 않는다. 거짓말은 나쁜 것이라든지 거짓말을 하면 혼날 수 있다는 메시지는 이미 많은 어린이가 알고 있는 내용일 뿐 아니라 그 자체로는 전혀 흥미롭지도 않다. 이 동화가 어린이의 마음을 움직였다면 이는 필시 교훈 때문이 아니라 덕이의 모습으로부터 자신을 발견하고 공감할 수 있었기 때문이겠다.

아무리 혼나고 결심하는 일을 반복하면서도 불쑥 샘솟는 충동이나 생각들. 손동인은 이러한 어린이의 마음이 ─ 비록 어른들은 혼낼지언정 그 자체는 ─ 잘못된 것이 아닌 자연스러운 것임을 비춘다. 앞서 정신분석학에 기초한 손동인의 아동관이 떠오르는 대목이다. 이를 참조한다면 '초자아'(아버지의 벌)의 억압과 '자아'(덕이의 결심)의 억제에도 불구하고 솟아나는 '이드'(덕이의 호콩 생각)의 충동을 그려 내는 「덕이와 호콩과」의 결말은 프로이트의 정신 구조 모델과 맞아떨어지는 듯하다. 동화에서의 관건은 단순히 거짓말하지 않아야 한다는 것이 아니다. 그보다는 밤중에도 문득 떠오르는 호콩 생각을 덕이는 앞으로 어떻게 처리할 것인가에 있다.

이렇듯 개인은 자라면서 교화의 과정을 거쳐 충동을 억제하거나 다루는 방법을 터득하겠지만, 충동에 해당하는 어린이의 마음 그 자체는 교화의 영역이 아님을 손동인의 동화는 보여 준다. 그러므로 교육적인 효용을 중시하더라도 여기서는 어떤 교훈(초자아)을 제시하는지보다는 '나'의 본모습(이드)을 대면하는 일이 더 중요하다. 아무리 좋은 가르침이라도 문제의 근원이라 할 수 있는 자기 자신을 이해하지 못하는 상태라면 그 씨앗이 마음에 심어지기 어려울 것이기 때문이다. 현실과 산문의 세계를 중시하게 되었다고 밝힌 손동인은, 작품 창작에서도 현실 어린이의 근원적 충동이 자리하는 이드의 측면을 특히 주목했다.

이러한 맥락에서 표제작 「병아리 삼형제」 역시 흥미로운 텍스트다. 주인공은 '민이'네 병아리 삼형제. 삼형제의 어머니는 이웃집 수탉과 노느라 자주 형제를 방치했는데, 이에 반해 다른 이웃집 암탉 아주머니는 18남매를 돌보는 데에 여념이 없다. 삼형제는 그런 아주머니네 남매들을 부러워했고 심지어 동생 '고올리'는 밤이면 아주머니네 둥지로 가 그들과 함께 잠들곤 했다. 그러던 어느 날 동생은 아주머니네 남매가 먹을 모이를 조금 먹었다는 이유로 아주머니에게 마구 쪼여 앓다가 죽게 된다. 삼형제의 어머니는 막내가 죽은 줄도 모른 채 밖에서 돌아오지 않았고, 슬퍼하던 형제 앞에 주인인 민이가 나타난다. 평소 큰어머니로부터 차별을 당해 온 민이는 서로의 처지가 비슷하다며 자신이 대신 아주머니 암탉을 혼내 주겠노라 말한다.

우리는 이 "민이"가 고맙기도 하고 한편으로는 사정이 꼭 우리와 같다는 이야길 듣고 뭔지 모르게 우리 편이 됐다는 기분이 들었읍니다. 그리고 용기까지 났읍니다. (……) 아마 "민이"가 가서 그 아주머니께 우리 대신 앙갚음을 해 준 것이 틀림없읍니다. 우리는 우리 동생 "고올리"를 죽인 그 아주머니를 될 수만 있으면 혼이 나게 골려 주었으면 싶었읍니다.[42]

인용문은 병아리 형제의 독백이다. 무책임한 부모와 야박한 주변 어른들 사이에서 아무것도 할 수 없는 병아리 삼형제는 다름 아닌 당대 어린이의 형상이겠다. 한데 자신들보다 더 강한 존재인 민이에게 이입하는 형제의 마음은 실상 동생 고올리의 마음과 조금도 다르지 않다. 고올리가 18남매 사이에 껴서 생활하고 싶었던 것은 그 또한 어머니의 방치로 인한 외로움을 이기기 위해, 또 다른 어른인 아주머니네와 함께 먹고 자면서 "뭔지 모르게 우리 편이 됐다는 기분"을 느끼며 "용기"를 얻고 싶어서였을

---

42) 손동인, 「병아리 삼형제」, 『병아리 삼형제』(한글문예사, 1957), 157쪽.

것이다. 이는 병아리 형제뿐만 아니라, 크게는 차별당하고 고립되는 와중에 병아리들에게서조차 "우리 편이 됐다는 기분"과 "용기"를 얻고 싶었을 민이의 마음이기도 할 것이다.

동생을 죽인 아주머니가 더 강한 존재에게 혼쭐이 났으면 하는 마음, 자신을 차별하는 큰어머니에게 감히 표하지 못하는 분노를 암탉에 투사하여 대신 응징하고자 하는 마음—여기에는 약자들의 정동의 표출만이 드러난다. 이 동화로부터 교화성은 좀처럼 감지되지 않는다. 그보다 돌올한 것은 무기력한 상황 속에서도 자기 욕망을 솔직히 표출하는 어린이의 마음이다. 이때 문제의 해결은 어린이의 몫이 아니다. "우리 엄마가 우리 집으로 되돌아온 것은 이런 일이 있은 바로 그 이튿날이었습니다."[43] 이튿날 사태를 수습하고 바로잡아야 하는 것은 어머니, 즉 어른의 역할이다. 솔직한 자기 마음을 이해하고 대면하는 것만으로 어린이는 자기 소임을 다한 것이다. 이처럼 손동인의 초기 동화가 주목하는 측면은 초자아보다는 이드에 있다.

다만 이러한 손동인의 경향이 후기에 이르러서도 일관적이었는지는 확신하기 어려워 보인다. 후기 작품일수록 손동인의 작중 어린이는 점차 교화적인 형상에 가까워지는 듯하기 때문이다. 심지어 손동인의 시각이 변화한 양상은 전래동화 연구의 측면에서도 일부 발견된다. 예컨대 앞서 인용했다시피 1970년대까지 그는 전래동화에 등장하는 '허언과 기망' 등의 요소를 서민층이 지닌 '기저 불안'을 초극하기 위한 수단이라는 이유로 옹호했다. 하지만 1984년에 발간한 『한국 전래동화 연구』에서는 전래동화의 이러한 측면을 다른 어조로 평한다.

서문에서 그는 전래동화의 미덕을 소개하는 동시에 그 안에는 "유우머나 위트에 치중한 나머지, 아동 인권을 유린하거나, 도둑질·사기·허언·약탈·침략·공격까지 용납하는 허울 좋은 개살구들도 섞여 있다는 것을 부

---

43) 같은 곳.

인하지 못한다."라는 점을 덧붙인다.[44] 서민층의 현실 초극 수단으로 옹호되었던 전래동화의 "허언" 등은 "허울 좋은 개살구"가 되었다. 더 나아가 본문 가운데 '거짓말과 속임수' 모티프를 다룬 대목에서는 "그 허언과 기망 행위를 분석하게 된 이유는, 한마디로 말해서 허언이 소년 범죄의 제1경로"이기 때문이라 밝히고 있다.[45] 과거 전래동화로부터 서민층=약자=어린이의 충동과 무의식적 불안을 발견했던 손동인의 시선은, 이제 아동의 정서적 함양 또는 아동의 범죄 경로를 이해하려는 교육적 목적으로 얼마간 대체된 것이다. 한데 이를 단순히 손동인의 아동문학관이 보수적인 방향으로 이동한 것 정도로만 평할 수 있을까.

손동인의 후기작인 장편 『언덕 너머 햇살이』는 교화성이 도드라지는 소년소설이다. 고아였던 주인공 '성규'는 주변 인물들의 편견에도 굴하지 않고 유머러스한 태도를 잃지 않는데, 희망을 잃지 않고 의연히 살아간 끝에 성규는 어머니와 재회한다. 방정환의 「만년 샤쓰」(1927)의 변주처럼 보이는 이 작품은, 어린이 인물의 이드보다는 불우하더라도 절망하지 말고 착한 마음을 지니라는 초자아적 교훈이 전면에 더 부각된다. 그럼에도 여기에는 몇몇 흥미로운 대목이 발견된다. 그 가운데 하나는 "나는 종교가 없다. 그러나 어머님을 믿는다."라고 말한 작가답지 않게 기독교적 색채가 강하다는 점이다. 성규가 오랜 시간 떨어져 있던 어머니와 성탄절에 재회한다는 구성이나, 누명을 쓴 성규 어머니가 교도소에서 복무하는 동안 "영면하신 하나님 아버지"에게 꼬박꼬박 기도하는 모습 등에서 이는 잘 드러난다.[46]

이러한 경향은 일차적으로 이 작품이 발간된 곳이 기독교 계열 잡지사인 '월간 새벗'이었던 점에서 기인한 바가 크겠다. 하지만 이때 기독교는 소재 차원으로만 활용되는 것이 아닌 듯하다. 이 작품에서 손동인은 「내

---

44) 손동인, 『한국 전래동화 연구』, p. ii.
45) 위의 책, 243쪽.
46) 손동인, 『언덕 너머 햇살이』(월간 새벗, 1989), 211쪽.

어린 친구 세호에게」라는 제목의 서문을 달아 놓는다. 그는 '세호'라는 독자를 향해 이 동화를 읽고 용기를 얻기를 바란다는 당부와 함께 다음과 같이 말한다. "하나님은 결국 우리 세호 같은 아이들을 모른 체 괄호 속에다 닫아 버리지는 않을 것이다."[47] 흥미롭게도 이 작품에는, 동화 작가인 홍렬의 아버지가 성규를 입양해 성탄절 선물로 성규가 주인공인 동화책을 출간하는 내용이 등장한다. 홍렬의 아버지는 성규가 역경 끝에 어머니와 재회하는 이야기를 선물하고 싶어 이 동화를 쓰겠노라 말한다. 성규는 허구의 세계에서나마 어머니와 만나는 것으로 만족했으나, 끝내 성탄절에 어머니와의 감동의 재회를 이룬다.

이는 세호라는 독자를 위해 동화를 집필한 손동인 자신의 이야기처럼도 읽힌다. 실제로 이 시기 즈음 『가장 귀한 커튼』(1987) 『아앙, 누구하고 놀지!』(1989) 등등 손동인이 발표한 여러 작품에서 세호라는 이름의 어린이 주인공을 자주 발견할 수 있다. 커튼을 구입할 돈이 없을 만큼 가난한 교회를 위해 기부금을 전한 재미 교포 할머니의 이야기가 담긴 『가장 귀한 커튼』에서도 "세호네 가족은 경건한 마음으로 가슴에 성호를 긋고는, 그 할머니를 위해 두 손을 모"아 기도하는 장면이 등장한다.[48] 위 일련의 단서를 종합한다면 세호는 아마도 종교적 배경을 가진 구체적 현실 어린이 독자일 것이며, 손동인은 그런 세호를 떠올리며 이 동화들을 집필했을 가능성이 커 보인다.

하지만 그럼에도 『언덕 너머 햇살이』에서 "나는 종교가 없다. 그러나 어머님을 믿는다."라는 작가의 본연적 태도가 감지되는 것은, 이 작품이 주인공 어린이의 독립 의지를 특별히 응원하는 까닭에서다. 여러 핍박과 불우함 속에서도 성규는 굴하지 않을 뿐 아니라, 주변 어른이나 종교에 의존하지 않고 스스로를 책임진다. 어머니의 생존 소식을 전해 듣고는 홀로 인천과 양평 등을 돌아다니며 어머니를 직접 수소문하기도 한다. 그런 의미

---

47) 위의 책, 5쪽.
48) 손동인, 『가장 귀한 커튼』(대교문화, 1987), 22쪽.

에서 작품 결말부 성탄절 행사 대목은 대단히 상징적이다. 성탄절 기념 무대에서 성규는, 예수의 탄생과 같은 종교적인 이야기가 아닌, 독립운동가 윤봉길 의사 역을 맡아 연극을 펼친다. 이는 성규가 끝내 어머니와 재회할 수 있었던 이유란 다름 아닌 그의 독립성·자립성에서 비롯된 것임을 보여 준다.

이렇듯 손동인이 현실 속 실존하는 어린이의 독립을 응원하는 마음을 담아 문학 활동을 이어 간 것이라면, 그의 몇몇 후기 작품에서 보이는 어떤 교화성, 교훈주의, 기독교적 색채는 단순히 그의 문학관이 보수적으로 이동했기 때문만이라 평하기 어렵다. 여기에는 여전히 약자로서의 어린이가 갖는 구체적인 현실성, 그리고 초극의 의지가 담겨 있기 때문이다. 손동인의 후기 아동문학에서 일부 관점의 변모가 발견되는 것은 사실이나, 현실의 한가운데서 동심을 발견하고자 하는 그의 근원적인 태도만큼은 변하지 않았던 것이다.

4 나가며

박화목과 손동인, 이 1924년생 동갑내기 아동문학가들은 폐허가 되어 버린 현실의 잔해 위에서 각자의 방식으로 미래 세대의 동심을 건져 올리고자 노력했다. 박화목은 시적 상상력에 기초한 동심을 노래하되, 특히 1970년대 이후부터는 산업화로 인해 향토적 정경이 파괴되어 버린 시대의 어린이들이 정서와 서정을 회복할 수 있도록 노력을 기울였다. 그 대안으로 박화목은 본인의 종교적 신념이기도 한 기독교적 이상주의를 자기 문학에 반영하여, 사라진 향토적 정취를 그리워하는 데서 그치지 않고 그 파괴와 죽음의 자리 위에서 새로운 동심의 출현(부활)을 포착하고자 했다. 손동인은 산문적 세계와 현실성에 입각해 당대 약자로서의 어린이의 마음을 그리고자 했으며, 1970년대를 전후해서는 전래동화 연구를 통해 동심을 화두로 민족적 차원의 연결성을 탐색한다. 초기 창작과 연구에서 손동인은 이드로서의 동심을 옹호해 왔으나, 후기에는 얼마간 교화성을 강조하는 아동문학관으로 방향이 전환된 듯한 모습도 보인다. 그러나 현실주의적 관점에서 약자로서의 어린이의 현실을 그려 내고 이들의 극복 의지를 응원한다는 점에서, 손동인의 근원적인 동심관·아동문학관은 굳건했음을 확인할 수 있었다.

"폐허의 청년들"이라는 시대적 공통분모를 나눠 갖고 있음에도 두 동갑내기 아동문학가의 궤적이나 전망은 다소간 상이했다. 이 차이에는 여러 이유가 있을 것이다. 우선 이들은 각자가 서 있던 조건적 토대부터 너무도 달랐다. 한 사람은 뿌리로서의 자기 거점과 단절된 채 월남한 상태에서, 다른 한 사람은 장소를 수차례 이동하되 자기 거점과의 연결성을 늘 확인하는 상태에서, 이들 각자는 허물어진 시대의 빈 곳을 채우고자 애썼다. 이 같은 존재 조건의 차이가 서로에게 어떤 효과를 일으켜 왔는지는 앞으로 더 다각도로 논의되어야 하겠다. 다만 앞으로 우리 아동문학에 중요한 일이 있다면, 현재의 관점에서 이들의 유산을 종합적으로 평가하는 것, 즉 폐허 위에서 시대의 동심을 발견하기 위해 다른 향방의 여정을 떠났던 이들의 발걸음으로부터 차이를 일별하는 것을 넘어 서로 맞닿는 지점을 더욱 발견하는 작업일 것이다.

참고 문헌

기초 자료

박화목, 김동리 편, 『박화목 아동문학 독본: 한국 아동문학 독본 8』, 을유문
　화사, 1962

＿＿＿, 『천사와의 씨름』, 한국문학사, 1975

＿＿＿, 『教師와 어머니 위한 幼年童話』, 백록출판사, 1976

＿＿＿, 「꼬리연을 날린다」,《기독교사상》1981년 1월호

＿＿＿, 『신아동문학론』, 보이스사, 1982

＿＿＿, 『아동문학 개론』, 민문고, 1989

＿＿＿, 『아파트와 나비』, 화술, 1989

＿＿＿, 「한여름밤의 꿈」,《지방행정》45 (514), 대한지방행정공제회, 1996

손동인, 『병아리 삼형제』, 한글문예사, 1957

＿＿＿, 「한국 전래동화의 작중등장물 성격 고: 특히 정신분절학적 견지에
　서」,《논문집》4호, 인천교육대학교, 1969

＿＿＿, 「전래동화와 서민성」, 한국아동문학가협회 편, 『아동문학의 전통성과
　서민성』, 세종문화사, 1974

＿＿＿, 『한국 전래동화 연구』, 정음문화사, 1984

＿＿＿, 『이 외나무다리 난 우얄꼬』, 명문당, 1986

＿＿＿, 『가장 귀한 커튼』, 대교문화, 1987

＿＿＿, 『아앙, 누구하고 놀지!』, 육영사, 1989

＿＿＿, 『언덕 너머 햇살이』, 월간 새벗, 1989

논문 및 단행본

김계곤, 「인간 손동인 (上)」, 《광장》 1989년 3월호

_____, 「인간 손동인 (下)」, 《광장》 1989년 4월호

김응교, 「폐허의 청년들, 존재의 탐색」, 김응교·김진기 외, 『폐허의 청년들, 존재의 탐색』, 민음사, 2022

신정숙, 「팔각정에서 차 한잔: 박화목과 「과수원 길」」, 《통일한국》 41권, 평화문제연구소, 1987

오정희, 「손동인의 『병아리 삼형제』 연구」, 경남대학교 대학원 석사 학위 논문, 2013

원종찬, 「이원수와 70년대 아동문학의 전환」, 『한국 아동문학의 쟁점』, 창비, 2010

이재철, 『한국 현대 아동문학사』, 일지사, 1978

이재철, 『한국 아동문학 작가론』, 개문사, 1983

이재철, 『세계 아동문학 사전』, 계몽사, 1989

이충일, 『해방 후 아동문학의 지형과 담론』, 청동거울, 2016

이영호, 「아동문학의 전통성과 서민성」, 한국아동문학가협회 편, 『아동문학의 전통성과 서민성』, 세종문화사, 1974

정화숙, 「손동인론: 그의 수필 작품에 나타난 의식와 장르 확대를 중심으로」, 인천교육대학교 교육대학원 석사 학위 논문, 2001

지기원, 「은종 박화목의 시에 나타난 기독교 세계관」, 장로회신학대학교 대학원 석사 학위 논문, 2019

진선희, 「박화목 동시 연구 (1): 발표 현황을 중심으로」, 《한국아동문학연구》 제19호, 한국아동문학학회, 2010

_____, 「박화목 동시 연구 (2): 본향에 대한 그리움의 감각적 구체화」, 《한국초등교육》 21권 3호, 서울교육대학교 초등교육연구원, 2011

페리 노들먼, 『어린이 문학의 즐거움』, 김서정 옮김, 시공주니어, 2001

기타 자료

「글짓기 지도, 생활문·기행문 등 다양하게」, 《한겨레》, 1990년 8월 10일 자

1924년	2월 15일, 황해도 황주군 장천리에서 박승환과 이덕환 사이의 4남 3녀 중 여섯째로 태어남. 기독교 집안에서 태어난 작가는 평생 기독교인으로 살았음. '은종(銀鐘)'을 필명으로 삼은 이유도 크리스마스캐럴인 「실버 벨(Silver bell)」에서 착안했기 때문임. 유년기에 부친은 평양으로 이주해 양복점을 경영했으며 백부는 장천리에서 큰 과수원을 경영함. 과수원에서의 유년기 체험은 추후 박화목의 작품에서 중요하게 나타남.
1933년(9세)	유년기에는 문학 수업을 하던 형의 영향을 많이 받았으며, 평양에서 발간되었던 아동 잡지 《우리동무》에 4행으로 이루어진 동시 「해님」을 발표한 것으로 동시와 인연을 맺음. 탐정소설도 좋아하여 당시 소설가 김내성에게 편지를 보내 의견을 전한 적도 있다고 함.
1936년(12세)	평양에서 초중학교를 다님. 어려서부터 문학과 음악에 관심이 많아 초등학교 졸업반 시기 평양에 있던 친구네 다방 '방가로'(放街路)를 찾아 음악을 듣거나, 그곳에서 자주 원고를 집필하던 소설가 이효석을 보러 감. 다방에 비치되었던 일어 잡지 《세르팡》에 소개된 세계문학에 관한 글을 읽으며 문학적 시야를 키움.
1941년(17세)	주일학교 교사였던 이헌구에게 동시 두 편을 보여 준 것을 계기로 《아이생활》에 동시를 투고했으며 「겨울밤」과 「피라미드」가 추천되어 문단에 등장함.

1942년(18세)	평양신학교 예과 및 본과를 2년 수학하고 졸업함. 청소년기부터 신학에 진지한 관심을 기울였음을 확인할 수 있음.
1943년(19세)	하얼빈 영어 전문학원에서 수학.
1945년(21세)	만주 선양시 동북(봉천)신학교 본과 졸업. 이후 광복 직전 귀국하여 평양 인근에 살던 누나의 집에 살았음.
1946년(22세)	북한 사회 안에서 기독교인이자 신학자로 산다는 것이 위험하다고 판단하고, 선배 아동문학가 함처식과 함께 2월경 한밤중 걸어서 월남함. 월남 이후 서울행 열차를 기다리며 쓴 동시 「38도선」이 당시 윤석중이 주관했던 잡지《소학생》현상공모에 당선됨. 이 시기 김동리를 만나 교류하기 시작했으며 조선청년문학가협회 아동문학위원으로 참여함.
1947년(23세)	동향 출신의 작곡가 윤용하를 만나 교류함. 1951년 윤용하에게 노래로 지을 가사를 부탁받음. 이에 「옛 생각」이라는 제목의 시를 보내 주었고 윤용하는 제목을 「보리밭」으로 고쳐 곡을 완성함. 가곡 「보리밭」은 오랜 시간 묻혀 있었으나 1971년 가수 문정선에 의해 널리 알려짐.
1948년(24세)	김억 소개로 서울중앙방송국에서 1950년까지 편성 및 문예담당 프로듀서를 역임. 문학 활동으로는 동인지《죽순》과 시지《등불》동인으로 활동함. 주로 동시를 창작해 왔으나 이 시기부터는 동화, 소년소설도 발표하기 시작함.
1950년(26세)	《한국일보》문화부장을 역임.
1952년(28세)	이 시기부터 1953년까지 월간《애향》편집장을 역임.
1954년(30세)	CBS 기독교방송에 입사하여 1971년 퇴사하기까지 교양부장, 방송부장, 편집국장 등을 역임. 소년소설집『밤을 걸어가는 아이』(정음사)를 출간.
1955년(31세)	동화집『부엉이와 할아버지』(기독교아동문화사)를 출간.
1957년(33세)	아내 김숙희와 결혼. 슬하에 1남 2녀를 둠.

1958년(34세)	동시집 『초롱불』(인간사)을 필명 '박은종'이라는 이름으로 출간했고, 시집 『시인과 산양』(장학출판사)을 펴냄.
1959년(35세)	『세계 소년소녀문학 전집』(계몽사) 간행물 가운데 요한나 슈피리가 쓴 『하이디』를 번역 출간.
1960년(36세)	국제 펜클럽 한국본부 이사를 역임. 서정시집 『그대 내 마음의 창가에 서서』(보문출판사)를 출간.
1961년(37세)	가정교육 총서로 발간된 『크리스머스 이야기를 들려주세요』(대한기독교교육협회)를 출간.
1962년(38세)	『박화목 아동문학 독본』(을유문화사)을 발간.
1963년(39세)	에드몬도 데 아미치스의 『사랑의 학교』를 연속극으로 각색했으며 서울중앙방송국 어린이 시간 프로그램에 방영됨. 동화집 『꽃팔이 소녀의 그림』(계진문화사)을 발간. 이 시기 동료 아동문학가들과 불광동 소년원을 시찰하며 소년 범죄 문제에 관심을 가짐.
1964년(40세)	문총 중앙위원을 역임. 미국 시라큐스대학 방송연수원을 방문하여 수학함.
1965년(41세)	민중서관에서 발간한 『한국 아동문학 전집』 9권에 방기환, 최요안의 작품들과 함께 수록됨.
1969년(45세)	10월, 국무총리 방송 공로 표창을 수상.
1970년(46세)	한국동요동인회 섭외 간사 및 한국 음악저작권협회 감사를 역임. 동화집 『저녁놀처럼』(대한기독교서회)을 출간.
1971년(47세)	대표 동요동시인 「과수원 길」을 창작, 이에 작곡가 김공선이 곡을 붙여 동요로 발표됨. 악보는 한국동요동인회가 엮은 『새 동요곡집 4』(세광출판사)에 실림.
1972년(48세)	제4회 한정동아동문학상을 수상. 동시집 『꽃이파리가 된 나비』(아중문화사)와 수필집 『보리밭 그 추억의 길목에서』(광음사)를 출간.

1974년(50세)	한신대학교 소속 선교신학대학원을 졸업. 한국문인협회 아동문학분과회장과 한국아동문학회 부회장을 역임.『성경 이야기』(대양출판사)와『세상에서 가장 무서운 이야기』(집영사), 동화집『눈 소녀』(교학사)를 발간.
1975년(51세)	기독교문학상을 수상. 수필집『인생 그 교외선에서』(보이스사), 시집『천사와의 씨름』(한국문학사)을 출간. 11월, 한국동요동인회 회장을 역임.
1976년(52세)	동화집『교사와 어머니 위한 유년 동화』(백록출판사)를 출간.
1978년(54세)	동시집『아이들의 행진』(홍신문화사)을 출간.
1979년(55세)	대한민국문학상 아동문학 부문을 수상. 중앙신학대학(강남대학교) 교수를 역임. 릴리언 H. 스미스의 저서를 번역해『아동문학론』(새문사)이라는 표제로 발간. 동화집『램프 속의 소녀』(서문당)와 소년소설집『비 바람 속의 아이들』(계몽사)을 발간. 성경 속 여성 인물을 소개한『성서에 나타난 여인상』(보이스사)과 선집『기독교 세계명작 순례』(보이스사)를 엮고 펴냄.
1980년(56세)	한국크리스천문학가협회 회장을 역임. 서울신학대학, 숭의여자전문대학, 감리교총회신학대학 등에서 아동문학과 글쓰기 등을 강의함. 글쓰기 및 문장론을 강의할 때는 문학뿐 아니라 신문 방송 현장의 경험을 반영하여 매체와 글쓰기(문장) 간의 관계를 함께 강조함. 동시집『봄을 파는 꽃가게』(보이스사), 동화집『현주의 봄 여름 가을 겨울』(보이스사),『여섯 살 어린이의 한국 동화』(보이스사),『마징가의 꿈』(삼성당)을 발간.
1981년(57세)	평범사에서 출간된『소년소녀 세계위인전기 전집』과 민족문화추진회에서 출간된『열두 달 우리 민속』을 엮음. 작곡가 윤용하의 일대기를 다룬『보리밭 사이로 뉘 부르는 소리 있어』(범우사)를 출간.
1982년(58세)	아동문학 개론서『신아동문학론』(보이스사)를 출간. 이 저서

는 1989년 『아동문학 개론』(민문고)으로 증보 출간됨.

1983년(59세)	동화집 『개똥벌레 삼형제』(꿈동산)를 출간.
1985년(58세)	한국아동문학회 회장을 역임. 동시집 『봄 그림자』(꿈동산)를 발간. 『봄 그림자』는 이후 1996년에 『과수원 길』이라는 표제로 재출간됨.
1986년(62세)	동화 『얼룩 염소의 모험』(삼성당), 시집 『이 사람을 보라』(보림), 수필집 『어느 와공의 모놀로그』(민족문화문고간행회)를 출간. 한편 이전부터 반공주의적 동시와 동화를 종종 발표했으나, 이 시기부터는 반공 소설집도 발간하기 시작함. 반공 소설집 『군번 없는 학도병』(명성출판사)을 발간했으며, 이듬해에 『노병과 소년: 747고지의 혈투』(명성출판사)를 펴냄.
1987년(63세)	방송 공로 표창 수여. 안보 교육 문고로 출간된 동화집 『인형의 눈물』(휘문출판사)과 서정시집 『그 어느 목소리를 들을 수 있다면』(민족문화문고간행회)과 교양서 『세계문학의 산책: 현대인의 교양을 위한 문학 개설』(민족문화문고간행회)을 발간.
1988년(64세)	아동문학사에서 펴낸 세계 명작 동화 전집 가운데 『신데렐라』와 『은마와 목마들』의 번역 출간에 참여함. 어린이를 위한 명언집 『지혜의 샘터』(꿈동산), 동화집 『아파트와 소녀와 나비』(교육문화사)와 『아기별과 개똥벌레』(화술)를 출간. 선집으로 발간된 『달과 다람쥐』(웅진출판), 『부엉이와 할아버지』(문화교육출판사)에 작품이 재수록됨.
1989년(65세)	서울시문화상 문학 부문을 수상. 동시집 『아파트와 나비』(화술), 동화집 『나비가 된 아이』(삼덕출판사), 신앙시집 『순례자의 기도』(두란노서원), 한국전쟁 동화 『산마루의 신화』(명성출판사), 아동문학 연구서 『아동문학 개론』(민문고)를 출간. 계몽사에서 발간된 『소년소녀 세계위인 전집』 가운데 14, 15, 18권에 공저자로 참여.

1990년(66세)	한국전쟁문학상 시 부문을 수상. 동화집『욕심많은 개구리』(태양사), 에세이 동화집『과수원 길』(삼성미디어),『고사리 소녀』(삼익출판사)를 출간.
1991년(67세)	동화집『잃어버린 나비』(용진)를 발간.
1993년(69세)	동화집『내가 잃어버린 무지개』(정원),『꿈을 먹는 나비』(서원),『무지개를 타고 온 아이』(아이템풀)를 발간.
1994년(70세)	대한민국 옥관문화훈장 수상.
1995년(71세)	신앙시집『환상의 성지 순례』(두린)를 발간.
1996년(72세)	한국아동문학작가상 공로상과 허난설헌문학회 공로상 수상. '96문학의 해'를 맞아 독도에서 열린 삼일절 행사에 최고령자 문인으로 참여함.
1998년(74세)	시집『이처럼 꽃잎이 흩날리는 날에』(북토피아)를 발간.
2000년(76세)	국제문화예술협회 공로상 수상. 수필집『푸른 초장으로 쉴 만한 물가로』(예닮)를 발간.
2005년	7월 9일, 향년 81세의 나이에 서울에서 지병으로 별세.

박화목 작품 연보

발표일	분류	제목	발표지
1933	동시	해님	우리동무
1941	동시	겨울밤	아이생활
1941	동시	피라미드	아이생활
1946. 5	동시	38도선	소학생
1948. 2	동요	창	소학생
1948. 3	동요	초롱불	소학생
1948. 5	동요	그네	소학생
1948. 8	동요	초가집	소학생
1948. 9	동요	초가집	소학생
1948. 10	동요	가랑잎	소학생
1948. 11	동시	나무잎 밟고	아동문화
1948. 11	동시	가랑잎의 여행	아동문화
1949. 1	동요	밤길	소학생
1949. 2	시	저녁놀	새가정
1949. 2	동시	눈 온 날 아침	어린이나라
1949. 3	동시	진달래꽃 피듯이	어린이나라
1949. 6	동시	시냇물	어린이나라
1949. 11	동시	초생달과 밤길	어린이나라
1949. 12	동시	크리스마스의 노래	어린이나라

발표일	분류	제목	발표지
1952. 11	동시	허수아비	어린이다이제스트
1953. 9	동시	외갓집	소년세계
1954	소년소설집	밤을 걸어가는 아이	정음사
1954. 4	동시	봄 동산에 올라	소년세계
1954. 12	시	다시 크리쓰마스	새가정
1955	동화집	부엉이와 할아버지	기독교아동문화사
1956. 5	동시	소록비/고갯길	어린이동산
1957. 10	시	어두운 벽	새가정
1958	동시집	초롱불	인간사(「보리밭」 실림)
1958	시집	시인과 산양	장학출판사
1961	가정교육서	크리스마스 이야기를 들려주셔요	대학기독교교육협회
1962	독본	박화목 아동문학 독본	을유문화사
1962. 8	동시	바닷가/산딸기/달무리	새가정
1963	동화집	꽃팔이 소녀의 그림	계진문화사
1963. 1	산문	새해가 돌아오면	새가정
1963. 1	동시	찬 달밤에	아동문학
1963. 5	동화	개나리 꽃집	새가정
1964. 4	시	내 창밖을 찾아온 사람	새가정
1964. 9	시	속(續) 해변에서	새가정
1965. 5	공동좌담	방송의 현황과 방향	신문과방송
1965. 12	시	그 참 별빛을	새가정
1966. 3	산문	방송의 공공성과 자유	신문과방송
1970	동화집	저녁놀처럼	대한기독교서회
1970. 3	산문	정직한 계절	새가정

발표일	분류	제목	발표지
1971	동요동시	과수원 길	『새동요곡집 4』에 실림
1971. 3	동화	하얀 밤의 이야기	새가정
1971. 6	동시	엄마와 아가	새가정
1971. 11	산문	엄마 찾아 3천리	새가정
1972	동시집	꽃이파리가 된 나비	아중문화사
1972	수필집	보리밭 그 추억의 길목에서	광음사
1972. 7	동시	봄 밤	아동문학사상
1972. 11	산문	한 마리 제비의 죽음	새가정
1973. 11	산문	룻의 윤리관	새가정
1974	동화집	눈 소녀	교학사
1974	교양서	성경 이야기	대양출판사
1974	대중서	세상에서 가장 무서운 이야기	집영사
1974. 4	산문	호랑이의 약속	새가정
1974. 6	산문	그 어머니, 그 아들	새가정
1974. 11	산문	언어와 매스컴	새가정
1975	수필집	인생 그 교외선에서	보이스사
1975	시집	천사와의 씨름	한국문학사
1975. 4	산문	아름다운 여인상	새가정
1975. 6	산문	산업 사회 환경에서의 청소년 문제	나라사랑
1975. 9	산문	해방의 문학	기독교사상
1975. 10	산문	베짱이와 개미	새가정
1975. 12	시	그림자	기독교사상
1976	동화집	교사와 어머니 위한 유년 동화	백록출판사
1976. 3	산문	해방과 문학	나라사랑

발표일	분류	제목	발표지
1976. 5	산문	동시가 걸어온 길	아동문학평론
1976. 5	산문	50대 가정의 신앙생활	새가정
1976. 11	산문	동시가 걸어갈 길	아동문학평론
1977. 3	산문	나의 기자 시절	신문과방송
1977. 4	산문	진달래 꽃과 봄	새가정
1977. 6	산문	인물론: 안서(岸曙) 김억	신문과방송
1977. 11	시	이 사람을 보라	기독교사상
1978	동시집	아이들의 행진	홍신문화사
1978. 11	산문	종교와 문학	기독교사상
1979	동화집	램프 속의 소녀	서문당
1979	소년소설집	비바람 속의 아이들	계몽사
1979	교양서	성서에 나타난 여인상	보이스사
1979. 8	시	홍해	기독교사상
1980	동시집	봄을 파는 꽃가게	보이스사
1980	동화집	현주의 봄 여름 가을 겨울	보이스사
1980	동화집	여섯 살 어린이의 한국 동화	보이스사
1980	동화집	마징가의 꿈	삼성당
1980. 3	시	섣달그믐 한밤중의 기도/ 병든 목마	문예운동
1980. 9	시	한여름밤의 판타지/ 현장의 그리스도	문예운동
1981	전기	보리밭 사이로 뉘 부르는 소리 있어	범우사
1981. 1	산문	서상연의 시와 자아 성찰	문예운동
1981. 1	시	꼬리연을 날린다	기독교사상

발표일	분류	제목	발표지
1981. 4	시	막달라 마리아의 독백	새가정
1981. 7	시	어느 한 시인의 나그네길/ 해변에서	문예운동
1982	개설서	신아동문학론	보이스사
1982. 2	시	동구 밖에서	새가정
1982. 2	시	아미족 소녀에게/ 아미족 처녀들의 춤	문예운동
1982. 4	시	여름나그네/여름나그네 2/ 여름나그네 3	문예운동
1983	동화집	개똥벌레 삼형제	꿈동산
1983. 5	시	겨울나그네 1/겨울나그네 2/ 겨울나그네 3	문예운동
1983. 9	산문	나의 동시관	아동문학평론
1984. 5	시	가을 애상/얼룩진 기도	문예운동
1984. 9	산문	금메달, 팔자고쳤다의 사고	나라사랑
1985	동시집	봄 그림자	꿈동산
1986	동화집	얼룩 염소의 모험	삼성당
1986	시집	이 사람을 보라	보림
1986	수필집	어느 와공의 모놀로그	민족문화문고 간행회
1986	소설집	군번 없는 학도병	명성출판사
1986. 2	시	가을 나그네/이 가을에는/곡예사	문예운동
1987	소설집	노병과 소년: 747고지의 혈투	명성출판사
1987	동화집	인형의 눈물	휘문출판사
1987	시집	그 어느 목소리를 들을 수 있다면	민족문화문고

발표일	분류	제목	발표지
1987	개설서	세계문학의 산책	간행회 민족문화문고 간행회
1987. 6	시	핼리혜성과의 작별/ 밤 바닷가에서	문예운동
1987. 9	산문	방가로와 세르팡	아동문학평론
1988	명언집	지혜의 샘터	꿈동산
1988	동화집	아파트와 소녀와 나비	교육문화사
1988	동화집	아기별과 개똥벌레	화술
1988. 3	시	가롯 유다에게 박수를/ 핼리 혜성이 떠나며 이르기를	문예운동
1988. 7	시	다도해/긴 내 마을/황주 과수원	문예운동
1989	개설서	아동문학 개론	민문고
1989	동시집	아파트와 나비	화술
1989	동화집	나비가 된 아이	삼덕출판사
1989	시집	순례자의 기도	두란노서원
1989	동화	산마루의 신화	명성출판사
1989	전기집	소년소녀 세계위인 전집 (14, 15, 18권 공저)	계몽사
1989. 6	시	소록도/백록담	문예운동
1990	동화집	욕심 많은 개구리	태양사
1990	에세이 동화집	과수원길	삼성미디어
1990	동화집	고사리 소녀	삼익출판사
1990. 5	시	백두산/을밀	문예운동
1990. 10	시	오동도/울릉도/제주도	문예운동

발표일	분류	제목	발표지
1991	동화집	잃어버린 나비	용진
1992. 4	시	조롱의 새	문예운동
1993	동화집	내가 잃어버린 무지개	정원
1993	동화집	꿈을 먹는 나비	서원
1993	동화집	무지개를 타고 온 아이	아이템풀
1994. 5	시	기다림 8/기다림 9	문예운동
1994. 11	시	어지러운 이 세상에	문예운동
1995	시집	환상의 성지 순례	두린
1995. 3	시	무궁화꽃 핀 길섶에/ 하와이의 무궁화 꽃/ 무궁화 꽃이 피었네	문예운동
1995. 9	동화	날개 달린 의자	아동문학평론
1996	동시집	과수원길	꿈동산
1996. 10	시	압록강변에서 1/압록강변에서 2/ 이처럼 꽃잎 흩날리는 날에/ 꿈길에서	문예운동
1997. 10	시	숲속의 바람 7/숲속의 바람 8	문예운동
1998	시집	이처럼 꽃잎이 흩날리는 날에	북토피아
2000	수필집	푸른 초장으로 쉴 만한 물가로	예닮
2000. 6	시	들꽃이고 싶다/찔레	문예운동

작성자 강수환 아동문학평론가

손동인 생애 연보

1924년	7월 16일, 경남 합천군 삼가면 덕진리에서 2남 2녀 중 장남으로 태어남. 면장이었던 아버지는 봉건주의에 가까운 엄한 방식으로 자녀를 교육했고, 아버지의 권위에 움츠려 부친이 타계하기 전까지는 담배와 술도 멀리했을 정도였음을 고백함. 이러한 유년기의 경험은, 작가가 권위주의에 억눌려 자유를 펼치지 못한 어린이를 위해 동화를 집필하게 되는 계기가 됨.
1942년(18세)	진주공립고등보통학교 5학년을 졸업하고 이해에 국민학교 교원 자격 검정고시에 합격. 1948년까지 합천군에서 삼가공립국민학교 교사로 부임. 일제강점기 말 전쟁이 막바지에 접어든 시점에 징병 1기에 들었으나 국민학교 교사로 재직해 군 입대가 연기됨.
1943년(19세)	재직 중 11월 10일, 경성 사범학교 임시 연구과에 입학해 이듬해 3월 24일에 수료함.
1945년(21세)	해방 직후, 한국문학에 가장 필요한 일은 우리말을 갈고 닦아야 한다는 생각에 최현배의 『우리말본』 등을 탐독하며 한국어와 문장 공부에 특히 매진함. 이 시기 지방 신문 투고란에 틈틈이 글을 쓰며 작가의 꿈을 키움.
1948년(24세)	2종 훈도로 진주 봉래국민학교 교사로 재직함. 같은 해 10월 18일부로는 경남 함양군의 안의초급중학교 국어과 교사로 부임해 1950년 5월까지 재직함.
1950년(26세)	《문예》 시부에 서정주, 김영랑, 모윤숙에게 3회 추천(「누나의

무덤가에서」, 「산골의 봄」, 「별리」)을 받으며 시인으로서 문단에 등장함. 한국전쟁 직전 대구중학교에 부임하나, 전쟁 발발로 부임 20일도 안 되어 부산으로 피난함. 피난지인 부산에서 7월 1일부로 《부산일보》 기자로 입사해 1954년 2월까지 재직함.

1952(28세) 기자 생활 중에도 교단으로 돌아가고 싶었던 작가는 이 시기 전국 고등 및 사범학교 준교사 검정고시 국어과에 응시해 합격함. 6월, 한국문인협회 회원 가입. 문학적으로는 방향 전환을 가졌는데, 기성 시인으로 데뷔했으나 앞으로 자신이 펼쳐나갈 문학 활동은 시가 아닌 산문의 세계라고 판단하고 이때부터 동화와 소설 집필에 힘씀. 11월 29일, '한국아동문고 현상 작품 모집'에 동화 「잃어버린 누나」가 당선되어 아동문학에 참여함.

1953(29세) 1월 21일, 고등학교 2급 정교사 자격을 취득함.

1954년(30세) 교사 김계곤의 추천으로 문단에 데뷔한 한글 조예자로서 소개되어 경남고등학교 국어 교사로 부임함. 지방 예술 문화 발전을 위해 부산 시내 중고등학교 교사를 중심으로 조직된 '예술문화동인회'에 발기인으로 참여.

1957(33세) 동화집 『병아리 삼형제』(한글문예사)를 발간.

1960년(36세) 동화집 『꽃수레』(해동문화사)를 발간. 이 작품으로 부산아동문학회가 수여하는 부산아동문학상을 수상함. 이 시기 재직 중이던 경남고등학교에서 동맹휴학이 발생함. 이유는 4·19혁명 당시 경남고등학교에서는 시위에 참여한 구성원이 없었고, 정국이 바뀐 이후 학생들은 요구 조건 제1호로 "어떻게 가르쳤기에 4·19혁명 데모에 한 번 참가시키지 못했는가. 여기에 대해 해명하라."라는 구호를 내걸며 교육 투쟁을 벌임. 교육자로서 양심상 부끄러움을 느껴 사표를 제출했으나 당시 교장이던 추월영은 이는 교사 개인이 책임질 문제가 아니라는 이유로 반려함.

1961년(37세)	2월, 아동문학가 이주홍의 『수호지』(을유문화사, 전5권) 1권 출판기념회로 열린 '수호지의 밤' 행사에서 「한 인간형으로서의 노지심」이라는 제목으로 강연함.
1962년(38세)	부산문인협회 회원으로 소설 부문 분과위원장 역임. 10월 1일부로 평론가 김우종의 후임으로 서울 보성고등학교에 부임함. 이를 계기로 서울의 원로 작가들과의 교분도 두터워짐.
1968년(44세)	4월 8일부로 인천교육대학교 강사로 부임함. 1960년대 말부터는 초등교사의 이직률과 함께 학령인구의 수가 급증해 교육대학의 정규 과정을 통해 교사를 배출하는 것만으로는 초등교원을 충당할 수 없게 됨. 대책으로 3개월 단기 과정에 해당하는 초등 교원 양성소가 교육대학 안에 설치되는데, 이 시기 인천교육대학교 교원 양성소 국어과 교수 결원이 생겨, 이직 제안을 받아 직장을 옮김. 고교검인정 교과서 『최신 작문』(지학사)을 발간함.
1970년(46세)	9월 10일부로 교수 자격 취득. 부임 이후 지역 방언, 전래 동화, 민요, 민속, 전설, 지명, 금기언 등을 채집하는 학술 조사 활동을 활발히 함. 이 시기에는 옹진군 덕적면 소야도 일대를 채집 조사함.
1971년(47세)	12월 26일에 창립한 한국아동문학가협회에 이사로 참여함.
1972년(48세)	학술 답사 활동으로 학생들과 옹진군 대부면 대부도 일대, 가평군 북면 일대를 채집 조사함. 채집한 조사 내용들을 바탕으로 논문을 발표하며 지역 전래동화 연구에 힘씀. 소설집 『인간 경품』(한얼문고)을 발간하고 『이주홍 아동문학 독본』(을유문화사)를 엮음.
1973년(49세)	양평군 청운면 일대의 전래동화를 채집 조사했으며 가평군 북면의 전래동화를 분석함. 이원수, 이주홍과 함께 『플루타르

크 영웅전』(을유문화사, 전 10권)을 번역 출간함.

1974년(50세)   포천군 군내면 일대의 전래동화를 채집 조사함. 교육서『새로운 문장 작법』(창조사)을 발간.

1975년(51세)   10월 1일부로 인천교육대학교 조교수로 승진함. 안성군 이죽면 일대 전래동화 채집 조사에 나섬. 전기집『징기스칸』(을유문화사), 『진시황』(을유문화사)을 발간.

1976년(52세)   인천교육대학교《기서학보》주간을 역임함. 4월 1일부로 부교수로 승진함. 용인군 모현민 일대의 전래동화를 채집 조사함.

1977년(53세)   여주군 북내면 일대 전래동화를 채집 조사함.

1978년(54세)   이천군 설성면 일대 전래동화를 채집 조사함. 고교검인정 교과서『작문』(지림출판사)을 발간.

1979년(55세)   연천군 미산면 일대의 전래동화를 채집 조사함. 수필집『뛰어라 젊은 갈대들이여』(가정문고사)를 발간하고, 동화집『민화와 전설 (1)』(금성출판사)에 공저자로 참여함.

1980년(56세)   3월 1일부로《기서학보》주간 퇴임. 동화집『버들강아지』(교학사)와 교사용 지도서『작문』(지림출판사)을 발간. '한국 전래동화와 아동문학'이라는 주제로 한국아동문학가협회가 개최한 제7회 아동문학 세미나에서 발표함. 이원수와 함께『한국 전래동화집 1~7』(창작과비평사)을 엮음.

1981년(57세)   평택군 현덕면 일대와 인천시 일대의 전래동화를 채집 조사함.

1982년(58세)   화성군 팔탄면 일대와 강화군 화도면 일대의 전래동화를 채집 조사함. 동화『하늘을 나는 코스모스』(아동문학사)를 발간하고『한국 전래 동화집 8~10』(창작과비평사)을 엮음.

1983년(59세)   남양주군 진접면 일대의 전래동화를 채집 조사함. 논문「한국 전래동화의 작중 사건 고」로 이주홍 아동문학상을 수상.

1984년(60세)   4월 1일부로 인천교육대학교 교수로 승진함. 전래동화 연구서『한국 전래동화 연구』(정음문화사)를 발간.

1985년(61세)	교육서『오늘의 문장 강화』(창조사)를 발간.
1986년(62세)	3월 1일부로 기전문화연구소장을 역임. 동화집『까치고동 목걸이』(웅진출판사)와 수필집『이 외나무다리 나 우얄꼬』(명문당)를 발간.
1987년(63세)	8월 30일부로 기전문화연구소장직 퇴임 후 논문 편집위원장을 역임함. 동화집『어린 원님 외』(금성출판사),『가장 귀한 커튼』(대교문화)을 발간하고 전래동화집『누가 더 아끼나』(금성출판사)를 엮음.
1988년(64세)	한국불교아동문학상과 인천교육대학 학술상을 수상.
1989년(65세)	1학기부로 인천교육대학교를 정년퇴임하고 기전문화 논문 편집위원장직도 퇴임. 정부가 퇴직 교원에게 수여한 훈포장인 국민훈장 동백장을 수여. 장편 소년소설『언덕 너머 햇살이』(월간새벗), 동화집『하늘에 뜬 돌도끼』(창작과비평사), 동화『아앙, 누구하고 놀지!』(육영사), 소설집『갸륵한 오해』(대원사), 전래동화『호랑이와 나그네』(보림), 전기집『디젤』,『뒤낭』,『단테』,『디킨스』(광장출판사)를 발간.
1990년(66세)	『언덕 너머 햇살이』로 소천아동문학상,『하늘에 뜬 돌도끼』로 대한민국문학상 아동문학 부문을 수상. 전래동화집『한국 전래동화』(대원사)를 엮음.
1991년(67세)	동화집『왕자의 숙제』(늘푸른), 동화『매화는 눈 속에서도 핀다』(평화)를 발간하고, 이준연, 최인학과 함께 전래동화집『남북 어린이가 함께 보는 전래동화』(사계절)를 엮음.
1992년	동화『부자되는 구두쇠 작전』(상지사)를 발간. 향년 68세의 나이로 서울에서 별세.

손동인 작품 연보

발표일	분류	제목	발표지
1949	시	누나의 무덤가에서	문예
1950	시	산골의 봄/별리	문예
1951	소설	五분 전	창광
1951. 11	동화	칼해탈	봉래싹
1952	소설	동심	주간문학예술
1952	소설	섬사람들/혼선	동아시보
1952. 9	동화	이상한 오색실	파랑새
1952. 11	동화	잃어버린 누나	대한연보아동 운영협회 현상모집 당선
1952. 12	동화	끊어진 사슬	신문의 신문
1953	동화	덕이란 아이	자유민보
1953	소설	오식유화(誤植有禍)	
1953	소설	대각선	
1953	소설	자경이와 작은쇠	농촌순보
1953	소설	섬색시 미니	동아시보
1953	소설	임자 없는 그림자	전선문학
1953	시	산영	청룡
1953	시	어매	협동

발표일	분류	제목	발표지
1953. 2	동화	어머님께	학원
1953. 4	동화	석이와 인절미	연합신문
1953. 5	동화	벌	연합신문
1953. 6	동화	잊을 수 없는 이름	새벗
1953. 8	동화	날아간 우산	연합신문
1953. 8	동화	박선생과 덕이와	학원
1953. 8	동화	올빼미와 꿀벌과	저축순보
1953. 8	동화	어머니의 저금 통장/ 덕이와 손전지	연합신문
1953. 9	동화	덕이와 호콩과	부산일보
1953. 9	동화	바둑이와 고무장화	소년세계
1953. 11	동화	놀과 젬과 엘	부산일보
1954	소설	부채	신생공론
1954	소설	청춘만리	해군
1954	소설	자유인	영남문학
1954	시	촌색씨/산진	연간시집
1954. 2	동화	태양 없는 대낮	학원
1954. 6	동화	그리워라 아버지	새벗
1954. 11	동화	솔개와 황새	국제신보
1954. 11	동화	찢어진 백환짜리	부산일보
1954. 12	동화	크리스마스날	부산일보
1955	소설	미역국	해군
1955	소설	면회장	시문
1955	소설	가장	자유민보
1955	소설	출장	시문

발표일	분류	제목	발표지
1955. 1	동화	손발이 목에 달린 사람	국제일보
1955. 2	동화	도둑	민주신보
1955. 2	동화	만점 대장	부산일보
1955. 9	동화	오빠와 아버지	부산일보
1955. 12	동화	설빔	민주신보
1956	소설	녹슨 이야기	한글문예
1956	소설	인간계절풍/사정거리	영남문학
1956. 5	동화	뻐국새	부산일보
1956. 11	동화	병아리 삼형제	경남공론
1957	동화집	병아리 삼형제	한글문예사
1957	동화	돌아온 꽃공	학원
1957	소설	선택권	문필
1957	소설	공염불	민주신보
1957	소설	공간문제	신생공론
1957	소설	잉여설	현대문학
1957	소설	집도문제	영남문학
1957. 5	동화	절값	국제신보
1958	논문	아동문학론소고	신호문학
1958	소설	바람	현대문학
1958. 8 ~10	동화	남은 발자취(중편)	어린이 나라
1959	소설	타산파	현대문학
1959	소설	동물가족	부산일보
1959	소설	귀로	영남문학
1959. 3	동화	엄마별 아기별(중편)	민주신보

발표일	분류	제목	발표지
1959. 9 ~10	동화	나리꽃 필 때	부산일보
1960	동화집	꽃수레	해동문화사
1960	소설	인간 도매	자유문학
1960	소설	산정부근	현대문학
1960	소설	태풍 휘라호	부산일보
1960	소설	패륜소동	영남문학
1960. 5	동화	민이의 부탁	부산일보
1961	소설	인생채무	자유문학
1961	소설	七호실 손님	국제신보
1961	소설	매문복덕방	
1961. 10	동화	빨간 장갑	새벗
1962	소설	환멸	국제신보
1962. 8	동화	에스 마을 열두 동무	부산일보
1962. 10	동화	박노인	국제신보
1963	소설	도토리 김씨	현대문학
1963. 10	동화	철둑길	카톨릭 소년
1963. 10	동화	순이 일벌	새벗
1964. 5	동화	선물보다 큰 선물	새벗
1964. 7	동화	아빠 자랑 수박 자랑	소년동아
1964. 8	동화	엄마 바람 더운 바람	새소년
1964. 9	동화	감 하나 선물 하나	소년동아
1965	소설	人間景品	현대문학
1965. 1	동화	민이의 세뱃돈	카톨릭 소년
1965. 4	동화	풍선이여 날아라	새소년

발표일	분류	제목	발표지
1965. 8	동화	흔들인형	새벗
1965. 7	산문	「비어·홀」의 정담	부산일보
1965. 10	동화	가정방문날	카톨릭 소년
1965. 12	동화	동생 한 개 사줘	국민학교 어린이
1965. 12	동화	돌아온 에스(귀뚜라미 지새는 밤에)	아동문학
1967. 1	동화	사랑의 무지개 다리	국민학교 어린이
1967. 6	동화	빵을 먹는 줄장미	소년조선
1968	교과서	최신 작문	지학사
1968	소설	悲運은 마차를 타고	자유공론
1968	소설	지우산	한글문학
1968. 9	동화	송아지는 무지개를 타고	카톨릭 소년
1968. 12	논문	한국 전래동화의 교육적인 영향	김정한 선생 송수 기념 논문집
1969. 12	논문	한국 전래동화의 작중 등장물 성격 고	인천교대 논문집
1970	소설	지상지하	신동아
1970	소설	경제반란	현대문학
1970. 1	동화	산골 아이들	횃불
1971	소설	까지고동 목걸이	현대문학
1971	소설	부부 전쟁	여성동아
1971	소설	나이 없는 사람들	여성동아
1971. 2	논문	한국 전래동화의 작중 사건 고 (I)	인천교대 논문집
1972	소설집	인간 경품	한얼문고
1972	동화	풀안경	카톨릭 소년
1972	소설	교육칙어	현대문학

발표일	분류	제목	발표지
1972	소설	명암	월간문학
1972	소설	왜바람	나라사랑
1972. 3	동화	라이락 피는 언덕	
1972. 5	논문	한국 전래동화의 작중 사건 고 (II)	인천교대 논문집
1972. 9	산문	내가 즐겨 그리는 아동상	한국아동문학
1972. 12	논문	소야도의 전래동화 분석	기전 문화 연구
1973	전기집	플루타르크 영웅전(전 10권, 공역)	을유문화사
1973	동화	인형이여 울어라	강소천 전집
1973	소설	과부촌/최종대결	월간문학
1973. 4	논문	대부도의 전래동화 분석	기전 문화 연구
1973. 5	논문	한국 전래동화의 작중 사건 고 (III)	인천교대 논문집
1973. 10	논문	한국 전래동화의 교육적인 고찰	새교육 초대 논문
1973. 12	논문	가평군 북면의 전래동화 분석	기전 문화 연구
1973. 12	논문	한국 전래동화의 교육적인 진단	현대문학 특집 논문
1974	소설	제자의 눈	문화비평
1974	교육서	새로운 문장 작법	창조사
1974	논문	전래동화와 서민성	아동문학의 전통성과 서민성(한국 아동문학)
1974	동화	너희들만이 사람이다	
1974	소설	면도칼	새한신문
1974. 5	논문	한국 전래 동화의 작중 사건 고 (IV)	인천교대 논문집
1974. 6	논문	양평군 청운면의 전래동화 분석	기전 문화 연구
1974. 7	논문	한국 전래동화의 서민성 연구	아동문학 특집

발표일	분류	제목	발표지
			논문
1974. 12	논문	포천군 군내면의 전래동화 분석	기전 문화 연구
1975	전기집	징기스칸	을유문화사
1975	전기집	진시황	을유문화사
1975. 4	논문	한국 전래 동화의 작중 사건 고 (V)	인천교대 논문집
1976	소설	소부의 횡사	현대문학
1976	소설	황금벌레	
1976	소설	제칠감 시대	월간문학
1976	소설	폭풍우	
1976	소설	유다의 회개	
1976. 4	논문	한국 전래동화의 작중 사건 고 (VI)	인천교대 논문
1975. 11	논문	안성군 이죽면의 전래동화 분석	기전 문화 연구
1976. 12	논문	용인군 모현면의 전래동화 분석	기전 문화 연구
1977	동화	임진각에서 부른 통일의 노래	
1977	소설	현대공약수	현대문학
1977	소설	자애초(慈愛抄)	
1977	소설	선물 소동	
1977. 여름	논문	한국 전래동화의 피안자와 피안 세계	아동문학 평론
1977. 12	논문	여주군 북내면의 전래동화 분석	기전 문화 연구
1978. 12	논문	이천군 설성면의 전래동화 분석	기전문화연구
1978	소설	국보 제1호	
1978	소설	죄의 늪	
1978	교과서	작문	지림출판사
1979	소설	화살표 인생	현대문학

발표일	분류	제목	발표지
1979	소설	음지의 비극	월간문학
1979	수필집	뛰어라 젊은 갈대들이여	가정문고사
1979. 9	동화	하늘을 나는 코스모스	흐름사
1979. 12	논문	연천군 미산면의 전래동화 분석	기전문화연구
1980	동화집	버들강아지	교학사
1980	지도서	작문	지림출판사
1980	전래동화집	한국 전래동화집(1~7, 공편)	창작과비평사
1980	동화	아빠 또 안 오네	국민서관
1980	소설	명부의 요인	
1980	소설	어버이날	
1980	소설	다리	
1980. 6	논문	한국 전래동화의 작중 사건 고 (VII)	인천교대 논문집
1980. 8	논문	전래동화의 구조 연구	아동문학 세미나 주제 발표
1980. 12	논문	강화군 화도면의 전래동화 분석	기전문화연구
1980. 12	논문	전래동화에 나타난 호랑이	아동문학 평론
1981	소설	호가호위	현대문학
1981	소설	배신/수양산 그늘	시문학
1981. 1	동화	은혜 잊은 쥐	새벗
1981. 1	동화	피 묻은 첫 알	부산일보
1981. 3	동화	고집 센 까마귀	
1981. 3	동화	왼발과 오른발	국민서관
1981. 5	논문	평택군 현덕면의 전래동화 분석	인천교대 논문집
1982	동화	하늘을 나는 코스모스	아동문학사
1982	전래동화집	한국 전래동화집(8~10)	창작과비평사

발표일	분류	제목	발표지
1982	동화	아, 그 기쁨 가슴에 안고	
1982	소설	환갑 전야	
1982	소설	천추의 한	
1982. 8	동화	집 잃은 아기 토끼	
1982. 8	동화	사랑의 메아리	새벗
1982. 10	동화	어느 일요일	새소년
1982. 12	논문	한국 전래동화의 작중 사건 고 (VIII)	인천교대 논문집
1983	논문	이주홍론(향파 동화의 빛깔)	아동문학평론
1983	소설	갸륵한 오해	
1983. 4	논문	한국 전래동화의 작중 사건 고 (IV)	이경선 박사 회갑 기념 논문집
1983. 4	동화	사랑이 묻은 유리 조각	금성출판사
1983. 5	논문	한국 전래동화의 작중 사건 고 (X)	이경선 박사 회갑 기념 논문집
1983. 6	동화	바다에 띄운 편지	새벗
1983. 8	논문	한국 전래동화의 작중 사건 고 (XI)	조문제 교수 회갑 기념 논문집
1983. 12	논문	한국 전래동화의 작중 사건 고 (XII)	최동원 교수 회갑 기념 논문집
1984	연구서	한국 전래동화 연구	정음문화사
1984	소설	외야인생	
1984. 1 ~1985. 12	동화	언덕 너머 햇살이(장편)	새벗
1984. 7	동화	사랑이 담긴 거짓말	럭키금성
1985	교육서	오늘의 문장 강화	창조사

발표일	분류	제목	발표지
1985	논문	광주군 도척면의 전래 동화	기전문화연구
1985	소설	산호목걸이	
1985. 2	동화	시집간 제라늄	
1985. 7	동화	새벽을 여는 사람들	
1985. 8	동화	사랑이 묻은 매	어린이를 지키는 문학
1985. 9	동화	마나슬루의 돌	아동문예
1985. 9	동화	소귀골의 경사	새농민
1986	동화집	까치고동 목걸이	웅진출판사
1986	산문	두고 온 세월 자투리에 서서	부산문화
1986	수필집	이 외나무다리 나 우얄꼬	명문당
1986	논문	김포군 대곶면 전래 동화	기전문화연구
1986	산문	풍류와 정력의 제왕(향파 이주홍 선생 산수 기념 특집)	윤좌
1986. 1	동화	벌 받은 어미 새	동화세계
1986. 1	동화	옹달샘 가의 지옥새	법륜
1986. 1	동화	간이 큰 벼룩	프로벨
1986. 2	동화	큰 바윗골 짝눈 다람쥐	법륜
1986. 6	동화	아앙 누구하고 놀지	롯데쇼핑
1986. 9	동화	가장 귀한 커튼	카톨릭 소년
1986. 9	동화	도깨비들의 눈물	어린이 문예
1987	동화집	어린 원님 외	금성출판사
1987	동화집	가장 귀한 커튼	대교문화
1987	전래동화집	누가 더 아끼나	금성출판사
1987	논문	파주군 문산읍 전래동화	기전문화연구

발표일	분류	제목	발표지
1987	소설	석토기	월간문학
1987. 3	동화	이발관의 점박이 누나	쌍용
1987. 4	동화	열 손가락 깨물어도	아남전기
1987. 8	동화	하늘에 뜬 돌토끼(중편)	
1987. 11	동화	너랑 나랑 서로서로	제일생명보험
1987. 11	동화	작아도 뜨거운 사랑	대한 불교 진각원
1988	논문	고양군 원당읍의 전래동화	기전문화연구
1988. 6	동화	잉, 우리 아빠 안그래	
1989	논문	양주군 광적면의 전래동화 분석 고찰	기전문화연구
1989	소년소설	언덕 너머 햇살이	월간새벗
1989	동화집	하늘에 뜬 돌도끼	창작과비평사
1989	동화	아앙, 누구하고 놀지!	육영사
1989	소설집	갸륵한 오해	대원사
1989	전래동화	호랑이와 나그네	보림
1989. 5	동화	약방에서 뵈온 부처님	법륜
1989. 6	논문	남양주군 진접면의 전래동화 연구	인천교대 논문집
1989. 7	동화	우리 선생님 넥타이	카톨릭 소년
1989. 9	동화	왕자의 숙제	소년동아
1989. 12	논문	한국 전래 동화의 작중 사건고	문학한글
1990	논문	시흥시 일대의 전래동화 분석 연구	기전문화연구
1990	소설	한강의 모래	월간문학
1990	전래동화집	한국 전래동화	대원사

발표일	분류	제목	발표지
1990. 6	동화	아앙, 다람쥐야 너도 살아나	어린이 동산
1990. 6	동화	차라리 개에게 훈장을	새벗
1991	중편동화	소리 나지 않는 외손뼉	학원출판사
1991	논문	인천시 영종도의 전래동화 연구	기전문화연구
1991	동화집	왕자의 숙제	늘푸른
1991	동화	매화는 눈 속에서도 핀다	평화
1991	전래동화집	남북 어린이가 함께 보는 전래동화	사계절
1991. 1	동화	돌아온 어머니	
1991. 1	동화	은행잎 훈장	서강출판사
1991. 3	동화	하알브지 나 왔저요	경인일보
1991. 4	동화	광화문의 노랑나비	연간집
1991. 5	동화	세호야 안녕	완구
1992	동화	부자되는 구두쇠 작전	상지사

작성자 강수환 아동문학평론가

새로운 시선,
사랑과 존재의 발견

탄생 100주년 문학인 기념문학제 논문집 2024

1판 1쇄 찍음 2024년 12월 6일
1판 1쇄 펴냄 2024년 12월 20일

지은이 고봉준 · 이상우 외
펴낸이 박근섭, 박상준
펴낸곳 (주)민음사

출판등록 1966. 5. 19.(제16-490호)
주소 서울특별시 강남구 도산대로 1길 62(신사동)
        강남출판문화센터 5층(우편번호 06027)
대표전화 02-515-2000, 팩시밀리 02-515-2007

www.minumsa.com
www.daesan.or.kr

이 논문집은 대산문화재단과 한국작가회의가 기획, 개최한
'탄생 100주년 문학인 기념문학제'의 일환으로 제작되었습니다.

ISBN 978-89-374-2835-7 03800

* 잘못 만들어진 책은 구입처에서 교환해 드립니다.